小鹊与南兮

何佐伊 / 著

图书在版编目（CIP）数据

小鹊与南兮 / 何佐伊著. -- 南昌：百花洲文艺出版社, 2022.7
ISBN 978-7-5500-4715-0

Ⅰ.①小… Ⅱ.①何… Ⅲ.①长篇小说-中国-当代 Ⅳ.①I247.5

中国版本图书馆CIP数据核字（2022）第075357号

小鹊与南兮
XIAOQUE YU NANXI

何佐伊 著

出 版 人	章华荣
责任编辑	蔡央扬
书籍设计	黄敏俊
制 作	何丹
出版发行	百花洲文艺出版社
社 址	南昌市红谷滩区世贸路898号博能中心一期A座20楼
邮 编	330038
经 销	全国新华书店
印 刷	湖北金港彩印有限公司
开 本	720mm×1000mm 1/32 印张 8.25
版 次	2022年9月第1版第1次印刷
字 数	200千字
书 号	ISBN 978-7-5500-4715-0
定 价	42.00元

赣版权登字 05-2022-81
版权所有，盗版必究
邮购联系 0791-86895108
网 址 http://www.bhzwy.com
图书若有印装错误，影响阅读，可向承印厂联系调换。

目录

第一章　喜欢水手木星的女孩 / 001

第二章　最初的梦想 / 014

第三章　没有版权的悲伤 / 040

第四章　手表的主人 / 066

第五章　高二（1）班的秘密 / 081

第六章　白昼之光，岂知夜色之深？ / 094

第七章　昔日芙蓉花 / 111

第八章　来自过去的信 / 122

第九章　帷幕 / 136

第十章　南兮日记 / 146

第十一章　姜柏尧的救赎 / 192

第十二章　薛微的自白 / 227

第十三章　钻石的承诺 / 244

第十四章　吾心知汝水 / 251

尾声　疫情方绝知夏深 / 257

第一章　喜欢水手木星的女孩

当下

2019年10月15日

　　薛微发精神病了，不是我骂人，是她的表现符合百度上说的神经病定义：大脑功能失调，导致认知、情感、意志和行为等精神活动出现不同程度障碍为临床表现的疾病。

　　这事我是听小喇叭说的，她和薛微的妹妹在一个机关里上班。听她说，薛微发疯的那天早上，是被三四个彪形敬业的保安从22楼会议室给抬出来的。当时正在开会，会议室内有不下五个国籍的与会者。他们一开始用带着各国口音的英文互相寒暄，彼此客套，然后轮到薛微介绍公司的新产品，这对身经百战的华东区总监来说是驾轻就熟的工作。一桌国际友人等着她，她在笔记本里搜寻了半天，客户们从中美贸易谈到欧洲经济，从医疗说到教育，快把口水和词汇量都聊干了，她还没有找到自己熬了两天两晚做完的PPT①。这要是平时,就是临场发挥的一个小小挑战,她俏丽一笑,玩笑一开就能敷衍过去,PPT的内容脑袋里已经滚瓜烂熟了。可那天不是平时。薛微明白自己被人算计的时候,桌旁的手机亮了一下,跳出交通银行祝她32岁生日快乐的短信。

她的英国老板喊着她的英文名问她:"Vivian, Is everything ok?②"要是平时,她应该游刃有余应付好大boss③,奉上八齿的标准微笑化解尴尬。可那天不是平时,她愣愣看着手机屏幕好几秒,突然用一句老练的上海话冷笑:"喊,撒宁④是Vivian?"外国人听不懂,可是中国同事已经意识到了苗头不对,大家面面相觑,交换眼色。

小喇叭说,薛微的病就是这时候发作的。她先打翻了一杯德国同事买的星巴克,然后又将美国客户送的苹果笔记本砸到地上,再然后她蹲下身,抱着头大喊大叫,她喊得声嘶力竭,但是没有人听清她在喊什么,也不知道她在讲普通话还是英文或者上海话,吓得一桌子国际友人事后都企图要精神损失费。

小喇叭在电话里说:"这下真的走远了,一世英名,招式全坍光了⑤!平时那么严于律己、力臻完美的一个人,估计在公司里,很难混下去了。"语气里全是幸灾乐祸。

上海人欢喜用"混"来衡量一个人的职业发展,但我知道薛微一定不

---

① 演示文稿。
② 薇薇安,一切正常?
③ 老板。
④ 上海话"啥人"的发音。
⑤ 上海话,脸都丢尽了。

是混,是"爬",是一寸一寸往上爬。但爬得越艰辛,摔下来的时候就越痛!我幻想当时的场景一定既滑稽又荒诞。这时小喇叭出来扫兴了:"林小鹊,这记你痛快咧?"

我"哦哟"一声,像牙疼。立马把电视音量调小,接住她话尾巴为自己狡辩:"你这就没意思了,都那么多年了,同学一场,不作兴的!"我知道我这话说得多不真诚。这消息让我痛快得都想哭了,开心到一点都不想反省自己的卑鄙!

电话里小喇叭咯咯笑起来,笑得很不客气:"好了哦!我也是为了让你高兴高兴的。侬晓得的呀,这就叫报应!"这话我接不了了,她直接用一声长叹接过去,我知道不好了,果然,她换了哀伤的语调说,"要是南兮晓得就好了。"

我不响了。

"小鹊啊,你说如果南兮还在,她会原谅我们吗?"

我还是不响。

因为我知道,如果南兮在,她不会怪她们的,她只会恨我一个人。我心里不痛快,关掉了电视,70多寸大屏幕刹那一黑,心里也跟着蓦地一空,仿佛突然失重。我立马调开话题:"哎,那个深坑酒店,什么时候有空去看看世面。"

"哎哟,算了哦,排队都排到明年了。只有你这种阔太太有本事通路了。"

我心里像吹起来一只气球,我揉着它,哄着它,让它不要急于跃出心坎,慢慢地辗转出自然而平常的语气:"只要你有兴趣,我找陆昂去问问。"

"我就说,你们家陆总最有本事了。小鹊啊,我们一帮子同学就你嫁得最好了,别人羡也羡慕不来。"

她笑,我也跟着她笑。

电话在一片祥和里结束。

当时我没有想到这个电话将颠覆我现世安稳的生活,将带我走入一场巨大的变故。它没有结束,它是一切的开始。

第一件发生的怪事便是薛微来找我。

薛微来找我,是在那一天的晚上,确切说是第二天凌晨。

陆昂出差,我一个人在家,因为睡得晚,所以也睡得沉,但睡那么沉也被门铃惊醒了。我懵了一会儿,躺在床上没动,但门铃不给我喘息的机会,一下响过一下,顽固而凶狠。我惊魂未定地套起真丝睡袍,抓着手机战战兢兢跑去看猫眼。

我看到一个女人站在别墅门口,穿着一身质地精良的白套装,提着Celine[①]的包,外披了件驼色风衣,染着一头酒红色的干练波波头,标准的OL高管打扮。这天乍暖还寒,她的穿着仿佛隔季;而她的出现,仿佛隔世。虽然很多年没见,但我一眼认出了她。我呼了口气,打开门,还在犹豫该不该让她进屋,薛微却突然张臂抱住我,勒得我差点以为自己就要死在这里。

我是从什么时候起感到不对劲的呢?

不对,那一天的一切都不对劲,从她半夜三更来找我开始。最不可思议的是她身侧还站着一个五六岁的小姑娘,留着童花头,她躬身让女孩喊

---

① 思琳。

我"阿姨",女孩目光冷冽看着我,也不说话。她说那是她女儿。

我突然想笑,她婚都没结,哪里来的女儿呀!我开始相信小喇叭的话,薛微真的疯了。可那女孩又是谁?为什么不挣扎、不哭闹,大半夜的,乖顺任她牵着?吊诡的事情一件接一件,让我立刻打消睡意。

薛微进屋坐到沙发上喊累,她说大家都针对她,她说父母只忙着医院的事情,没空关心她,只有我能理解她。

我和她已经有好多年没见过面了,和无数当年形影不离,毕业各奔东西的同学一样,早已成为彼此朋友圈里的僵尸。她越说越不对劲,像一只活了的标本,她说的那些经历,全不像她,而像另一个人。

小女孩蜷身沙发,没多久就睡着了。我给薛微倒了杯咖啡,其实是为了让自己醒醒脑。她接过咖啡,笑着说:"谢谢你,小林子。"我脑袋刹那轰一声,脊梁都冷了。薛微不会那么喊我,全世界只有一个人会那么喊我,可那人已经死了。我汗毛竖立,我观察她的一言一行,它们无一不让我害怕,我怯怯喊她:"薛微、薛微……"她抬起凤眼,突然笑了:"干吗喊我薛微?"

我仓皇站起来,脑袋有点眩晕:"你……你是谁?"这话离谱得我都感觉自己在搞笑。可她还是温和笑着,笑得媚眼如丝:"我是南兮啊,小林子,你怎么了?"

我大概是在做梦,或许是我的记忆出问题了,我把薛微和南兮的脸搞错了?可是南兮已经死了。不对,南兮到底死了没有呢?或许是我搞错了。这浓秋的深夜,我觉得浑身瑟瑟发凉。我盯着她的眼睛,它们好像要带我回到很久很久以前……

回忆

2003年秋—2003年冬

我叫林小鹊，因为我爸爸和妈妈是在农历七夕鹊桥节认识的，所以给我取名小鹊。

9月，我刚度完初中毕业后的暑假，升入建成高中。建成学校是一所"完中"，位于海拉尔路，绝大多数学生都是由初中直升上来的，也都住在离校20分钟步行可达范围内。

高一（1）班的第一周是军训，全班53个人穿着统一的迷彩服，戴着厚重的帽子，远看就像一个人。三天以后，回到教室，等到老师点名，才彼此看清新同学的真实长相。我抱着既新鲜又胆怯的目光悄悄打量着每个人，时时撞上同样的眼神，我想大家都一样，想好好认识一下将来要在这个班级共同生活三年的同窗们。唯独我同桌的男孩，进教室起就一直趴着睡觉。真叫人嫌弃。想起小学时要和手心黏糊糊的同桌男生手拉手就觉得讨厌，那时看到有些女生能和女生做同桌，我心里羡慕得不行，这个夙愿直到初中毕业也未能实现。

学号是按照入学考分排列的，先女生后男生，我排在11号，可谓最中规中矩的位置。

班主任华老师点名的时候，第一个站起来的人就叫人惊艳。

"1号薛微！"

"到！"薛微声音高亢而略微尖锐，她站得太迅速，好像是从座位上直接弹起来的。薛微倒不是生得多好看，但又叫人不忍将目光移开。她顾长苗条，头发泛黄而微卷，用天蓝的头绳绑得高高。一双丹凤眼微微上扬，饱满的嘴巴一侧长了一颗痣，仿佛锦上添花，更凸显这张脸的个性。

华老师采取了自荐的方式选举班干部。薛微第一个上台，声情并茂叙述了自己光荣的小初履历和各种获奖历史，经大家一致同意，她成为班长。她的好朋友李融融由于画得一手好画，顺利当选了出黑板报的宣传委员。又因为她尖嗓爱说话，大家之后都喊她"小喇叭"。

六个中队长都名花有主，只剩组织委员没有人自荐，大家都知道组织委员要负责每月的饭费、点心费的收取工作，平时还要帮着老师组建班队活动，需要脑筋好又不怕麻烦的人来竞岗。华老师扫了班级一圈，再没找到一双蠢蠢欲动的眼睛。她又问了一句"谁愿意？"教室依旧鸦雀无声。华老师叹了口气："再没有同学举手，我就点名指定咯！" 我低着头，不敢和老师有眼神接触，在这个谁都不认识谁的宽敞空间里，哪怕我们有五十多个人，我都感到我们才是弱势群体。

"姜柏尧！"华老师说到做到点了名，我为自己逃过一劫而舒了口气，桌子却"吱"一声大响起来，我惊了一跳，同桌的男孩子撑着桌子站了起来。他站起来的样子精神抖擞，一点瞧不出已经躺了整整一节课的痕迹。

华老师微微笑着，这笑像是要识破他的伪装："姜柏尧，听说你在初中时做了四年学习委员，考进高中也是第一的成绩，你刚才怎么都不自荐呢？"

姜柏尧挺拔站着，双手背在身后，脸上笑嘻嘻："我没想到新同学们都那么优秀。新的起点，我也想从零开始。好汉不提当年勇嘛！前朝的事，喋喋不休谁爱听？"第二排的薛微猛然扭过头来，用明亮而尖锐的目光回了他一眼。

"新的起点才更应该让不了解你的同学更了解你。组织委员就由你担任了。不要让你妈妈失望。"

"好的!我一定尽力做好。"姜柏尧答应得很痛快。但是他坐下之后,笑容就消失了。我好奇看着他,他忽然瞥了我一眼,目光如刀。我立刻挪头,转过脸去,心里惊跳不已。男生果然很讨厌。

那时市教委已经实行多年的"减负"政策温柔眷顾着我们,学习的功课固然略减,但课外活动却很多。而我们也和所有的新生一样,嫌校服丑,嫌操场小,嫌食堂阿姨帕金森……短短几个月时光,大家都找到自己在班级里的"组织"。

薛微尽心敬业扮演着1号的角色。处处第一,事事抢先。她的周围永远围绕着一群女孩,由于我家离学校最近,正处于同学们上学的必经之路,她们早上都会到我家集合,大家借薛微的笔记和作业,模仿她的发型打扮,商量好今天换秋装还是穿裙子,整齐划一再一起去学校。班级里慢慢成了薛微和她的影子们。她在学习上唯一的对手只有姜柏尧,但是姜柏尧处处躲事,事事推诿,薛微的风光没有被他分掉过一分一毫。薛微对我说:"你那个同桌,不过是个只知道死读书的书蠹头。"我默默听着,也不敢反驳。但我知道姜柏尧才不是什么乖乖生,他对一些活动的不热衷里是带了一种旁观者的清傲的,他看着我们,像看一群心智不成熟的孩子们闹腾,脸上时常停留着嘲讽的笑容。

有一天午休时,姜柏尧问我:有没有看到校门口卖羊肉串的摊子在排队?

我知道那个摊位一到中午就很火爆,全是我们学校的人,我问他:怎么了?他从口袋里掏出一些碎钱说:"刚看到一群人围着老板问,'我的10串呢?''我的6串呢?'我也跑上去说,'老板,我还有8串羊肉串和12块钱没找。'"

我再看桌上一张纸币和两枚硬币,恍然大悟,骂道:"你太坏了!"这行为太不光彩,配不上他肩膀上的中队长袖标,也不是一个好孩子该有的行为,可是我却笑起来。我笑起来,一种像是和他共谋作恶的愉悦挑唆着我笑。

说回薛微,正当大家都习惯了薛微在班上当仁不让的女王角色时,转折出现了。

那是国庆以后返校的第一天早上。华老师带着一个白衣少女走进教室。我至今仍然记得那一刻整个教室因她到来而产生的安静,仿佛时间凝固。

女孩肌肤胜雪,又黑又亮的头发编着一条斜麻花垂在胸前,鹅蛋脸上忽闪着一双乌黑透亮的大眼睛,睫毛如燕翅,又长又翘。她个子不高,比例却很好,身纤腿长,及膝的黑袜配着双红色皮鞋。她在华老师的示意下,在黑板上从容写下"楚南兮"三个字。

漂亮的女孩连名字都是动人的、悦耳的,像乐府诗里走出来的采桑女,仅仅站着便叫人耕者忘其犁,锄者忘其锄。

对于十五六岁的少男少女,楚南兮的美是具有革新意义的。她会把白色短袖夏装束在黑色短裙里,更显纤腰盈盈,她不会戴五颜六色的头花发带,却常换着漂亮的发型,有时盘着高高的花苞头,有时编着两条松散的四股辫。她不穿耐克或阿迪达斯,只穿黑色玛丽珍鞋。那时候爱美是和读书相悖的原罪,老师和家长都压抑着我们向往美的天性,如果谁花心思在追求美上，就会被教育说不把心思放在正经事上，或者被说将来能美的日子多了。不过长大后你就会知道了，今后可以美的日子再多，也补不回青春豆蔻那几年美的启蒙，懵懂少女对美的那份向往。而楚南兮从容自信把美分享给大家，鼓舞激扬着青春少艾。她不仅花心思在美丽上，也同样在功课上下功夫。每门课成绩都名列前茅，很快博得老师们的喜爱。她内秀文雅，却也不怕被点名到黑板上做数学题。因为嗓音甜美，吐字清晰，她很快取代小喇叭成为晨间领读者。她的作文被于老师挑选为范文的次数超过了薛微，她被韩老师点名朗读英文也成为惯例，教室里开始释放出一种异常的磁场。女生们虽然依旧跟着薛微，但分明已经被另一只孔雀吸引了。大家会相继模仿薛微，却没有人敢模仿南兮，因为那样的穿着打扮仿佛只是为了她设计的，谁要试一下，自己都觉得不好意思。

冬季艺术节来了，每个班都须出一个节目。薛微作为班长当仁不让组织起来。她挑选了四个女生和她一起跳小甜甜布兰妮新歌的舞。她曾去邀请南兮，但南兮拒绝了她，原因是她已经答应音乐老师在开幕式上表演杰奎琳·杜·普蕾的大提琴独奏。薛微表现得很大度，说希望她为班增光。

薛微挑选人的时候，每个女孩都伸着脖子看她，她每点中一个名字，下面的人就泄气一点。我不动声色，殷切看着她，我在家排过无数次薛微最好的朋友名次，我估算自己总能挨到第四个，她的目光终于和我相碰，我屏住了呼吸等待着，她洪亮喊道："林小鹊。"

"在！"我站起来，薛微嘴角的痣被笑撑开，"你就帮我们去总务借个录音机，排练的时候负责给我们放音乐好吧！谢谢！"

我的心像坐过山车，即刻冲入谷底。

"好。"我回答得又快又急，努力不让自己的声音带出哭腔。我希望没有人注意到我的失落,更没有人注意到我先前的祈盼。但当我坐回位子上时,我知道姜柏尧注意到了。他轻轻笑了一声,虽然很轻,像从喉咙里咳出来的嗤笑,但我听到了,虽然我听到了,但我不敢抬头看他,我不敢直视他,质问他笑什么。因为连我自己也觉得自己可笑。

我问过自己,是否真的那么渴望和她们一起跳舞呢?不,当然不是,但我渴望对女生集体的融入和参与感。我不愿意孤独可怜的自己被人发现。我想我只要混进去,不管混在哪个团队里,我都会是安全的。我不需要出彩或拥有自我,所以我连放音乐的差事也接下了。每天看着薛微和班上几个长腿女生一起跳着 *Baby One More Time*[①],又羡慕又嫉妒。薛微给每个跳舞女生送了一支笔,那笔是日本进口的,根据《美少女战士》里的五名战士的变身笔设计,作为跳舞的道具。薛微自己拿了月野兔的粉色变身笔,其他人的角色也被她一一安排。颜色和地位一样,也是有顺序的。

她们跳完以后,把后勤的工作留给了我。我一个人走在黑黢黢的走廊里,提着录音机,胸口酸胀。

夕阳沉沉落在教学楼上,黄昏中的教室变得冰冷而陌生,我坐在第一排的桌子上,看着手里抓着的那五支笔,它们"釉"着绚烂的颜色,我轻轻抚着它们,只能用这偷来的时光与它们相会,心里有一种悲凉的满足。

"咦?"楚南兮的声音是在那个时候传来的。我吓了一跳,她背着大提琴从我身后走来,奇道:"这不是美少女的变身笔吗?"

我点点头:"这是……是薛微她们排练舞蹈要用的。"我愣生生站起来,简直不知道手该往哪儿放,结结巴巴回答。

---

① 《爱的初告白》。

她甩着长发,搁下沉重的大提琴,走到我身边,脸颊几乎贴到我肩膀,我的心怦怦乱跳:"你最喜欢哪一个?"

"嗯?"

她轻盈跃到桌上坐下,眼睛在暮霭里闪闪发光,再次问:"美少女战士呀,你最喜欢哪一个?"

我从来没想过自己能和这样的美少女单独讲话。我看着那五支笔,赤蓝黄绿粉……每一支笔头上都镶着金色的行星标记。

晚风吹荡过来,我们俩的头发交织飘起来。我嗅到她身上淡淡的清香。

我听到我自己的声音像大提琴一样慢慢拉起来:"我喜欢木星。"这个答案我准备了很久,但是从来没有被别人问过。

"哦,为什么呀?"她侧过脸问我。

我低下头:"因为我心疼她。"我没来得及阻止自己,话已经出去了。她漂亮的眸子刹那绽出困惑。我鬼使神差笑了一声,就跟要掩饰什么一样,接着说:"因为她镜头总是最少的,不是最聪明也不是最漂亮,牺牲的时候总是第一个,作者也常忽略她。粉丝又少。大家都喜欢小兔或美奈子,因为她们那么可爱而耀眼。大家都喜欢闪闪发光的东西,我觉得木星很寂寞。"

周围静极了,每一秒的沉默都好像在惩罚我的大放厥词。南兮很显然没有料想到要应付这样诡异的回答。我恨我的自说自话。但是她的声音缓慢而温和飘过来了:"我不那么觉得哦!"她从我手里抽出那只绿色的变身笔,在半空轻轻摇了两下,我眼前出现一道绿光,她眯起眼娓娓道:"我觉得木星勇敢坚强,每次都能冲在朋友前面对抗敌人;也有温柔的一面，很会做料理，而且总是能第一个发现其他伙伴的低落情绪而给予安慰。有她这样的女孩子做朋友会很安心。她一点也不黯淡呢！"

我忽然浑身一热，眼睛也蒸上一股热，好像她在夸我似的，却说不出话来，只是看着她。

"不过你的观点也很有意思。我会记着的。你是叫林小鹊吗？"

我很意外她知道我的名字。

"这名字很可爱。那我以后喊你小林子吧！"

我心里涌上一股从未有过的感情，又感动又惶恐。我怕太密的话让她讨厌我，我怕太多的问题让她嫌我烦。我有很多很多话想说，但到了嘴边，我只是平静问："那你最喜欢谁？"

她看着我，笑了笑："本来没有特别喜欢的。不过我现在和你一起喜欢木星好咧。"她把变身笔还给我。

"为什么？"

她起身背起大提琴："因为绿色很漂亮啊！"她的裙摆飒飒舞动。

是吗？绿色也很漂亮吗？可是女孩子们不都是选择粉色、蓝色吗？

原来绿色也很漂亮啊！

我看着手里的变身笔，内心波澜起伏，久久无法平静。

第二章　最初的梦想

当下

2019年10月16日

　　薛微是在凌晨四点走的。她接了一个电话，然后拜托我帮她照看一天孩子，拎起Celine包简直像逃亡一般，我连追带喊都没拉住她，我开始怀疑这是一场什么阴谋了。

　　我一夜未眠，熬到天色曈昽，立即打电话给小喇叭，响了很久都没有人接，心里更加焦虑气馁，起起躺躺数次，发现身侧的小女孩已经醒了，正张着一双乌溜溜的大眼睛看着我。我只好去套那小女孩的话。

　　我坐到床边和她说话，问她姓名年龄，家庭地址。可她低头看自己的手指，不和我对视，好像我根本不存在。

　　小女孩穿了一件鹅黄斗篷，同色系的小短裙，小羊皮靴，脖上还挂着一条银光闪闪的吊坠，对于一个女童来说，穿着相当精致不菲了。然而不管我怎么试图沟通都不起作用。就这样熬到中午，我给她做了点意大利面，她倒是一盘子都吃完了，却依旧不跟我说一句话。我端详着她，她睫毛长长，高鼻梁，深邃的五官像极了某个人，我就是说不上来。我打算下午带她去派出所，就在这时门铃又响了。

这次门口站着一个消瘦的高个子男人，头发又长又油，戴着一副大墨镜，身上穿一件迷彩夹克，一条污迹斑斑的牛仔裤，深秋的天气还光脚趿着一双人字拖。

"找谁？"我警戒抓着门。

男人摘下墨镜，目光直直冲着我上下巡了一下问："薛微来过没有？"

我愣了一下，咬紧牙关："你哪位？"心里的警觉更强了。

男人眉头一皱，一副不耐烦的模样，正当他犹豫之际，小路口缓慢又挪来一个佝偻的身影，喘息渐近，一个头发半白的老妇人从花园小径走来。男人的表情更不耐烦，嘴里嘟囔道："叫你不要来非要来，磨①了要死！"我和那老妇人对视的一刹那，不由一怔，脱口叫道："啊！于老师！"

我的心痒了，一种抑制不住的虚荣蓦然而生，我迫不及待想让曾经的语文老师看看我宽敞的别墅，我美满的婚姻，我现在优渥而不为金钱发愁的生活……我立即拉开门上保险链，上前搀住："您怎么来了？"难道薛微的事情已经发酵到老师那里了？我还没说完话，那个邋遢男人已经大大咧咧跨进屋里。

"喂，请你不要乱走，不然我要报警了。"我面露愠色。于老师喘

---

① 上海话指动作慢。

着气微笑道:"小鹊啊!好久不见。我从李融融那里打听到你地址。薛微现在怎么样?好好一个孩子怎么变成那样了……"她边叹边拍着我手背,"我一个人眼睛不行,让他带我来的。"为了给老师面子,我只好暂时宽容那个男人。

男人手插裤袋,环视了一番:"哟,家挺大的嘛!"说着一屁股坐到真皮沙发上,头发擦着沙发背,瞬间油了一摊。那是陆昂从意大利订制的名牌货。我肉麻①得心痛起来:"喂,你到陌生人家能不能懂点礼仪?"

男人瞥了我一眼,忽然乐起来,眼角上翘,这一笑,这一笑让我心底一惊,这清脆又爽朗的声音像冰落千尺砸在耳朵上。他对着于老师笑道:"老太婆,你的好学生,连老同学都不认得了。"

我呆住,怔怔看着他,又转目去看于老师。于老师的脸皱了起来,皱成一种我从来没见过的尴尬之色,她从我身边经过,踱到沙发前,把那个男人拉起来:"阿尧,快起来,别把小鹊家弄脏了。"

他老大不情愿站起来:"人家雇着几个保姆呢!要你操心?"

我呆呆伫立着,还是无法从震惊里回过神。

他是姜柏尧???

他穿着鞋踩在我家安哥拉地毯上,随手拿了果盆里的进口苹果啃了起来。那个清俊骄傲的少年,优雅自信的优等生,怎么会和眼前这个不修边幅的男人画等号呢?南兮如果知道,会做出怎么样的表情?

他咬着苹果,从口袋里掏出手机,点了几下,翻转到我面前。我目光抖了一下,荧幕上呈现的是微信界面,姓名栏是薛微,对话框里只有一条

---

① 上海话指舍不得、心疼。

留言:"媛媛已接,我去小鹊家。"

"喂,阅读障碍啊?看完没?快把我女儿叫出来。"没等我有任何动作,男人的眼睛已经逼过来。

小女孩大约听到动静,自己出了房间。姜柏尧和于老师同时跑了过去,对她又是抱又是揉,上上下下检查几遍。

"媛媛,你怎么跟陌生人走?吓死阿奶了。"

小女孩依旧瞪着一双清澈乌黑的眼睛,漠然的表情,就和看我时是一样的。姜柏尧抱着媛媛就往门口冲。

我追上去问于老师:"媛媛是您孙女?"

"是啊,昨天下午我去幼儿园接媛媛,在巴黎贝甜买面包,就一个回头的工夫,她就不见了,我急得半条命都没了。怎么也没想到会是薛微。幸好领到你这里了。我们应该先打个电话,可是实在太急了。"

"我也莫名其妙。她说媛媛是她女儿。"

"怎么可能!她真的疯了。"于老师又气又恨,我压下了胸口的话,我们都过了"告老师"的年纪了。看着媛媛安静的模样,我又问:"媛媛她不爱说话吗?"

于老师愣了一下说:"啊,媛媛她……一直就这样。"

"那她妈妈呢?"我忍不住追问。

于老师表情迟疑了,嘴巴抽了一下,突然前面传来大吼:"老太婆,聊够没有?"姜柏尧抱着女儿,转过身来,对我目露凶光。于老师尴尬看了我一眼:"不好意思,小鹊,我们下次再聊吧!"她穿鞋赶上儿子。看着他们祖孙三人消失在小路口,我知道没有下次了。

可是我错了。我和于老师没有下次,但我和姜柏尧的故事才刚刚开始。

回到客厅,我发现茶几上有一副不属于我和陆昂的耳机。

两天后,姜柏尧果然又来了。

"落了点东西,过来拿。"他熟门熟路自己走进来。

我把他的耳机还他。

"对了,有件事要请你帮忙。"

我已经想好了拒绝他,不管他说什么我都要煞煞根根①拒绝他。我要报复。他回头看向我:"你能不能让那疯女人别再给我打电话了?"

"什么疯女人?"

"还有谁?薛微啊!"

我的计划瞬间被好奇心粉碎,我控制不住兜上去问他:"你和薛微现在是什么关系?"

他解着耳机线,扫我一眼:"没关系!"细密的胡髭在阳光下更明显。

"没关系?你当我戆大啊?没关系她给你打电话?还拐走你女儿?编故事也打个草稿。"

他嗤一声:"我还想晓得为什么呢?失联十多年了,突然给我打电话说要跟我结婚。"

"结婚?"我突然明白了!"她真的以为自己是南兮啊。"我自言自语。

"什么?"姜柏尧听到南兮的名字,表情都变了。我心里酸了一下。

---

① 上海话指彻底。

我知道这有多不合时宜，咬唇挣扎了一番，觉得也没必要骗他，坦然道："薛微好像患上人格分裂了。"没想到他却瞪大眼睛，蓦然爆出一阵大笑。我被他笑得很不自在。

"你是不是电影看太多了？！"

"不信拉倒！"我甩身就走。

"喂喂，跟你开个玩笑。做啥那么认真。"我更加生气，他已经到了能拿南兮的事情开玩笑的境界了吗？我的胃猛然一阵抽痛，比刚才的酸意强烈得多。

"我不觉得好笑！一切和南兮有关的事情，我都不觉得好笑。"

他顿了一下，大概我的表情实在吓人。

"知道了。快跟我讲讲，薛微到底怎么了？"

"她脑子不清楚！以为自己是南兮。我不管你信不信，反正我看着不像装的。她把我当好朋友，把你当目标，这不就是最大的证据了吗？真正的薛微应该很讨厌你才对！"

姜柏尧垂眉想了会儿，突然问："你下午没事吧？"

"啊？"

"跟我去看看她。"

"今天？"

"明年也行！你约个日子？"

我被噎，又说不出话。他果然还是很讨厌。

"干吗？怕老公查岗啊？"

"老公"是个不属于高中同学之间正常交流的词，小时候要是被嘲讽说上这个词，要脸红扭捏上半天。突然间，当老公是个真实存在，并且从姜柏尧嘴里蹦出，让我有种怪异的不适感。

我当没听见："你到楼下等我，我过十分钟下来。"我回房间换了身纪梵希套裙，描眉打鬓，站到衣帽间的镜前，隆重得让我对自己有点生气。我在床边坐了一会儿，又把妆面擦淡一层，然后打电话给刘阿姨，告诉她备用钥匙在哪里。这么大胆的行为如果被陆昂知道一定会生气的。但是我顾不上那么多。像有一种勃发的力量正在重生，催促我赶紧抓住。或许我内心深处也想去看薛微。不是出于落井下石或是去炫耀的目的，只是想探寻一些可怕的，被岁月封存的秘密。我知道这会抓开我伪善的面具和多年经营的完美人生，我知道自己在玩火，但我不甘心，不甘心失去任何和南兮有联系的机会。

跑下楼，姜柏尧显然已经等得不耐烦："你家钟要找人修一下了。你的十分钟，跟普通人的不太一样嘛！"

我挎着包，跟他解释要处理点事。走在路上，我才发现他比高中时还长了不少，因为高，还略微有些驼背。我问他："媛媛没事吧？"

"没事。"

"真没想到你孩子都那么大了。"

他难得真诚笑了一下。

姜柏尧拦了一辆车，我是故意不开车的，以免碰到熟人。差头①费自然是我付的。姜柏尧没有不好意思，连一点点抢单的意向都没有。他怎么会变成这个样子？

我故意问他："你不工作吗？"

---

① 上海话，出租车。

他伸了个懒腰，露出又老练又娴熟的笑："和你一样，靠人养。"

"谁和你一样？你这是啃老，我我……"我找不到合适的词。

"是啊，你是受《婚姻法》保护的。只要你老公不踹了你找年轻貌美的，你就衣食无忧。"

我无视他的讥讽，转头看窗外浮云楼景。车子经过一个车站广告栏，一个当红女星手捧一瓶大牌护肤品，展颜微笑，旁边配着广告语："你所吃的苦，都不会白费。"

我不由自主想笑，是吗？

没记错的话，这个大牌化妆品就是薛微公司的。

姜柏尧一路开着手机导航，一会儿问司机滴滴补贴多少，一会儿问司机油电混合车的优劣，开了半途，又质疑司机为什么绕路。

司机鼻子里发出一声老江湖的嗤笑："朋友，多久没走这条高速了？"他下巴往前一努，"施工，看到哦？过不去。那个地产老板一死，破楼都烂尾了，也没进度。"

"哪个地产老板啊？"我顺嘴问。

"宋为琛呗！听说晚年一直在新西兰待着。这就跟搬家一样，很有点讲法，突然娶了个小老婆，改了命格，结果都不一样了。"

姜柏尧真的顺眼看着前面，没有再问。

我提前打电话问小喇叭薛微地址，她说薛微还是住老地方，没拆没搬。听说我们要去看薛微，她嚷嚷着也要一起去。我心想多一个人也好，避嫌，就答应了。

薛微家就在离以前中学不到一公里的弄堂里。很多同学都曾住在这块地段。小时候薛微就和外婆住在这里，而她父母那时都在日本打工。

我们在751路终点站碰头。小喇叭远远就冲着我们挥手。她猎奇般看着我身后的姜柏尧，却一下就认出了他。推了我一把："林小鹊，带校草来，你也不跟我讲一声，我素面朝天就出来了。"话是对我讲的，眼睛是一路滑到我身后去交接的。姜柏尧也世故起来："我刚才远看以为哪个高中生在等公交咧！原来是我们小喇叭。"

　　小喇叭抿着嘴笑："哎哟，老菜皮了你还开我玩笑。哈哈哈哈！"姜柏尧也笑，我太熟悉他这笑了，和小时候一模一样，带着讥诮的蕴意。小喇叭注意到落单的我，立马抓着我手夸张叫："哇，卡地亚的新款吧！啧啧，你们家陆总真是宠妻狂魔。"

　　这次换我笑了，我笑得合不拢嘴："还好啦！这已经是去年款的了。你要欢喜，拿去戴着白相，我家里还有两颗更纯的，现在不流行了都。"我注意到自己声音比平时大，但我停不下来。姜柏尧咬着烟看着我说，一句话也不接。眼睫毛金茸茸的，脸上又流露出那种笑意。我不由自主地厌恶起来，厌恶他的满不在意，也厌恶小喇叭半期待半奉承的样子，还厌恶在这叽叽喳喳发出恶心的炫耀的自己。我觉得一切都索然无味透了。

　　我已经十几年没来过这一带，薛微家楼梯比想象中狭窄了许多，因为那时候我还只是个十几岁的小姑娘吧。昏暗的楼道里有潮湿的霉味，高跟鞋每踩一步都发出摇摇欲坠的吱吱声。我故意地把脚步声踩得很重，幼稚地想要阻挠一些可怖的回忆在脑海里顺畅连接住。很多年了，我从不敢想起在这里发生过的那件事。

　　姜柏尧是头一次来，他一个人在最后走得很慢。突然我的手机在黑暗里叮叮叮狂作，我停住脚步，立马设了静音。姜柏尧站我身后，意味深长看我一眼："管那么严？"我笑得很大声："是啊！我也没办法，他黏人！"

小喇叭回头望了一眼我,黑暗里,我们彼此的眼睛接通了那段往事。她过来咬我耳朵:"薛微的外婆今年清明的时候走掉了。现在她一个人住。"

我愣了一下,接着问:"那她爸妈呢?还在日本吗?"

"早回来了,在长寿路买了套商品房,跟薛梓彦住一道。"

走到楼道口,我敲了几次门,才听到里头的脚步声懒洋洋过来。一开门,看到薛微含着眼皮,一身休闲卫衣打扮,看到我们,整张脸收拢了一圈。这一眼,我就有点失望,知道和昨晚去我家的不是"一个人"了。

她吊梢眼一扬,嗓子像灌了沙袋:"哟,那么热闹,三缺一找我啊?"

小喇叭皱着眉,扭着屁股抱上去:"哎呀,微微,你身体好点没呀?!我听说都吓死了。一直想来看你,就是没有空呀!"小喇叭真是人精,学也学不来。

"吓什么吓?你胆子有那么小吗?"薛微毫不客气推开小喇叭,转身往里走,也不邀请我们进屋。

房间也比我印象中局促了许多,开门的时候我差点撞到门后的衣架,架上挂着她昨晚的那套行头。朝南的房间阳光却是很好,一床一桌一橱皆还是十几年前的那套。五斗橱上放着张黑白照片。那个曾经慈爱和善,捧着水果点心慢悠悠爬上楼来的瘦小老太太被镶嵌在一个更小的黑框里了。

"我听薛梓彦说的嘛,她说你精神压力太大,好像……以为自己是另一个人。"

"放屁!"薛微的脸色立马沉了,"我就知道是她在作妖。我哪里有病?昨天晕倒了一下而已。"薛梓彦是薛微同父同母的妹妹,她们姐妹一向水火不容。

薛微坐到方桌前，桌上放了一台笔记本和一杯茉莉茶，看样子像在工作。

我走到她面前，对她说："你昨晚去找过我，你说自己是南兮，还记得哦？"

薛微瞪了我一眼："你搞错了！我昨天一直在家办公。"

"但是……"

"我说你们搞错了，我还有两个报告要写。没工夫招待你们。你们说我去过，有证据吗？"

我不说话了，小喇叭更加不会触这个霉头。

"怪了。"姜柏尧却说话了，从衣架上拎住风衣的一只袖子，"昨天待在家，衣服怎么湿了？昨天长宁那里倒是暴雨，小鹊，你家别墅是在那里吧？！"我刚想点头，他又笑了笑，"物业费那么贵的地方应该有监控吧？！"

"对啊，可以看监控。"小喇叭一副看好戏的表情。

薛微冷冷瞥了我们一眼，目光定在一处，嘴上那颗痣生动往上一挑："姜柏尧，你的事情我是清楚得一塌糊涂的，说出来大家都没意思，不想难看，快带她们俩走。"我和小喇叭都吃了一惊，我看到姜柏尧的脸色蓦地僵白，他盯着薛微，一声不吭盯着她，那眼神叫人发怵。可是薛微不怕，薛微从来没有害怕的时候。

小喇叭笑眯眯插进话来："微微，你健健康康就好。我们老同学都是关心你呀！你是大忙人没空找我们玩，只好我们罗汉来看观音了。"

"去去去，别讲些虚头巴脑的，看完了就快走。"

我们三个人仍旧站在那里，房间挤得满满当当，空气都有些不流通。

薛微旁若无人开始敲打键盘，隔了会儿，才重新抬头看我们，跷起一条腿，双手交叉抱胸，身体往椅子后背一仰："你们干吗？一个个这么盯着我看做什么？希望看到我变成楚南兮吗？你们真恶心啊，你们在期许什么？试图用我的愧疚来稀释你们自己的罪孽吗？好像有人首先认罪了，你们都能无罪释放？楚南兮的事是我一个人做的吗？别装得一个个那么无辜。在这里谁没拿刀捅过她？谁他妈是清白的？"我们都安静了，我期望姜柏尧能反驳她，他并没有伤害过南兮，快说话呀！可是没有人讲话。姜柏尧目光调离到五斗橱上，我看到他眼神定了一下，然后抬手从橱上摸了一张东西塞进风衣口袋，一晃眼像是一张照片。

"小鹊。"我吓了一跳，薛微看着我，"你留一下，我想和你单独说两句。"她说话的腔调就是做惯老板的人才有的。姜柏尧没一点留恋转身就走，小喇叭徘徊扭捏了一下也走了。

"什么事？"

薛微目光虚望着桌前的茉莉茶，茶凉得很快，已经连一点氤氲的热气都没有了。方桌玻璃下压着一张作业纸，泛黄陈旧。是一篇作文，鲜红地打着40分。题目是《我的梦想》。

薛微叹了一声："我真的……变成了楚南兮了？"她的锋芒消融了许多，眼神里有一些疲惫。

我没想到她会问这个，又觉得有点好笑："如果我说'真的'，你就相信吗？"

"我相信！"她斩钉截铁回答。我有些愣，她为什么要那么相信我？我看着她，她也看着我。我心里抖了一下，抖落了在这个房间里的那些回忆，猛然浑身发冷。她当然会相信我，我们都曾深陷在同一片泥沼里。这世上只有我和她不会拿南兮的事情开玩笑。

我叹了口气："真的。薛微，你抽空找个医生看看吧！"

她像泄气的皮球，身子瘫了下来，隔了良久才发出两声笑，回荡在空寂的房间里，叫人心里发闷。

我的手移到那篇作文："你还留着这个？"她顺着我目光也看向那页纸，眼神稀薄如云："这是我有史以来作文得的最低分。"

方格子上薛微高中时的幼圆字体跃进我眼里："我的梦想是希望薛梓彦消失。我能得到爸爸妈妈全部的爱。"

"我写了真话。可是老于说我偏题，让我重写。从那时候我就知道了，这个世界啊，不喜欢真实的东西。他们也不在乎你真实的想法。他们只想看到他们想要的感情。所以我一直留着这篇作文，用来勉励自己。"她顿了一下，问我，"你当初写的什么？"

"忘了。"我撒谎。

薛微有些失望，冷淡道："没实现吧？！没有人比我写得更真，因为我到现在还是希望薛梓彦消失。"她精神散了一会儿，又转头问我，"喂，你平时会做噩梦吗？"

我打了个寒战，逞强说："不会！"

她嘴角抿了一下："我就说，你呀，比我绝！"

"那我可比不上！"我心里一上一下如被猫爪拨得疼痛，终于还是问出口，"你知道姜柏尧什么事？"

她饶有意味看了我一眼，突然笑起来，笑得很刺耳："你不会吧？！他那副德行了，你还有兴趣？"我心里很难受，我最恨她用这种腔调跟我说话，但我听到自己的声音更狠地从嘴里发出来："开什么玩笑，跟馊水里捞出来一样,我找小白脸也轮不到他。"说完我就难过了,我不知道为什么自己要说这种话。我到底在侮辱谁?

薛微却是很满意笑了笑,每次她把我逼得比她还歹毒时,她就会露出这种又得逞又讽刺又鄙夷的表情。

走下楼的时候,我摔了一跤,痛得我眼泪狂飙,我在黑暗里擦干眼泪,扶着墙站起来继续走,外面的阳光让我得到了重生。小喇叭和姜柏尧嘻嘻哈哈聊得很热闹。小喇叭见我来了,收了卖弄的笑:"小鹊,我溜出来的,得回去上班了。"

我点点头。她又瞥了姜柏尧一眼:"我们有空联系哈。再见!"

姜柏尧和她挥手。等小喇叭走远了,我阴阳怪气说:"别把手挥断了。校草,劝你注意点,那是有夫之妇!"

他捋了一下头发,冲我笑笑:"是吗?人妻啊,那么刺激?"

"去!"我推开他,"恶心!"

我问他刚藏了什么。他怔了一下说没有。我说我明明看见了。他转过身,敞开外套,一副不怕开水烫的架势:"不相信你搜。"我真想搜,可这里车水马龙,人来人往,我怎么可能和他这种人在大马路上拉拉扯扯,被熟人看见像什么样子?太荒唐了!像什么样子?

我看着他,跌进一双浅琥珀色瞳仁里,里面立出一个女人,张牙舞爪、满脸跋扈。我顿觉胸口开始发凉,呼吸变得越来越紧。我知道自己要犯病了。

"你怎么了?"姜柏尧抓了我一把。瞳仁里的女人也定了一下。我看清楚了!那个女人是我自己。绝望从胸腔直达大脑,我努力呼吸,拼命想用快乐的回忆欺骗大脑,我伸手让自己看见闪烁的钻石,看见手腕上的梵克雅宝，我使劲塞住要撕裂胸腔的黑暗。我很幸福，快点，快点相信我过得很快乐。可是不行，我的躯体在抵御我的甜言蜜语。胸腔里的心脏要跳出来了。眼前慢慢变黑，四肢发麻，我吸不上气。我知道我要犯病了。这不是第一次，可我不想在他面前发作。

老天啊，别这样对我。

南兮，别这样！

没有用，那个女人在他眼睛里扭曲起来。

回忆

2003年冬—2004年春

树叶绿了又黄了，眨眼间，已经12月。

每天早晨，我们冻手冻脚，哆哆嗦嗦在《歌唱祖国》的音乐里排着队下楼做早操，体育老师的大嗓门就是我们的醒脑剂。偷工减料做完跳跃运动，早操也进入尾声。回教室途中总会经过一棵桑葚树，女孩子喜欢偷偷折树上的果子，胆子大的还会尝。男生们爱跳起来撩一下最高的那根树枝，好像谁跃得高就赢得了什么荣誉。入冬后，那树梢终于不堪重负，折枝断下，华老师把男生们训了一顿。没办法，他们总是傻乎乎的。

那一年冬天，我们女生中也发生了一件大事。

艺术节和薛微一起跳舞的一个女孩，被发现偷了同学的班费。

薛微身边聚集的女孩像彩虹一样，她们系同款不同色的围巾、发带，每个人都有自己专属的颜色。

偷钱的女孩叫田夏,她总是戴着紫色饰品,她是班里橡皮筋跳得最好的。她的腿像两根弹簧,一甩一弯,仿佛轻功,分组的时候大家都抢着要她。我们每次输了便站在一侧等着她"救",边看着她曼妙轻盈的身姿,边拍手唱:"马兰花开二十一,二八二五六,二八二五七……"我跟着唱,至今也不知道这段玄幻的数字是怎么来的。

那是一节体育课回来,一个男生发现自己本来要交的班费不见了。在小小的教室里引发了一场不亚于地震的轰动。有人说搜身,有人说告诉华老师。就在这时一个高亢的声音惊叫起来:"钱在田夏的笔袋里。"大家齐刷刷看过去。田夏低着头,脸红得像熟透的桃子。

薛微作为班长处理了这件事,她没有告诉老师,也让大家给田夏一次机会。但她和她的女生团队里再也没有田夏的影子了。其他同学看到田夏也都躲得远远的,后来我们跳橡皮筋的时候没有人邀请她了,她用两条笔直的长腿,慢慢挪动在操场一隅,看着我们欢声而喊:"二八二五六,二八二五七,二八二九三十一……"再后来她总是一个人吃午饭,独自上下课,再也没有人愿意和她说上一句话。

隆冬,我和楚南兮的友情却反季般结起硕硕果实。我们因为艺术节彩排晚归时常一起走,开始聊自己喜欢的动漫和明星,我们都喜欢侦探小说,不是她喜欢福尔摩斯,我喜欢横沟正史,而是都痴迷于阿加莎笔下的大侦探波罗,都喜欢听周杰伦的歌,都喜欢藤真健司,都爱蓝莓而对樱桃味过敏,每发现一处相似,都好像内心一颗种子破土而出,像考古学家又挖掘一处新遗迹。

艺术节以后,轮到我们班执勤,需要提前半小时去学校,薛微的晨集小分队也因此搁浅,而后她们把根据地换到小喇叭家,我便顺理成章脱离了她们,和南兮一起上下学了。

周五下午,我们一起逛文具店,吃路边摊,有时去南兮家做作业。她父母都在医院工作,很少在家,平时家里洗衣做饭的日常家务都是由她自己完成的。

南兮喜欢给我梳头,她说我发质好,发量又多,其实我不知道多羡慕她又软又柔的细发。她给我编各种发型,从前额两侧挑出两股编出好看的麻花绑在脑后。第一次以新发型出现在班级,我心里涌着别样的别扭和紧张。但凡有人多看我一秒,我就后悔得要死。在楼梯口的时候碰到同班的男生路笙,他和姜柏尧关系不错,时常下课来找他玩,但我跟他几乎没说过话。他看到我,呆凝了一秒,复又看了我一眼,好像才认出来的样子,然后笑道:"这发型挺合适你。很可爱。"我的脸唰地红起来,欢喜又害羞。等路笙走远,我才发现自己连声"谢谢"都没说。我慢慢走上三楼,一路回味着路笙的话,身体不由轻盈起来,定在1998届毕业生赠送的大长镜前,端详,镜子里映出的少女中等个子,穿着玄青色大衣,一对修长的内双眼睛,洁白的皮肤,小圆脸,鼻梁也不塌,或许我还挺好看的吧!正在自我陶醉中,突然镜子里跳出一张细长的脸,我吓了一跳,薛微和她的小分队浩浩荡荡走上楼来,最近她们买了统一的书包挂件,叮叮当当响了一路。

薛微的马尾绑得比以前更高,她从镜子里瞥了我一眼,从眼角逼出一个冰冷的笑,甩身走过。其他人跟着她走,没有人跟我打招呼,每个人都效仿着她,从镜子里瞥我一眼,像看背信弃义的叛徒。我莫名心悸,可是我,是有选择朋友的权利的吧!

学校一年一度的作文大赛是在2004年的元旦举行的。作文题目提前几周公布，同学们看到题目都发出长吁短叹，于老师问我们为什么叹气。有同学举手直言题目太俗了。于老师笑盈盈说："大雅即大俗。只要写得好，什么题目都锁不住你们的思想。"

周末，我到南兮家做作业，两个人对着作文题发呆。我不知道"我的梦想"该怎么写，南兮问我："你没有长大以后想要做的事情吗？"

我想了很久，难为情地说："我想当作家。"

南兮的瞳仁变得比平时更亮，她很开心，鼓励我写。我忙忙摇头，我不要写，作家这样的梦想只能植根于幻想，只有虚幻的世界才是它生长的土壤，它经不起目光和闲言，说出来就像阳光里的肥皂泡，很快就破了。我没有那样的才华支撑它。但是南兮很坚持，她说如果不努力一把就妥协的话，将来会后悔你今天的决定的。她问我："你知道我的梦想吗？"

我摇头。

"我告诉你，但你不准笑我。"

我怎么会笑她，她的梦想不管是什么都不会可笑。我看着她从床头柜里拿出一本厚厚的影集，走到我面前翻开，我以为里面会是照片，却全部都是裁剪的杂志或报纸的彩页，满目项链、手链、戒指……钻光熠熠，珠色丰润，我虽对大牌不敏感，却也认得这些都是著名品牌J&Z（Josie & Zoe，乔茜和佐伊）家的新款首饰……南兮如数家珍兴奋向我介绍每一件宝石的设计理念，都是我没听过的名字，舒俱来石、草莓晶、大凤海螺……介绍到最后一页时，她拢了下长发，露出鲜有的羞涩表情："我想做珠宝设计师。"

"珠宝设计师？"我咽了下口水。

南兮的脸红彤彤："你说过不笑我的。"

我没有笑，我甚至被感动到，顿时肃然起敬："这个梦想很伟大！"我除了"伟大"想不到用其他词来形容。莹莹生辉的珠宝就像她一样，还有谁会更合适呢？这个梦想和她本人都如此相得益彰，匹配契合。

南兮羞赧坐到我身边，娓娓道："我爸爸那边有个远房哥哥，是J&Z的首席珠宝设计师。他说非洲有种石头叫坦桑石，大部分是棕黄色的，但经过热处理后就会变为漂亮的蓝紫色，可以切割成各种形状。《泰坦尼克号》里的海洋之心就是坦桑石。"

"好厉害！"她的梦想那样具体详细，有一种无形的能量羁绊住我。

"嗯！我去年生日的时候，那个哥哥送给我一块J&Z的手表。他告诉我，每一块宝石都是经历了高温高压的磨砺才成为我们看到的样子的，而设计师会让它们呈现出更精致的模样。"南兮伸出手腕，我看到一块小巧精致的钻面手表。我欣喜听着、看着，她说得越多，我就感觉离她越近，越爱她，连她的梦想我都一起爱。我们俩在分享完全没有第三人知道的私密心事。

"小林子，如果我敢写我的梦想，你敢不敢？"南兮目光灿灿看着我，闪烁着诱惑和挑衅。

我敢不敢？我还是不敢，但是我心动，心动得能听到血液流动的声音，无数的花朵在心中绽放。我想和南兮一起去做一件事。我体内激荡着一股想要表达、想要突破的欲望，想要去和那样一个勇敢的自己在未来碰面。这种感情在我从前朴实无华的岁月里从未有过。是南兮激发点燃了它，给了我一种新鲜、绚烂的刺激感，让我勇敢去追逐内心渴望的自己，从原有的轨道里奔向另一种可能，一种曾经只敢想，想多了会笑话自己的可能。

我可以梳漂亮的发型，可以选择喜欢的人交朋友，可以坦然写自己想写的东西，这为什么可笑？兴奋战胜了怯懦。

我们俩约定都写自己的梦想。并且成为彼此的第一个读者。这使我和楚南兮成为彼此的谁也代替不了的知己。

我没有想到我的作文得到了三等奖，南兮知道后比我还高兴。而更让我吃惊的是一向分庭抗礼的两大才女南兮和薛微那一次均没得到任何名次。

薛微的头发梳得越来越高，越来越紧，浑身钻出一种兵器的锋利感。但她的成绩开始反向发展。我听说她父母元旦的时候从日本回了一次上海，以前只要父母寄东西回来，她都会尽情张罗，而这次没有，并且不再把爸爸妈妈挂在嘴边了。

两个月后的升旗仪式，我和三四个同学站在领操台前，吴校长给我们授奖，他鼓励我们继续努力写作，今日我以建成为荣，明日建成以我为荣。我捧着奖状，人生的第一张奖状，闪着金色的麦穗似的光芒，像那天的太阳一样，八九点钟的太阳。

一等奖的作文是姜柏尧的，有人说那是因为于老师是他妈。我知道他一点也不想拿奖，但还是毕恭毕敬站在吴校长身边，表现出老练的骗子特有的乖顺。第一名需要在全体师生面前朗读作文。这样想，我倒有点庆幸只得了第三。

姜柏尧的作文一向只是良+水准，他用理科的方式解析作文，用公式对待起承转合。

他对我说，华老师不会一篇篇逐一看我们的周记，只是写个"阅"字。所以他投机取巧把9月份的周记"装修"一下，又塞进12月的定额里，当然他忘了自己是华老师重点考察对象，评语里是华老师的哭笑不得："你在考验老师的记忆力吗？"

他不投入感情在文字上，每一篇记叙文第一句总是"一天下午"，引得他母亲大人不禁问他："姜柏尧，你的上午都在干吗？酝酿下午的故事吗？"

那时已经3月，他穿着蓝色的校服衬衫，灰黑的长裤，他拿过话筒的第一声居然是一个洪亮的喷嚏，引得我们和台下学生都大笑不已。我看到于老师的脸瞬间就阴了，姜柏尧却跟着我们笑，我几乎断定他是故意的。再接着他慢悠悠擤擤鼻，又吸了几口氧才不紧不慢开始读："建筑是凝固的音乐。我的梦想是当一名建筑师。"

他写了埃菲尔铁塔的建造过程，说了泰姬陵背后的悲伤故事……那些流芳百世的爱全都镌刻在不朽的建筑上，而建筑也凝固着无法磨灭的梦想。春日缓缓从桑葚树后撒下一道金光，映着他瘦高的身影，他高高的鼻梁上夹着眼镜，那眼镜像是他身体的一部分，衬着他的斯文俊雅，跟着他顾盼生辉，一起在完成演讲。

姜柏尧果然和其他男生是不一样的。他不会扯女生的辫子、抢她们的笔袋扔来扔去；不会穿着脏兮兮的校服，满身汗臭，他的衣领袖口总是干干净净的，身上有淡淡的皂香，脑后的发绺剪得整整齐齐，露出一个可爱的尖角。他的咬字和别人不一样，逢"m"的声母习惯用鼻腔发音。但瑕不掩瑜，这反成为姜柏尧独特而有趣的标志。他的声音像一种熟悉如梦的频率在我耳边拨动。

这梦想好熟悉，这梦想简直就像我的梦想。他说，取乎其上，得乎其中。他想把身体里的一部分能量输入另一个维度里的愿望不正和我喜欢写作是一模一样的吗？他没有在利用技巧了，没有前面写"爷爷"，后面变"外公"的矛盾了。他在真正地书写"我的梦想"。

那是高一时候的事情了，那一年我16岁，将懂不懂地走向成人世界，模模糊糊知道什么是喜欢。我们渴望拥有自己的意志和自主权，中午的时候，我们可以得到老师特批出去吃午饭，看着初中部学弟学妹艳羡的目光，觉得自己很厉害！

学校门口的饭店竞争很激烈，我和南兮喜欢去一家店面干净的餐厅吃炒面，吃完以后在对面的小店买一杯珍珠奶茶。我们的口味是一模一样的，或者已经习惯了一模一样。我们个子以同样的速度成长，梳一样的头，戴同款围巾，用三菱0.38水笔和薰衣草味的橡皮。我渴望哪一天会有人说这两个小姑娘真好看，像一对双胞胎，而这种事从来也没有发生过。

楚南兮出落得更加美丽，两腮的婴儿肥收拢成瓜子脸，杏仁大眼慢慢扬出修长的弧度，万千风情在这双眼睛里成熟着，丰满着，顾盼生辉。经常有男孩子提出请我们喝饮料或者一起去溜冰的邀请，但南兮全都拒绝了，不管是她的同桌葛超的日日殷勤，抑或邻班的、高年级的男生的情书和礼物……每当我看到她礼貌果断地回绝，心里一撮微弱的火苗都会被掐一下。我不知道自己为什么会期许，不知道是期许一杯冰红茶还是被男生邀请的虚荣感。但我不能表现出来，我和南兮是统一的集体，我们的决定必须是一致的。

有一天，我们俩在挑钢笔的时候，南兮突然问我："小林子，你是不是喜欢姜柏尧？"

"啊？"我被吓了一跳，像背着滚瓜烂熟的课文时突然卡壳。

南兮乌黑的眼睛里藏着笑意。

我感觉到自己的脸开始发烫，莫名其妙地心虚起来。我问南兮，怎么样才算喜欢一个人呢？她眨着大眼睛想了想，说应该就是想要时刻见到他，特别注意他，会对他的一切喜好都牢记在心。

我对姜柏尧了解吗？我知道他喜欢吃70%可可的黑巧克力，却受不了有一点点酸味的柠檬茶；我知道他喜欢美术和几何，最喜欢的图案是三角形，因为最坚固；我知道他讨厌音乐课和背书，基本所有的背诵课文都是他在每天晨读时慢慢背出来的；我还知道他表示反对的时候会先笑，写自己的名字倒笔画……他喜欢损人，对同学也很清高，在老师面前是另外一副样子，但其实内心很柔软，会帮扛不动体育器材的女生搬东西，教我功课的时候语气会变得温柔……

"小鹊，你怎么突然脸那么红？"

"我没有！"我被自己关于他的馆藏信息吓到！

"那么你讨厌他？"她妙眸里是一览无遗的明察秋毫。

"那倒……也没有。"我把两只手都塞进挑选钢笔的任务里，不能空下时间给自己回味答案。

"那就是喜欢啦！"

我对于南兮的强词夺理有点不高兴。喜欢是很隐私的事情，为什么连我自己都没发觉的时候，南兮先知道？我大概是喜欢姜柏尧了，但是我一点不觉得快乐。因为我不知道喜欢会给我带来什么，我紧张，害怕自己的喜欢被别人察觉，更不要陷入他会不会喜欢我的烦恼旋涡里。

"那么，你有喜欢的人吗？"我需要南兮的秘密中和我体内的酸性。

她狡黠看了我一眼，手指抵在尖尖下巴上："如果我和小林子喜欢一个人，你会不高兴吗？"

"好啊！"我激动地喊出来。在南兮惊愕的表情里意识到自己的冒失。这个年纪的喜欢是一件很隐晦的、有些罪恶的事情，在禁止早恋的环境里长大，喜欢异性是寄生在角落里不能拥有国土的虞美人，如果有人和我一起共谋，那我执行的勇气就会增加。如果那个人是南兮，我一定会更加勇敢。

"你真可爱！"南兮忍不住笑，"我跟你开玩笑的。我只喜欢……"

"知道啦，你只喜欢你的犬夜叉。"我为她补充。

"还有剑心！"她挑起一支白色钢笔，"我选这支。"

"我也要这支！老板。"

下午的书法课，我们练赵孟頫的楷书。书法老师是个心脏不太好的老太太。她讨厌擦黑板的声音，却不反对我们窃窃私语的讲话声。说话声越来越大，闹到华老师也知道。华老师自然没办法去说不管纪律的书法老师，但想出一个促克①阴招——每逢书法课前抽签换位。因为大家和不太熟的新同桌在一节课里，还不够培养出聊天的感情。

那一日，我和田夏坐到了一起。我恨自己手臭，两只眼睛卖力盯住自己书包里放钱的地方。隔不多时便要摸摸在不在。田夏很安静，写字认真得像要把书法家当作未来志愿。

慢慢地，我就放松了警惕；慢慢地，她也会偶尔看我一眼。起初是

---

① 上海话指促狭。

偷偷地一瞥而过，后来目光相遇，眼神里就带了情感，我释放了一点点的笑，她却绽出了一丝丝泪。我慌了，只好当作没看到，低下头去。

后来我听到她的声音细如蚊蚋："小鹊，你相信我会偷钱吗？"我不知道该怎么回答，这简直像一个崭新的答题思路，一个我从来也没考虑过的思路。但我故意装作没听见。我害怕自己一旦回答了她，就无法收拾之后感情的走向。我不想和全班认定的事实对峙，我低着头写字，装出自己要把当书法家作为未来志愿的模样。

16岁，我还学会了袖手旁观。

几天后，迎来了月考。在驾轻就熟应付完语文之后便迎来最让我头疼的数学了。

考卷发下来之后，我才看了两道填空题就觉得神经紧绷了，分明都是复习过的东西，知识点却好像都长了翅膀从脑袋里飞走了。考试的座位是一人一座，和同学的距离感更加重内心的恐惧。我果然是个笨蛋！我焦虑地摁着活动铅，一手弹着绘图橡皮。一不留神，橡皮和那些试题的答案一样从我手里一溜，落到地上又弹到后座，我扭身去寻，视线溜了半圈，看到一只骨节分明，五指纤长的手攥起橡皮，我抬头看见是姜柏尧，他坐在我斜后座。此刻把橡皮送到我手里，我们对视到，他突然对我笑了一下，这一笑彻底毁掉了我们纯同桌的友情，猝不及防正中我心口，一点没偏，我意识到这笑容是绽放给我一人的，我的心陡然失重。一种我与世界上另一个人心灵相通的喜悦涌上来，原来女孩对男孩也会有失魂落魄的感觉啊！我琢磨着该回他一个笑的，但笑的动作才做了一半，脸已经涨烫了，眼睛也莫名其妙地躲开他，回到试卷，分明满目数字，脑海浮现的却还是上一场语文考的试题——

"此情无计可消除，才下眉头，却上心头。"

16岁，我第一次喜欢上一个男生。

那不过是一两秒钟的事情，却从此烙进我心里永不磨灭，每次遇到困境我便拿出来复习一下。我尝试过分析他为什么对我笑，这笑容或许有鼓励或礼貌的成分，但我确信这一定还掺杂着其他的，足够动摇蛊惑一个少女的其他东西。我的"确信"，也不过是一个陷入恋爱的女孩没有依据的自信罢了。这份初恋的喜悦不消退，不遗忘，历久弥新，越旧越醇。

所有人都最爱礼拜五，礼拜五下午的下课铃声是快乐的起源，是自由的号角，但是周五也有不如意的地方，放学后，大家三五成群结伴出去玩。姜柏尧也会走，每当看到他背起书包，跟着几个男生有说有笑，快乐地离开教室，下午的阳光便在我心里投上了一点阴影。我的心像被扯开一个洞，洞里被灌进了一颗青柠，又空又酸。要有两天多看不见这个人了！是那种离别的不舍。我自知可笑，有时候我也讨厌他给我带来这样的情感波动。幸好有南兮在，幸好周五的下午我们可以去逛街游乐，冲淡这份情难自禁的少女情怀。这份情绪我始终不曾告诉过南兮，我非常自如地保护起自己对姜柏尧的所有感情。虽然这是我第一次喜欢上一个男孩，但我非常清晰地知道，这份喜欢是只能我自己独享的。

第一次，我瞒着南兮，有了自己的秘密。

第三章　没有版权的悲伤

当下

2019年10月18日

黑，身体在黑暗里往下沉，散如一摊沙，仿佛被巨大的力量攫住，又被用力揉作一团。

"砰"一声，背脊猛然撞上硬物，痛。但我没法动弹，我只能听见心脏里血液流动的声音。

"林小鹊、林小鹊。我跟你说话你听得见吗？"脸颊一点点辣起来，那个熟悉的，逢"m"声母就用鼻的发音涌进脑里。阳光一点点泼进我的眼睛，火热热的。

我不自觉呻吟了一声，胸口像被灌了冰，一股股凉意流向身体各个方向。我在颠簸里睁开眼。身体还在抖。看清楚了，原来我正躺在一辆行驶的出租车上。

姜柏尧还在拍打我的脸，我虚弱地推开他的手。他一定吓坏了，我每次犯起病来都像死了一回。我依仗他的力气，慢慢坐起来。司机在后视镜里用惊恐未定的眼神看我："还去医院吗？"

"去！"姜柏尧皱着脸看我，他的呼吸比我还重，"林小鹊，你感觉怎么样？哪里不舒服？"

我摇头，擦掉额上的汗珠，用虚弱的声音挣扎："我现在没事了。不用去医院的。"

"你经常这样吗？第一人民医院马上就到了，我陪你去检查一下。"

"没事。"我为了安抚他，故意从包里拿口红补妆，"我就是有点低血糖，现在没事了。"我的手在抖，口红根本拿不稳，这支口红颜色和嘴唇上的也不一样。腹腔一股热流下坠，我努力收了一口气。很不要脸地问他："能去你家喝口水吗？"我感到嘴角开裂了，说话有点痛。

姜柏尧忧虑又疑惑地看着我，我几乎是用乞求的眼光回望他。良久，他对司机说："去山阴路。"

我先到超市去买了点东西，然后跟着他蜿蜒走进一条花岗岩铺成的"弹格路"。走进弄堂里，两排红砖瓦房相对而伫，进去第三家就到了。

"于老师在家吗？"我扶着把手，一步两喘走到三楼。

"就我一个人，他们不住这里。"

"哦。"

进屋后，他拿热水瓶给我倒了杯隔夜水，我很敷衍抿了两口，急急问："能借用一下你家卫生间吗？"

姜柏尧把我领到左边小隔间："开关就在镜子边上，有事喊我。"

"好！"我关上门，在黑暗里定了几秒，直到门外听不到任何声音，我才缓慢挪动大腿，肚子丝丝拉拉地痛。

灯是明黄色的,却很暗淡,幽幽照着整个浴室,一切都仿佛生锈。牙刷一把,毛巾一条,毫无雌性生存的气息。分居?离婚?

我坐到马桶上,看着雪白内裤上染着的暗红色血迹。目光有点发虚,拿出从超市买的卫生巾……

姜柏尧在门口问:"喂,你从什么时候开始有这毛病的?"声音像从扁圆细缝里吹出来,一定是他咬着烟。

他断定了我这属于沉疴,没有施展谎言的余地了。我不响,当作没听到。

我看着镜子,里面的女人头发蓬乱横飞,新长的黑发倔强对抗着人工的黄,眼妆全晕在颧骨,乌黑黑像男人拳头伺候的伤痕。嘴唇上趴着一块洇着口红的唇皮,爱马仕的丝巾像咸菜一样绑在脖子上,把肤色割得泾渭分明。真丑,我怎么在他面前这么丑呢?!

"喂?林小鹊?"音调提高了,烟应该夹到两指里了。

"嗯。"我很轻地回应。镜子裂了一条细纹,把我的脸左右割开,一半鼓励,一半嘲笑。

我去中山医院、瑞金医院看过许多专家,做了无数检查,怀疑过贫血或咖啡过敏。医生诊断结果是惊恐障碍,属心理疾病。至于为什么总是来例假就会发作,他也说不清楚。但我知道的!只是那段经历太过耻辱,我不会对任何人讲。

我把自己收拾干净走出去,房间里却不见他。

"姜柏尧?"声音弹落地板,又射回我自己耳朵里。

没有人回答。

我疲惫坐到书桌前的转椅上。本以为他家会和他一样邋遢,没想到小小亭子间里丁是丁，卯是卯，还算收拾得整洁。房子是朝北的，书桌对着窗，桌上放着一台联想笔记本，两三张照片横成一排。正中那张是祖孙三人在迪士尼的合照，在巨大的城堡前面，三张脸远得"语焉不详"，只觉得太阳大得晒人，晒得我也想眯起眼。左边一张是姜柏尧和父母的合照，他穿着学士服，手上拿着毕业证书，比现在要年轻很多，脸上没有胡楂，学士帽下是一张青春洋溢的脸，于老师和爱人一左一右站在两侧，三个人都在笑，身后拉着红色的横幅："欢送同济大学建筑学院2006届本科生毕业。"第三张照片，啊，第三张照片……

楼下有人在打牌，米白色拉帘遮了一半日光，开了半窗，我探身出去。听着楼下的男人嬉笑而高亢着嗓子问："一对'皮蛋'要不要？"楼上的姜柏尧还在第三张照片里，在建成中学的红旗下读着《我的梦想》。虽然照片上没拍到我，但我知道我在那里。

冷风飕飕往窗内来，我的脸被吹干了。收身回来，无意碰到鼠标，待机的荧幕闪烁起来，像姑娘掀开面纱，一点点展示她真实的面目。

我走下楼，对着拥有一对"皮蛋"的男人说，我走了。

拥有一对"皮蛋"的男人回头看了我一眼，问我身体怎么样了，转脸又毫不耽搁扔出一手顺子。而我扭身就走了。他在背后喊我，我说我没事了。他在背后继续喊："喊，谁穿走我外套啦？"

他披了一件不知道谁的皮夹克跑上来，衣服小了一号，两只袖子缩到手肘。我问他，追上来做什么？他说要送送我。

我歹毒问："你有车吗？拿什么送我？"现世报来得快，我才走两步羊皮高跟鞋就陷入"弹格路"，他不扶我，他竟然不扶我站在一边负手看，我撑着地"自力更生"。

他笑眯眯问:"痛哦?"我恶狠狠瞪了他一眼,抓着他那件吊八筋[①]的夹克袖口:"扶我到车站。"

"穿这种鞋走路真的舒服吗?"

"你懂什么?"

"不懂。"他不生气,笑。

两面的居民家溜出炒菜的烟灶气息,每家都敞着底楼大门,任由那味道跑出去勾引人。有百叶结烧肉,有肉饼子炖蛋……

等红灯的时候,我问他薛微到底知道他什么事情。他单手弹玩着打火机说:"不晓得,大概她暗恋我。"

我又问他:"你每天就这样跟人打牌过日子吗?"他把打火机扔向空中又单手接住,像成功了一个实验的样子得意:"有时候也打游戏。你打《王者荣耀》吗?我可以带你。"我的心里孵着一块石头,它怎么孵也温暖不了。

姜柏尧陪我走到虹口足球场,路过的人都要看他一眼,他前额头发已经长到鬓角,衣服勒在腰上,他还穿着那双深棕色人字拖,两只光脚巴着鞋底,脚趾冻得红起来,我打了一个寒战,替它们感到冷。替它们难受,我恨那些看他的目光,我也恨这双脚的主人,他不该是现在这个样子的,站在领操台上讲着高迪、柯布西耶的男孩不应该是这个样子,这个邋里邋遢的男人不配成为十几年后的姜柏尧。我心里灼得难受,憋不住问他:"你怎么会变成这样?"

他顿了一下,眉毛一高一低反问我:"那我应该变成什么样子?"

---

① 上海话指衣服太短,吊在身上。

"你明明考上了同济。"扶着他走上轻轨楼梯,我逼视住他。

"那又怎么样?"

他为什么要笑呢?

"你说过你要当建筑师的。你忘了吗?"

他"嘶"一声咧开嘴,把所有的表情都推到眉毛上,扬得那么高:"当建筑师有什么好的?"然后靠到身后的栏杆上,看着一群穿着申花蓝衣的球迷成群结队从他面前走过,他觑眼道,"苦得要死,每天加班赶图,一个项目耗一两年,都是脑子有病的人才去考。哪有我现在自在,想干吗就干吗。"

"你在说什么呀?"我瘸着脚一步步走近他,"那不是你的梦想吗?你明明有才华,为什么要放弃?"

他笑得更大声了:"什么狗屁才华!"

"你到底怎么回事?"云那么白,天那么蓝,周围的人都那么快乐。为什么姜柏尧却断成两截了……小腹火辣辣向下流淌鲜血。我想去抓他,可我自己也正跛着。他懒懒赖在扶栏上,暮色照在他颓废的脸上:"没怎么回事,我就是腻了!就是我现在吧!特别讨厌建筑!"他笑得我眼睛疼,而他的眼睛那样模糊,蒙着灰尘雾霾,"你看这座城市那么多高楼大厦,他们缺什么呀?!缺我吗?干吗活那么累?没意思。浪费在什么志愿梦想上,都是狗屁!"

"你撒谎!"

"我撒什么谎了?"他还在笑,笑容踮脚在悬崖边。

"你不可能讨厌建筑。"

"我讨厌!"

"不可能。"

"真的！"

"那你为什么还要做重建方案？"

他的笑崩塌了。

我咬唇，下唇那块蜕皮处被牙齿咬破："你电脑里，我看到了。你在做巴黎圣母院的重建方案。你要是讨厌建筑，为什么还要做？"

他两只眼珠在夜幕里越发阴沉，熊熊的怒火正在眼窝深处燃烧，啐出一口："我回去就删了！"

"你干吗这样？！"我抓住他短了一截的衣袖，"你根本就还爱建筑！为什么把自己弄成这样？你说话呀，说话呀，你要做建筑师，你说你要做呀。你告诉我，你没有骗我。那篇文章是真的。我们的青春里总要有点东西是真的！"我死命摇着他，像要抓住最后一根稻草，像要把一切掰回来重新来过。

姜柏尧慢慢地，一个字一个字地说："不是真的，没有东西是真的。长大吧！你要承认梦想不会实现才是人生。"他毫无表情，冷漠、凶残地掰开我的手，他不笑了，"别给我灌鸡汤了，林小鹊。我没什么才华，是你们当初要求太低。别再骗我了，好不好？我就是一个失业，没老婆，拖着孩子，还在啃着老娘退休金的败类。你满意了没有？陆太太？"

窒息，一阵令人心里发毛的宁静。明明周围都是声音，但我什么也听不到。天桥下，车辆仿佛冻凝，只有无数车灯闪烁。

"于老师一定很难受。作为一个老师，自己儿子居然教成这样。"我不知道为什么又说出刺伤他的话。

他的眼睛慢慢变红，像被我掀开了一层皮，恶声道："林小鹊。不是所有人都和你一样幸运，找个有钱老公，就能和过去一刀两断。不用努力，不用奋斗，不用遭受别人的白眼和社会毒打，伺候好你老公一个人就够了。"

我不应该去管这种人的事，我要回家，我屏住呼吸，反身大步往车站走。

他的声音没有放过我："怎么？又要逃吗？对，没错，跑去老公怀里哭一顿就好了。跟小时候一样，只要走得远远的，保护好自己就行！谁也比不上你精明。快回去心安理得当你的阔太太吧！"

胸口涌上一股剧痛。回头对他狠言："那也比你好！活得像个废物！我要是你还不如死了算了。"晚霞像血一样红，在我的眸里凝结着他的身影。

"活该！"我咒骂他，"活该啊！"

回到家的时候，发现门口多了一双鞋。我猛吸了口气，仓皇跑进屋里，果然听到淋浴间传来花洒声，里面一个黑影在动。

我站在浴室门口，匀了口气，提声："怎么提前回来了？"

"嗯！"瓮声瓮气的声音从里间传出。我微微站了会儿，马上换了衣服，卸了妆，在镜子里整理好头发，弯腰将陆昂换在地上的衣服捧起，按干洗、手洗分好。

花洒停了，我听到隔间里的开门声："你一整天到哪里去了？"陆昂的声音近在咫尺。

"我……"我将白色干浴巾递给赤裸伸手过来的丈夫，"我去恒隆逛了逛。"

他把一个洗发水空瓶随手甩到洗衣机上。空气里有股淡淡的白茶香气。他用了我的洗发水。陆昂边擦身,边从浴室出来,眼睛不知因淋雨还是熬夜显得猩红而可怖。

"成天就知道买东西,家里没人放阿姨一个人进来,你有没有一点安全意识?被单晒在外面也不收!去李医生那里看过没有?"

我低头打开洗衣机门,将一摞衣服放进去,其实那些根本不能用洗衣机,一会儿我还得一件件取出来,但我现在急需让自己看起来忙碌,我将头压得很低,心虚地"嗯"了一声。拎起他的衬衫,雪白的领口上弥着浅浅的粉印,我在手心捏了一会儿,对着水龙头猛劲搓,颜色一点点褪下去,一点点褪下去了。不能让阿姨看到,像什么样子?还好是我。我抖开搓皱的衣领,把衬衫塞进洗衣机里。然后把那只茶色的空瓶捧在手里,真讨厌啊,又用我的洗发水。

陆昂套起浴衣,回到客厅,躺到沙发上,打开电视。我喜欢电视,每当电视机里的声音覆盖掉夫妻俩谈话的冰冷,我就感到悬着的心脏轻松了一些。我装模作样从洗衣机前站起来,陆昂冰冷的声音再次降临:"你年纪也不小了,我工作忙,这事情你自己上点心吧!别一天到晚在家当闲人,只知道花钱。我妈快70了,你想让她什么时候抱孙子?"

我的脑袋像被人锤了一棍子,下腹激烈如咬斗般疼痛,我咬着唇想争辩却什么也说不出。我笑了两声:"知道了!"迅速跑到阳台去收晒出去的被单,阳光还很灿烂,晒得睁不开眼。双手被烫得发痛。

刘阿姨买好菜回来,我忙着指导她洗菜、拣菜、炒菜……虽然做了一大桌菜,但是陆昂回房睡觉,没有起来吃。

我看着一桌子红烧清炒,顿觉目眩。提起筷子,拨了一下鳜鱼,一点胃口没有。这时我想起来手机调了静音，刚才给我狂轰滥炸的当然不是陆昂，我摁开微信，看着林国华给我发的各种养生保健转帖。我一条也不会点开看的。这么大年纪了，能不能识相点？

饭吃到一半，陆昂他妈就来了，只要陆昂出差回来，她再晚都要来一趟。她先打我的手机，让我下去帮她把大包小包的水果糕点拎上来。走到门口发现陆昂的鞋子还没收进鞋柜，她弯下身，提起鞋，发出一声"哎哟"，扶着腰，亲自把鞋子一只一只放进鞋柜。她不会说什么，她一个字也不会说我的，她只会看我一眼，那一眼比骂人厉害多了，用那一眼让你感觉到羞愧自责。

每次小喇叭跟我抱怨她婆婆难弄，我就冷笑，谁也比不上我婆婆，梅心女士是北师大高才生，陆家从来不做亏本买卖。怎么可能千挑万选最后轮到我这样不符常理的人做媳妇？因为梅女士是个优秀的精算师。她只要一个合格的女孩，不要已经90分的，因为另外30分，需要她慢慢训导栽培，那才是掌控整个家的乐趣所在。像我这样，身家清白，没谈过恋爱，家境算不得大富也不至于太穷，正好在娇气和"土鳖"间找到平衡，进了门能低眉顺目，出了家也可以落落大方，才是最佳人选。陆昂全都听他妈的，他妈不容易，老公30多岁英年早逝，一个人管着公司，抚养儿子。这样伟大的母亲是必须配置一个懂事听话的儿子的。而这个儿子讨老婆也必须听从母亲的建议。

我和陆昂就是婆婆介绍的。那时我在一家婚纱店工作，老太太陪朋友来做新娘妈妈装，后来她跟我搭讪，打听我属相、学历和家庭，再后来她提出让我和他儿子相亲。我那年才24岁，陆昂比我大5岁，刚从美国回国，长相端正，性格和顺，对我也挺好，又孝顺，偶尔有点大男子主义，当老板的嘛，谁没有？我开心笑纳这个从天而降的大饼。一直啃到现在。

一结婚我就辞职了，陆家不缺我那点月薪，家里阿姨就请两个。我为什么还要上班？梦想是什么？做阔太太难道不是梦想？

送走婆婆已经十点多，晚上，躺在床上，疲惫不堪却没有睡意。墙上挂着我和陆昂的婚纱照。两个人的笑容在黑暗里好像鬼魅。以前就听人说婚纱照拍完就是压箱底的，如今想来，若压在箱底的只是照片，也算幸运了。

婚纱照是在盛夏时分拍的，因为陆昂家选定了十一长假举办婚礼，时间赶，任务重，每天都像在打仗。陆昂祖籍宁波，除了上海办一场，还要回镇海一次，所以选择十一黄金周，能将亲朋好友"一网打尽"。大约是生意人的本性，他们家虽然不缺钱，但在一些小钱上也是分毫不能吃亏的。

拍照那天从凌晨四点一直弄到晚上十一点。我们之间并非没有过一点点欢乐的时光。第一次见面是在上海博物馆，我怕迟到，早早就到了博物馆门口等着，那日天气很暖和，下午的阳光像一缕缕金箔，暖和温煦。我不知道他长什么样，什么时候会出现，忐忑望着来来往往的人群。不知道等了多久，倏忽听到有声音从阳光深处传来："等很久了吧？"男人的、低沉又透着点上扬的尾音，然后我看见一个高高的人影慢慢向我走来。

我清晰记得那天的光景，记得初见的模样，记得他穿着一身海蓝服帖的衬衫，记得他把棉花糖塞到我手里时谦和阳光的微笑，记得我触碰到他指尖的温凉……

我和他循序渐进、井然有序地交往，虽然没有弱水三千，只取一瓢的非你不可，也没有愿得一心人，白首不相离的誓言，但也是阡陌红尘最正常的恋情，我很知足，欣然接受这样规规矩矩的人生历程。从恋爱到结婚，努力做一个合格的女朋友、妻子和儿媳妇。

但是……是什么时候开始变的呢？什么时候开始家里的温度渐渐冷却，他看我的眼神里没有了笑意，我怎么也想不起来了。人心的变化，让人猝不及防。

我沉浸在自己贤惠乖巧的无私奉献里，自从认识陆昂，我就开始演这样一个角色，演到现在，并且要一直演下去，不能让某些委屈的情绪苏醒，只要让自我意识常年沉睡，我就能一直觉得自己婚姻幸福。可是姜柏尧敲碎了那层粉饰。他让我感到难受了，他让我想把伤口扒开来给他看一眼，你看，你看啊，你以为人生那么容易吗？谁不是在隐忍着、乔装着？我憎恨他，憎恨他那么轻易就放弃挣扎，一副清高的模样来审视我。

没错，我一直伪装着，想让别人都以为我过得很好，但是我又那么矛盾，我渴望有一个人，哪怕这世上有一个人能知道我这些年都承受了些什么。能让这份苦有旁证，能让我的痛被一双眼睛呵护一下。

身侧的鼾声断了，陆昂醒了，他倏然转身压到我身上，双手摸进我内衣。乳房痛了一下，我立即道："我来了。"

"嗯？"他的手往下滑。

"那个……那个来了。"

"又来了？"他泄了气，"麻烦！"然后软塌塌又躺了回去。

我望着天花板："我今天又昏倒了。"

天花板上有一道亮光，是陆昂玩着手机反射的光："你好好去检查检查吧，什么怪毛病，也不知道以后有了孩子会不会遗传。"那道光不见了，他收了手机。

"薛微得了精神病。"我像讲给自己听。

"你那个同学？"

"嗯。小喇叭婚礼上你见过的。瘦瘦高高那个。她发疯了。"

"哦。是吗？"良久以后，他说，"少管别人的事了。有时间还不如琢磨下孩子的事。"

一切都淹进黑暗里。我在黑暗里发出笑声。这就是我的阔太太的生活，这就是姜柏尧说的，伺候好老公一个人就够了的生活。

陆昂问我笑什么，我说我想起一个笑话。他连头都没回，毫无声息。

我们终于都长大了，长成不会实现高中梦想的那个人了。

我居然在心里想起姜柏尧白天说的话。

可是姜柏尧以前不是这样的。啊，对了，我以前也不是这样的啊！

我是怎么变成这样的？

回忆

2004年夏—2004年秋

5月，花香满校园，学校的运动会如火如荼动员起来了。运动会的举牌女孩由全班无记名投票产生，南兮以39票的高票当选。谁都知道那是一场变相的选美。

5月，我的心像在经历一场严冬。爸爸妈妈变得很奇怪。妈妈不再每天早起给我做早饭，爸爸给我的零花钱突然多了很多。放学后，总不见他们俩在一起。爸爸在前房间看电视，妈妈就在小房间织毛衣，妈妈陪我吃饭的时候，爸爸总是躺到床上休息。他们不再说话，拿我当传话筒。

我的心情越来越糟糕，南兮却越来越忙，她开始运动会的彩排，和每个班精挑细选的漂亮女孩在一起，每天午休都要去操场练习，我和她一起吃饭的时间被剥夺了。

放学了，我去操场等她，她们穿着统一的雪白衬衫，红黑格子短裙，露出修长洁白的腿，婀娜婷婷，那样醒目地美丽着。

我问南兮什么时候可以走。她通红如菌苔的面容为难地皱了一下，（3）班的女孩搂住南兮："我们再练会儿吧！结束了一起去文庙买统一发带。"她连看也没看我一眼。

南兮愧疚看着我："对不起，小鹊，我今天得再排练一会儿，还走不了！"

南兮和女孩们走了。她们走在鲜红的晚霞里，每一张漂亮的脸庞都光彩夺目，篮球场上的男孩们也在断球时见缝插针瞄向她们。我输了。被一场不可违拗的基因竞争淘汰。

她们离我越来越远。我低下头，看着自己白跑鞋上一块不知何时染上的黑色脚印，感觉那脚印就像我自己，非要粘在白鞋上。胸口翻江倒海地涌动。我太爱她了，爱得又很难受，有点恨，想要远远离开她，再也不想看见她。

薛微站在我身后大概很久了，我想我的失落全在她的眼睛里。她就像一只白狐善于观察。

她拍拍我肩膀，问我有没有空，周五和她们去溜冰。我一点也不想去，周五我约了和南兮一起去买钱包，但我还是答应了。我知道我在赌气。

那天薛微约了很多同学一起去。我和小喇叭并排溜的时候,薛微迎上来,敲了一下我肩膀:"休息一会儿,我请你喝美年达。"她把我拉到小卖铺前,递给我一瓶黄澄澄的饮料,她的手滚烫,脸上化了妆,单眼皮的眼睛上有蓝色眼影,深深的眼线,显得比实际年龄老练许多。

她咬着吸管问我:"你爸出国了吗?"

我愣了一下,看着她:"没有啊!"

她嘴角含上一丝笑:"你爸跟着其他女人走了吧!"

我惊骇,感到脸上一阵阵发烫,双手紧紧握着饮料杯,远处,小喇叭和几个男生在接龙溜冰,他们恣意笑着,像所有家庭完整的孩子一样。

"你知道是谁告诉我的吗?"

我不想知道。不可能!

"你自己告诉过谁,你不知道吗?"

我脑袋轰隆隆。我不相信。我用犀利的目光瞪着她。薛微两只眼睛弯弯笑起来,捋了下焦黄微卷的长发:"我骗你干吗?她都跟(3)班的戴美丽说了,说你爸背着你妈养二奶,结果被捉。他们俩在闹离婚。"

我像被当众剥光衣服一样羞耻而难受。薛微的声音又飘来:"放心吧,我不会告诉别人的。不过那种朋友,别要了。假得要死!"

"不要说了!"我推开她跑进溜冰池。我听到她在身后的尖厉笑声,宛如鬼魅。我撞到了小喇叭,连我自己也摔得不轻,我想站起来,脚下的轮子一次次把我拖下深渊。终于有人过来拉我起来。不认识的人,幸好是不认识的人,要不然看到我满面的泪痕,我该怎么撒谎?我换下溜冰鞋,小喇叭问我:"怎么不溜了?"她是什么时候过来的,我一点不知道。

"嗯，不溜了！"

"你今天怎么了？怪怪的。"

"没有！"我穿上自己的匡威鞋，"你快去溜冰，不要待在这里！"

小喇叭走了，但是我的心一点没有平静下来，方才的惊愕慌张现在化作千千万万的细针头一下下戳着神经。

我告诉自己不可能的，南兮绝对不会出卖我的。

我在浑浑噩噩里度过期末考。

天气已经很热，我还穿着长袖蓝衬衫，妈妈没有帮我把夏天衣物翻出来，每天下了班就和大姨妈或者小阿姨①打电话，说着说着就开始呜咽。她看到我，就装作严厉的样子，让我去写作业。爸爸已经很久不回来了。我不知道他去了哪里，可能真的出国了。问妈妈，她就要生气，问我是不是那么想他。那么她现在就走，让我爸爸回来陪我。

我不知道我说错了什么，不敢再问了，也不敢和妈妈说话。我不想梳漂亮的头发了，也没心情买好看的文具。南兮约我出去玩，我也总是悻悻的。她说她爸爸妈妈也常不在家，让我学会照顾自己。可是我没有办法像她那么独立。南兮不断鼓励我，但是那些描眉打鬓的玩意儿丝毫不能让我快乐一点，阳光总是那样好，但再温暖的夏日也冲淡不了我凄凉的心情。

期末考的成绩下来，我被自己的分数吓到。没有一门能让我向妈妈交差。

杨老师发数学考卷的时候按照成绩报名字上去拿。我一直等，等到周

---

① 上海话中，一般将母亲的姐姐称作姨妈，母亲的妹妹称作阿姨。

围人都拿到考卷,我的心都凉掉,讲台上只剩三四张。

"林小鹊。"

我背负着全班的惊讶目光,一步步走到讲台上,那么远就看到鲜红的56,羞愤涌到眼睛里,却要努力咽回去。我把考卷捏到手里,躬着身,目不斜视疾步回到自己的座位。

鲜红的56压迫着我的神经,我用笔袋遮住它,可遮不了那一个个红色的大皮膏①。

杨老师说有些人退步就像坐滑滑梯,明明榜样就在身旁,一天到晚只知道要好看。姜柏尧的98分让我看得眼睛发抖。那一刻,我恨他是我的同桌。

我脑袋恍恍惚惚,听不进去一句试卷分析。满目的X、Y像乱码拥挤在眼睛里笑我。杨老师是这个时候喊我名字的。

"林小鹊!"

我像被喊走三魂,吓在座位上,和讲台上的那双严厉的眼睛对视,才迟钝而慌张地站起来。

"你上来,把第二页第一道方程解一下。"教室里安静极了,我只听到自己拖沓的、绝望的脚步一点点"迻迤"上去。

这一天是灾难,黑板在眼前晃动,我捏着粉笔,一笔笔写下"解",题目是什么,我根本看不懂。我没有背过公式,作业都是抄南兮的。

杨老师的声音停了下来,全班人都看着我的背影。我画了一个丑陋的X,用黑板擦擦掉,又重新画了一个。

---

① 上海话指叉号。

"这道题上课讲了多少遍？全班就你一个人做不出来。"

眼前的X变得更加遥远而模糊，脸上一趟趟滑下眼泪，我不敢擦。捏着粉笔的手举那么高，不受控地抖起来，哭得泣不成声。

"行了，憋100年也做不出，你下去吧！"

我站着不动。

"下去呀！"

我还是不动。我不要回头，不要让我接受全班同学的目光好不好？

老师不再管我，另辟话题："姜柏尧，你上来把这题解一下。"

姜柏尧上来了，他没有要占据我的位置，另辟一地开始写，白色的粉笔在他手里轻盈跳动。写完之后，他朝我转过脸来，我知道他在看我，我希望我能消失。

我站了一节课，把自己的屈辱站成一种倔强。直到下课，我才默默走回自己座位。

后面的几堂课，我趴在桌上什么也不做，什么也不听。南兮课间来找我，我也不想抬头。她站了一会儿就走了。

对，离开我吧，去找那些闪闪发光的女孩子做朋友。我为什么要学她梳那些花里胡哨的发型，被一个男老师讽刺臭美？或许像我这样的女孩根本不配。

我没去吃午饭，中午教室里只有我一个人。我呆坐着看着空荡荡的教室，看着满黑板的英语，心里有一种说不出的疼痛。整个教室都好像在嘲笑我。南兮给我买了肉粽，又热又软，但我一点胃口也没有。我看着它慢慢塌下去，冒出水汽把塑料袋蒸湿，就像我一样。

午休过后，姜柏尧回来了。我依旧趴在桌上，忽感胳膊肘有轻微的撞动，我缩了一点回来，隔了一会儿，撞动又近了一寸，我不情愿撑起脑袋，姜柏尧看着我，翻着一本《一课一练》，用黑色水笔头指着一道题说："这道题和考卷上那道一个类型，你想不想知道怎么解？"

毫无用处的自尊突然没有必要地刚强起来，我扭头躺回桌上。用行动拒绝了他的好意。

我自暴自弃想，谁要知道怎么解，就让我一直不及格好了！我把自己扔进深渊里，恨不能化身另一个人，也对这个自己名正言顺恨一番。

高一的最后一天，同学们都在午休，聊天讨论着暑假的计划。头顶的电风扇吱吱摇动，薛微走到我座位，弯声对我说："喂，华老师让你去一下办公室。"

我那时已经有种无畏无惧的自弃，我懒洋洋站起来，一步懒似一步走向教师办公室。我完全预料到迎接我的不会是好事。

教师办公室开着空调，拉着蓝色的窗帘，阳光把蓝投到整个房间。走进去我就觉得冷，更冷的是华老师的脸色。桌上放着一摞我们班同学的《学生手册》，绿油油一片，而她双肘下压着的那本一目了然。

她看着期末分数那一栏，表情肃穆："林小鹊，你这次退步得很厉害。要不是平时成绩占比高，你数学就要补考了。杨老师说你上课最近都不听讲。"

我以为自己百毒不侵，"补考"两个字还是击中我的羞耻心。班上许多平时看起来从来不听讲的男生都考得比我好。或许我只是单纯地比别人都笨吧！我咬着嘴唇，看着墙上贴着的门捷列夫头像走神，门捷列夫会被老师骂吗？不会，当然不会，他那么聪明。

华老师问我心里怎么想的。我看着一只小飞蛾在窗帘褶皱里萦绕。不知道自己该怎么回答。

她叹了口气，两只手伸到阳光里，交叉指在我《学生手册》的老师评语那栏，那里空白如雪。她说："我知道你家里最近发生了一点变故。"我的心被刺了一下，窗外有女生在踢毽子："欠一、欠二、欠三……"我为什么不能混在那群女生里，而是坐在这儿？我在心里拼命祈祷她不要问下去，一遍一遍祈求。可是华老师接着说："听你的好朋友楚南兮说了你家里的事。我很遗憾，老师想找你妈妈谈谈，你能让她到学校来一次吗？"一种剧烈的、强大的背叛感包裹住我，吞噬我。为什么南兮要告诉老师？我的心一节节冷下来。窗帘里那只蛾子还在飞，不停地飞啊飞，像找不到出路。

我不知道自己怎么走出教师办公室的，晌午的太阳烈烈烤着我，我走回教室，一路目送着墙上的鲁迅、祖冲之、爱因斯坦，一直走到高一（1）班门口的朱自清前，教室里喧闹熙攘，朱自清的名言钻进眼睛："我觉得自己是一张枯叶、一张烂纸，在这个大时代里。"

我一步步走进教室，一步一步走到楚南兮的座位前。她抬头的时候吓了一跳，明亮的眼睛更加大了，惊诧站起来，嘴巴将要嚅动，但我先开口："是不是你说的？"

她怔住了，钝钝问："什么？"

"是不是你告诉华老师我家里的事的？"我冰冷质问她，心里是翻滚的牛奶。

她蓄水的大眼睛霎时暗了一下，睫毛抖了起来。是她，真的是她！一切的侥幸都不存在，我的心被狠狠绞住、缠住，被绕得无法跳动。有种绝望里滋生的自弃的痛快！她果然是这样的人啊！原来我一个人精心呵护的那块专属我们两个人的圣地是不存在的,那里已经踏满了别人污浊的脚印。

楚南兮两条柳眉挣扎般一蹙,声音跳起来:"华老师很担心你,她想帮你,所以我才告……"

"你骗了我!"我恶狠狠道。她凭什么告诉别人?凭什么?我把最真实的情感托付给她,她答应我会保守秘密的。

她摇着头,双手来抓我:"小林子……"

"你骗了我!"我推开她,推得她跟跄跄到座位上,我不是故意的,我刚想扶她,但周围的同学发出了尖叫。我的动作僵住了。我现在不仅是个父母离异的差生,还像只恐怖的野兽。

"绝交!"我听到自己的声音从肺腔里挤出来。她的眼睛睁得很大很大,水花在她眼眶里激滟,我的声音也很大很大:"楚南兮,我要和你绝交!"

我握着颤抖的拳头回到座位,同学们的目光却没有回归,像泡泡糖依旧粘在我身上。薛微幸灾乐祸的眼神、小喇叭八卦探究的眼神、路笙谴责而不可置信的眼神……我把委屈憋进肚子里,捂着伤口故意摆出满不在乎的模样,和姜柏尧说话:"昨天晚上的欧洲杯你看了吗?点球欸!"我希望姜柏尧会配合我拙劣的演技,就凭那一点点同桌的友谊。我没有把握地,死撑着笑看他,他的目光像要望进我笑容深处的狰狞。他淡淡点了一下头,声音生涩低沉:"嗯,荷兰赢了。"大家的目光都回去了,我的眼泪掉了下来。没有人知道我心里有多难过。

如果他这时候问我,想不想知道那道方程式怎么解,我会很感激。可是他一个字也不跟我说。或许他也觉得我是个野兽。

第三章　没有版权的悲伤

高一的最后一天，阳光柔柔晒着校园，电风扇在头顶心吱吱地摇，我和楚南兮的友谊结束了……

暑假是慵懒的蓝，妈妈和爸爸正式离婚了。房子留给了我和妈妈，爸爸一个月才能来看我一次。妈妈的脾气依然没有好转，只要我周末出去玩，她就要耳提面命，从"不许和不三不四的朋友一起"发展到"看男人眼睛要擦亮"再到"以后结了婚，千万不要离婚，便宜了外头的狐狸精"，我不敢和她顶嘴，否则她会更生气，只好默默听着，听多了，我的心都变得酸胀泛馊。妈妈的工作越来越忙，每天给我留十块钱解决早饭，午饭我吃的是百家饭，妈妈和邻居们打好招呼，有时我跟着楼下奶奶吃，有时候跟楼上姐姐一起吃。下午，我在吹着冷气的房间里，看几小时《金田一少年事件簿》的DVD，已经看了很多遍，对情节滚瓜烂熟，以前我都是和南兮一起看的。我们曾相约一起去南半球看南十字星。原来一个人看侦探剧很寂寞。暑假作业很多很多，但我一点也不想做。

这样闲散而无聊的日子是一篇周记也写不出的。很快一个月就过去了。

天气更热，开窗便是满世界的知了叫。

暑假唯一的新闻是薛微早恋了。她打电话约我去游泳。我不会游泳，但我不想缺席女生的集体活动，失去了南兮，我已经没有退路。我问邻居姐姐借了泳衣去赴约。四男三女在泳池门口等我。

我没有想到还有男孩子会来。四个人脸熟人不熟，都是（5）班的，他们爱把校服穿得松垮痞气，经常挂着无所谓的表情跟在教导主任身后进办公室，平时若在走廊上看见他们，我都尽量避而远之。他们花名叫4 Gangs

（4人团伙），也不知道谁取的，叫着叫着，他们自己倒也欣然接受。我并不擅长和男孩子打交道，走过去的步伐都扭捏起来。

薛微的男友叫萧洋。4Gangs中的一个，皮肤白皙，大眼睛，睫毛比女孩子还长，和我们打招呼的时候还有点脸红，我看到他也有点脸红，因为他长得实在太好看了。很难相信这样一个人居然是个打架高手。

薛微给每个女孩带了不同颜色的手链。我绑到手上，又从林小鹊变回绿色女孩。没有任何的特点和属性，安静做回薛微的影子，像泳池里被拍起的无数水花。

我不会游泳也不爱戏水，呛了满鼻子游泳水便逃也似的坐到泳池边，看着他们在波光粼粼里释放快乐。氯气的味道钻到鼻子里，我脑子里是不成型的配平公式。4Gangs里另一个男孩游过来，扁平的寸头，单眼皮的桃花眼："怎么不玩了？"

"我休息一会儿。"

"你也是一班的吗？之前没见过。"

"嗯。"我不擅长和男生打交道，平时遇到这种情况，我都是站在一旁的配角。

男孩子继续问："对了，你们班有个眼睛很大的女孩。上次运动会举牌的，她叫什么名字？"

"你是说楚南兮？"

"对对！你有她手机号吗？"

"有，但我不会给你的。"男孩吃惊得张大嘴看了我一会儿，败兴而去。

薛微一起一伏像一条美人鱼游过来，趴到泳池边沿："那么大脾气？"

"没有，天气热！"

她瞟了我一眼，试探问："你真的和她绝交了？"

我没有回答，岔开话题问她："你谈恋爱，爸妈不管吗？"

"他们？"她奋力转身，头发甩出一片水珠，"他们眼里只有一个女儿。"

薛微把游泳眼镜推到脑袋上，笑得有点虚弱："她叫薛梓彦。你能相信吗？不是薛梓或薛彦，是薛梓彦。"我跟不上她的逻辑，她转过头来补充，"和我的名字一点关系也没有，就像是他们第一个孩子一样。唯一的孩子。"湿润的头发滴滴答答往下淌水。

我想到爸爸将来不知道会不会也和别的女人生孩子，那会不会也不再爱我了？心里更没意思了。

8月的太阳是温柔的利刃，晒出心里酒一般的一些回忆，我想起小时候爸爸常带我来游泳，我害怕水，他就让我骑在他脖子上，那时候真好，无忧无虑，家庭和美。

泳池里我的脚被泡得发白。太阳光一道道切着水面，谁知道呢？或许十几二十年后的我会怀念此刻这个为赋新词强说愁的小小少女。

"小鹊，现在只有你能懂了。"薛微的眼睛湿漉漉的，看着小喇叭她们和几个男生玩闹欢笑，"他们都是被宠坏的小孩。我们比他们多上了很多课了，我们的人生走在他们前头。你会做我的好朋友吗？"她的手又白又细，滚烫揉住我的手，褐色眼珠里有另一双哀伤的眼睛。她们在深渊里相遇。

"楚南兮怎么会懂？她根本什么都不缺，却还要来夺走我们的东西。"

我的心渐渐冷下去。我知道她有一些话是对的,当其他人还在没心没肺享受着青春的纯粹美丽,我和薛微就已经在承受原生家庭对我们的伤害了。但我不想听她说南兮的坏话,哪怕我还在怪南兮。

薛微不说南兮了,她的声音被我的冷漠晾了下去。

我遮着光看天,卷积云如鱼鳞散在天空,这个夏天就要结束了,而我还有好多暑假作业没有写……

2004年秋天,28届奥运会在雅典举行,H5N1型流感在亚洲出现多例感染。

在肯德基、大董烤鸭生意萧条的时候,我们迎来了2004/2005学年。

我和南兮依旧冷战,仿佛白昼和黑夜,永不相见。那只是我文艺的、夸张的臆想。对于她而言,不过是少了一条用久的尾巴。她和班上几个一心学习的女孩很快融成一片,或许之前是我牢固霸占了她身边的所有缝隙,才没有人能钻进来。

妈妈去见了华老师,知道我成绩退步厉害,想给我找人补习。我执意不从,向她指天对地保证会在高二开学把成绩追上去,她才作罢。我对文科没有担忧。麻烦的是数理化三兄弟。幸好我的同桌仍是姜柏尧,经过一个暑假的成长,我开始不计前嫌,不耻下问,而且他也很乐意解答。但他有个臭毛病,喜欢在解题的时候用笔在题目上边画边解释。每次讲完,我的书都乌糟糟一团。为此我特地买了一支活动铅,每次在他要挥毫前,我都嬉笑着帮他换笔。久而久之那支笔就成了他的解题笔。不仅限于我,别人来讨教,他也用这支笔,他把白色的活动铅放进自己笔袋里,像收了我的心。

　　来到新学期，第一件事情就是改选班干部。见证过高一时那走个过场的改选，大家都知道是7个人挪一下岗位罢了。却没想到这场选举在高二（1）班引起一场风波，也成为一切事件的导火索。

　　薛微的统治生涯在一场唱票会后结束了。楚南兮以高票当选了班长。

　　华老师对薛微之前一年的"工作"表现给予了肯定，大家都为她鼓掌，可老师越是卖力表扬她、赞美她，就越有种欲盖弥彰的可怜。薛微把班长记录册交到南兮手里。脸色刷白，亦无笑意。

　　南兮顺利接棒过来，整个人神采奕奕，笑容灿烂。我坐在座位上附和着大家闷闷鼓掌。幸好我离她那么远了，幸好我再不会被她的光芒灼伤。

　　再后来是全校的大队委员选举，经过班级自评和全校选举，姜柏尧当选。

　　闲言碎语是有的，教室里、走廊上、整个校园里，他从姜柏尧变成于书兰的儿子，那种逃不开、躲不过的流言，慢慢碎到每一个人嘴巴里、耳朵里。

　　姜柏尧变得沉稳了，以前我们上课总是听一半玩一半，一起把粉笔头扔进路笙的帽子里笑，猜测老师下一句批评人的话说什么，打赌教导主任在一段话里会说几个"啊"……现在他不会了，也不能了。同学们也不来问他题了，白色的活动铅孤独躺在他的笔袋里。我说："如果你忙，我去问别人。"他笑了，摊开手掌问："哪道？"我拿出题，放到我们俩中间。想起北野武的诗："只要你回来，我可以再变成笨蛋。"

第四章　手表的主人

回忆

2004年10月17日

　　事情发生在2004年国庆以后。我记得清清楚楚，那天是10月17日，薛微约我和小喇叭去她家玩。

　　那是我第一次走进那条狭小而拥闹的小弄堂。家家户户重重叠叠，被单、内衣裤高高低低挂在一起，仿佛连隐私也是共享的。我跟着小喇叭走，忽见一户门口站着两个熟悉的人影。我没有想到南兮会在。她穿着一件白色连衣裙，浅蓝的短袜，黑色短靴，身纤腿长。她像一个可以完成我无限遐思的理想标本，不，不是标本，是鲜活的、动态的。

　　薛微很高兴地招呼我和小喇叭，南兮挤出小心翼翼的笑容和我打招呼。我看向身边的小喇叭，她无辜摇头，我再看向薛微。她跟我使了一个眼色，轻轻推着南兮到我们面前："今天我好不容易把新班长请来，你们俩怎么还迟到呀！"我尴尬低下头。小喇叭噼里啪啦一顿解释。

走楼梯的时候,南兮问我最近好不好。我硬声硬气"嗯"。她不说话了,但我意识到她想靠近我。不知道为什么她唯唯诺诺亲近我的样子让我很难过。我也不喜欢被她搅得内心翻腾的自己。

我们四个人在薛微家打牌,看电视,又用塔罗牌算命玩。薛微外婆不时送一些糕点零食上来。小喇叭每次算命算得不如意就踢着腿任性说"不好玩"。薛微突然就有了主意,起头说:"那我们玩个好玩点的。"

"怎么玩?"小喇叭起劲。

薛微从书桌抽屉里拿出一本笔记本,撕下几页,对我们说:"来,每个人都写下自己喜欢的人名字。然后抽签交换秘密。怎么样?"

"啊?"小喇叭第一个反对,"那怎么可以啊!太隐私了吧!"

"好朋友就应该互相分享秘密,是不是,小鹊?"

这个秘密在我和南兮之间已经不存在,但我并不想让别人知道,特别是薛微。南兮看了我一眼,对薛微说:"写名字太没意思了,要不写姓的笔画数或名字偏旁吧!留一点悬念才好玩。"

薛微面露不乐意,小喇叭却拍手赞同。

我们在一张白纸面前,面对少女心事,心慌脸红,笔尖数次触及纸面,却又害羞躲回。写什么呢?写个"女"也太明显了,我看其他人都写完,焦虑匆匆写了一个"9",是"姜"的笔画数。

四张折成团状的纸在薛微手下跳跃翻腾,当每个人选中别人的秘密时,甚至比自己写还要紧张。我咽着口水,轻轻翻开那折成四折的纸,纸上清雅飘逸写着一个"木"字,南兮的字,我又怎么会认不出?写个"女"确实太傻了,写个"柏"字的偏旁就能泯然众人了!我太了解她,就像了解我自己。看完纸条,我不敢抬头,不敢让她看到我涨红的眼睛。

当现实化作白纸黑字摆在我面前，我依旧消化不了。原来当南兮和我喜欢上同一个男孩子，我的情绪不是那么高兴的。

薛微说："希望大家对纸上的事情都保密哦，这是我们成为好朋友的纽带。"

窗外淅淅沥沥下起雨来，小钢珠般砸在窗户上。我们吃完午饭，薛微取出一个最新款的佳能拍立得和一套少女系化妆品，一看又是她父母送的礼物。小喇叭不无艳羡地奉承："你爸爸妈妈对你真好。"薛微垮了笑："收买人心而已。让我不要去打扰他们。"

薛微说要给男朋友一张自己的照片，让我们给她化妆梳头，她拍完以后让我们每个人也都拍一张。

轮到南兮和小喇叭，两个人将手上饰品都脱下，去卫生间洗脸化妆。

趁她们俩不在，我问薛微："你干吗把她叫来？"

薛微从桌上拿起南兮那块镶钻手表，套到自己手腕端详，嘴里轻佻道："想帮帮你咯？"

"帮我什么？"

"我看你很想和她和好的样子。所以就叫她一起来了。怎么样，有没有对你的好朋友多一点了解？"她靠近我，"她刚刚写的纸条在你这里吧？写了谁？"

我一愣，她狐狸一样的眼睛让我莫名惊恐。

薛微对着南兮那块手表又看了一眼，哼了一声，脚下一踩，"砰"一声丢进垃圾桶里。

我惊呆了："喂，你干什么？"伸手去抓，却抓不迭。

她蓝色的睫毛向眼梢飞去，幽幽懒懒笑："紧张什么？玩一下而已。"

"手表挺贵的,这样不好!"我知道那块表对南兮的意义。

南兮已经出来,漂亮如画。薛微下巴贴近我,轻而狠对我说:"警告你,一会儿如果多嘴,别怪我把你爸包二奶的事昭告天下。你不想让大家都知道你爸在酒店跟人开房被抓奸吧?!"

我的心重重沉下去,被薛微狠狠踩住痛处,身体一阵阵发寒,冷到头皮里。窗外的雨越来越大,我的心一点点收缩。

南兮和小喇叭在拍照,我像个幽魂,钉在原地。南兮很快发现自己的手表不见了。她从桌上找到桌底,问我们有没有看见。薛微镇定若魔:"是那块银白色的,Josie & Zoe的吗?"

"对!"

薛微倚在窗边,轻描淡写:"哦,我可能刚才不小心掉到窗外了。"

南兮怔住,她将眼睛望向我,我接收到她求助的信号,眼睛要憋出泪来,薛微的目光也紧咬过来。我低下头,只能将视线懦弱落到薛微脚边的垃圾桶。南兮不会明白,她箭羽一般冲到楼下,她在马路上、草丛里、阴沟洞里不停地找。薛微伏在窗台,看着她找,一面看一边笑。小喇叭已经读出故事的全貌。

"算了吧,薛微。把手表还给她吧!我以后再也不和她一起玩了行吗?"我卑微靠近薛微。

"是啊,外面下雨了,她会感冒的。这行为算不算暴力啊?"小喇叭也害怕起来。

"暴力?"薛微鼻子一皱,目光锁住我们,"你们也有资格说?之前你们对我千依百顺的,突然她来了,你们突然就不喜欢我了,这难道就不算暴力了？"

我们俩一时无语，像两棵被劈裂的树，只能焦虑看着楼下。忍耐着时间一分一秒挪动。我的小腹像有一只怪兽在啃噬。

南兮跑上来的时候，已经浑身湿透，白色衬衣全贴在身上，薛微举起拍立得，开心摁键。南兮冲过去："把手表还给我。"

薛微笑："不愧是校花，这样子还那么好看。"

"把手表还给我！"南兮的声音已经颤抖。我心里一阵阵发痛，却不能为她发一个字。

薛微看着头发四散、被她激怒的美少女，很满意地笑了，她趿着粉色棉鞋，慢悠悠走到垃圾桶前，拖鞋轻轻一踩："喏，在里面，自己过来捡。"

我想冲过去帮南兮取出手表，可是我的脚步还没有落实，薛微的目光已经精准喝止住我。我只能袖手看着南兮倔强屈下膝盖，埋身到垃圾桶里。看着她柔美的发丝一点点落下来，落进屈辱里。起身后她不看我们任何一个人，夺门而去。

"今天的事情，如果谁说出去，你们喜欢谁的秘密，我也保不住了。"薛微冷静地威胁我们。

我和小喇叭都像锯了嘴的葫芦。

这是一场有计划、有预谋的欺凌。

那是2004年10月17日。回家的路上，我胸口一阵阵发胀，整个五脏六腑都扭曲般地疼痛。下腹像要裂开，洗澡的时候，我发现内裤上有斑斑血迹。

我已经高二，知道那是怎么回事了。初中时班上的女生都会讨论，起初排挤那些早来的，然后笑话那些还没有来的。我一直在期待这一天，希望我快一些跟上她们的脚步。却未曾想过是在这样一个阴郁的、可怕的、黑暗开始的日子。

16岁，月经初潮，没有爸爸的鲜花、妈妈的关爱，没有人告诉我，我将走进最美丽的花季，我的身体在为孕育生命做准备。妈妈丢了包卫生巾给我，对我说："长大了，要开始吃女人的苦了。"

我看着内裤上的血迹，心悸目眩，仿佛濒死。

当下

2019年11月1日

万圣节，小区里一群孩子来捣蛋，门铃响个不停。刘阿姨帮忙分糖果，没一会儿就供不应求，她皱鼻对我笑："外国人的节日，我们凑什么热闹啊？""手口不一"又倒满一麻袋进口巧克力。

我从窗口看着一群"艾莎""哈利·波特"拖着长袍走远。凑热闹，孩子不都喜欢凑热闹吗？

我回忆道："你不晓得，小时候我们跟风过圣诞节，每年一到12月份就跑去城隍庙买卡片，一买就二三十张……"

刘阿姨没听我讲话，光顾着提醒我手机响。

电话是薛微打来的，我调成静音当没看到，继续讲圣诞节："我们那时候跑去城隍庙买卡片，一买二三十张，写卡片都要写几天，真的，像傻子一样。"

刘阿姨剥着毛豆对我笑,目光却留在我的手机屏幕上,我感觉自己真的像傻子。

中午,我带着陆昂养的拉布拉多散步回来,18个未接来电,一半薛微,一半小喇叭。我晾了几小时,才给小喇叭回电,信号很差,声音断断续续,就听到她反复让我赶紧去薛微家。我问她什么事。她气喘吁吁,电话里又有女人尖叫又有抽泣,闹猛①得很,她让我别管那么多,快来就行了。

笑话,我怎么快来?我现在躺在医院床上,浑身插满针刺怎么来?

手机屏幕不停地亮,李医生的脸色越来越沉。

两个小时后,我开车到薛微家弄堂。时间已经三点多了。

小喇叭就在门口,看到我的宝马像得了大赦跑过来,身后一个女人拽住了她,我仔细看,是个穿着浅紫色运动衫的女人,再一看,辨出是薛微。她双眼猩红,头发东斜西翘,裤管染着污泥,追着大叫:"我的手表呢!把我的手表还给我。"

我当场愣住,看出她又不正常,可这"不正常"让我的"正常"变得格外艰难。小喇叭挣脱过来的时候,我迅猛恢复了神智。

"你可算来了!她又把自己当楚南兮了。"

"那带她去看医生。叫我来有什么用?"我已经明白小喇叭的居心叵测,手里紧紧捏着车钥匙,准备随时回头。

"小林子!"薛微突然扑上来,问我要手表。她皮肤的松弛在阳光下一览无遗,吊梢眼里汪着两包水,像被移植了灵魂。她样子很好笑,但我

---

① 上海话,热闹。

培养不出笑，笑被卡在记忆的甬道里。

我哪里去赔她手表？我求助地看着小喇叭，她抬手指着自己光秃秃的手腕示意。我知道她这"好心"里还有七分看热闹成分，我咬牙狠心把卡地亚的手表脱下来塞到薛微眼前。她得了表，终于安静。

小喇叭捶着腰哀怨："作①了一上午了，我实在吃不消了。我一个人哪儿看得住？小鹊，你们家陆总本事那么大，一定有办法找个好医院的。你就想想办法吧！"

我心里寒一阵烫一阵："搞笑，我做啥②要管她？我跟她关系很好吗？我们家陆昂跟她更加八竿子打不到一道。"

"总归同学一场嘛！我跟薛梓彦又是同事，她和她爸妈去美国旅行了。让我帮忙看着薛微。你看现在出这个情况……你就当帮帮我。"

小喇叭这德行，铁定在薛梓彦身上没少拿好处，找我来当冤大头，我可不傻！我隐隐替薛微感到难过，但是我决然摇头："我帮不了！"

"小鹊，这么说没意思。这事谁没责任？"小喇叭嘴角一翘，开始露出市侩而阴险的面目。

我也笑了，都是这个年纪的人了，市井枉对③起来谁不会？大家都存了一本生活指南，谁也别来这一套。我冷笑了一声："搞了半天，叫我过来当憨头④。"我冷笑的时候背后又有人来，高高瘦瘦的身材，还是那件破破烂烂的迷彩外套，头发倒好像是洗了，也不打理，蓬松凌乱。

---

① 上海话，有没事找事、发脾气、折腾等意思。
② 上海话，为什么。
③ 上海话，不讲理。
④ 上海话，指冤大头。

小喇叭迎得欢："大队长来了！哎呀，快点一起想想解决办法。"估计姜柏尧也是她喊来的。我甩了他一眼，对小喇叭讲："那最好了，领导干部齐了，没我啥事体！走了！"

"哎哎，你怎么能走呢？"

该死！才走了几步发现手腕上还空着，倏忽就听一阵碎裂声。

薛微居然把我的"蓝气球"摔地上，我一口血跟着要涌上来。没来得及肉麻，两只胳膊被她钳住："小林子，这不是我的手表，你们把我的手表藏到哪里去了？快点还给我。"

我的眼皮跟着抽搐。小喇叭出工不出力过来帮忙，劝得敷衍，拉得偷工减料。薛微的力道有增无减，我用力捶着她后背，一边打又一边心里发痛，分不清自己在打谁。她的手像要碾进我的骨头，脸上有一种问罪的凛然，我突然动弹不得，像看一个死去的人又复活，她像变成驸马的黄袍怪，我心口跳得极快，嘴里已经发软，眼泪都快噎上来。刹那眼眸里银光一闪，忽然间感到被薛微紧拽的整个人松快了。

"你的表在这里。"

我游魂未定，看到薛微从姜柏尧手里捧过一只表，两个人蹲到地上。那表在光下泛着金属的红光。我拾起自己的表，戴上欲逃。可薛微手里的那块表太令人瞩目了，白色表面晃出一圈J&Z的淡粉光晕。现在看来不算昂贵，却很难有一模一样的手表，我战战兢兢走近薛微，我看得清清楚楚，连表面被摔到垃圾桶造成的裂纹都一样。我的脑袋"咚"一声，这根本就是当年那块手表！

我吃惊地看着姜柏尧，撞见小喇叭同样震撼的眼神，姜柏尧已经预计到我们的惊骇，反倒故作不解的样子。薛微情绪稳定后，小喇叭陪着她上楼，目光疑惑停滞在姜柏尧身上。我们的惊恐是连在一起的，那是我们曾是共犯的证据。小喇叭很快递给我一个指示。

我跑上去抓着姜柏尧："你别走，哪里来的？"

他侧过脸，瞥了我一眼，"什么？"

我审视着他，"别装傻！那块表！那是南兮的表，怎么会在你这里的？"

"别人给的。"

"谁？谁给你的？"我拼出浑身体力，发现自己根本不用那么大声，我浊重喘着气。隔壁早有诡秘的脑袋探进探出，我心里闷出怨愤。凭什么南兮如此贵重的东西会在姜柏尧身边？明明是我身在其中的故事，我自以为完全掌握的故事里，原来我已断了好几段情节了。

"你松手行不行？我要去接女儿了。"他挣开我，往弄堂口走。

"等等……我送你！"我抓着包，追上他。今天我绝对不能放过他。

媛媛的幼儿园在天山路上，一路上，我死皮赖脸和姜柏尧闲聊，问他那块手表怎么来的。他哼哼唧唧跟我捣糨糊①。

到了目的地，我有些疑惑："导航错了吗？怎么没有看到有幼儿园？"只是一栋大厦，姜柏尧说就是这里，下了车往大厦里走，我只好在外面干等，干等的时候，我在网上查了一下这座大厦里的幼儿园。有一些事情想通了。

一根烟的工夫，姜柏尧搀着一个小人出来，夕阳西斜，照着父女俩一大一小两个人影。媛媛穿着雪白的小洋裙，胸口还是那条项链，头发已经

---

① 上海话，糊弄。

比上一次长了许多，扎成两个辫子。

我碾了烟，开车门。姜柏尧抱着女儿坐到后车厢，把我彻底晾成司机。媛媛精致的小脸上，大眼睛忽闪忽闪，粉雕玉琢，惹人怜爱，安静不语。

车子在延安高架上疾驰，又经过那座建到一半的高楼，金光笼在楼顶，令人无法直视。我舔开起皮的上唇，努力摆出真诚的笑容："媛媛是不是有点特别？"我演得太过了，做作的声音落在狭小车厢，空气里弹出我自己的呼吸。

姜柏尧看着女儿，笑容像受了伤，淡淡看着窗外楼宇，对我说："前面转弯。"

"不回家？"我诧异，从后视镜里看他。

"你不是有话跟我说吗？先送媛媛回我妈家。"他在后视镜里对上我，嘴角在笑，眼睛却没有笑。

姜柏尧的父母住在仙霞路的一个小区里。我等他把女儿送上楼回来。我问他为什么不和父母一起住，他耸肩："我也想，老头子看到我触气①。也有道理，啃老也要给他们喘口气。"他晃荡着宽大的夹克下摆，颓丧得心安理得。

"能说了吗？"我挡到他面前，尖厉问，"那块手表到底谁给你的？"

"去外滩逛逛！"

"外滩？"我仰着头骂，"你脑子坏掉了是哦？这个时间，你晓得外滩多少堵？当坐观光车好玩是哦？"

"是啊，没坐过那么高级的车。做梦都要笑。"他打开车门，自己坐

---

① 上海话，讨厌。

到副驾。

我像出拳打了空气,闷声怨气回到车上:"姜柏尧,不知道为什么每次你夸人,我都觉得特别恶心。"

他短促笑了一声,笑得很不友善。

我问他笑什么,他瞟了我一眼,两只手枕到脑后:"笑你不知道为什么。"

我不接口了,我不懂他的意思,不懂!

果不其然,路上堵了一个钟头,找地方停车又浪费半小时。到了外滩,天都黑透了。赶上万圣节,满街奇形怪状的小年轻。

姜柏尧凭栏,目光飘飘忽忽看着浦江夜景:"十几年没来外滩了。"

"这种地方,乡下人才来。"我刻薄地回敬他,说得太认真,引来周围几个拍照游客锋利含刀的眼神。

姜柏尧笑了一下,捋了把被风吹乱的头发,突然放招:"你啊,查过媛媛的幼儿园了吧?"

我一时没有准备,有些打愣。我查了,知道那栋大厦里有一家融合幼儿园,专门收患有自闭症的儿童。他对我的狡猾了如指掌。

姜柏尧双肘全靠到铁栏,转过半张脸看我:"媛媛啊,从两年前,她妈离开后,就不说话了。"淡金色的光映到他脸上。外滩太热闹了,到处是兴高采烈的人群,热闹到显得他的哀伤都变得模糊不明。我一时无法消化这样细致的心事。我很想为他的境遇感到一些遗憾。可是这些年,我已经对别人的痛苦感到麻木。待了一会儿,我才客套问:"没有看医生吗?"

"看过几个专家,效果不大。"

"陆昂也认得几个有名的儿童心理专家,下次给你名片。"说完我就后悔了。

"那先谢谢陆总了!"他果然笑出一种揶揄。我被这笑给扎了一下,胸口涌动着一股火热的气团,冲他道:"我也告诉你一个秘密吧!不对,不是秘密,你也知道的。但你假装不知道。"

"你在说什么?"他挑起眉毛。

"我在说,我丈夫和薛微……"我对着江面咯咯笑了两声,"陆昂和薛微,薛微和陆昂,我的好老公和好同学,他们俩啊,背着我,你懂了吗?"

姜柏尧吃惊地看着我,慢慢地,他探究出了什么,就像小时候看到可以在哪里加上辅助线一样的表情。

我掌握住他的脸色,追问他:"你那天在薛微家藏起来什么了?照片、情书、开房记录?"我带着自残的报复情绪看着他。

"神经!"他摸出打火机,双手拢着点烟,声音压得很低,"你什么时候知道的?"

江风微寒,我绕紧围巾:"我们一起去参加了小喇叭的婚礼,我本来只是想炫耀一下的!"我嗤笑了一声,没有必要,却无法遏制,"我只是想炫耀一下而已,没想到他们俩就这样认识了。薛微看到陆昂的时候,露出了那种眼神。"

"什么眼神?"他问得那么天真。

"'我可以'的眼神。"

那天晚上陆昂超出他常态地活跃,表现出在貌美小姑娘面前的老男人惯有的、不由自主的骨头轻[①],回家路上,他东一句、西一句问了我很多薛

[①] 上海话,含不稳重、得意忘形等意思。

微的事情，我就知道了。我比他们俩还早知道他们不对劲。从此，我在陆昂身上寻找薛微的气息，从一堆脂粉香水味里甄别出最独特的BVLGARI[①]夜茉莉，从他送我的Celine新款包里能看出一式两份的痕迹，我知道，我甚至都知道是哪几个他带着满身酒气回家的夜晚。我捂着脑门笑。我想薛微每一次一定都笑得更炽热。他们在一起是一场无畏无惧的热恋，不像贾琏和鲍二家的，还要在风月之中密谋害死王熙凤，他们不用，他们是赵四和张学良，是陆小曼和徐志摩，那么自由自在、顺理成章。我从来没有想过要去撩开帘子看一眼，看到不可收拾的真相，怎么结尾？简直疯了。

姜柏尧抽着烟看我："早知道，却不说。你是不是傻？"

我傻？难道学我妈？捉奸然后离婚？把下半辈子正房的位置拱手相让？能得到什么？连我结婚的嫁妆都是我妈撒泼放野一万、两万从我爸那里给谈判回来的。

"你那天到底拿了什么？"我把手伸到他面前，"我知道你带在身上。"

他叹了口气，单手从口袋里摸出一张纸片，拍到我手掌上——是张照片，一张拍立得，多么讽刺。光线阴暗，妖娆妩媚的灯光下，一男一女举着巨大的啤酒杯。大约有些时间了，薛微那会儿还是长发，她穿着豹纹低胸紧身裙，黑长的卷发披在身前，有几缕落在陆昂胸前，他搂着她，笑得很开心，连脸颊右侧的酒窝都笑出来了。背景里都是老外，他们都在欢呼畅饮，每个人都那么开心而自由。

姜柏尧如果在看我，一定看得到我脸上丰富的表情，我先扑哧笑了一

[①] 宝格丽。

声,然后咬住嘴唇,用力急促呼吸,再然后眉毛皱起来,整张脸都扭曲起来,无法克制地痛哭流涕。

姜柏尧蹲到我身侧,嘴里咬着烟:"你不是早知道了吗?"逼近的烟雾熏得我咳起嗽来,我边咳边哭:"可是我不知道他们俩在一起那么开心。他们真的好开心……我都没有那么开心过。"我越哭越厉害,陆昂对我从来没有露出过这样的笑。是我让他笑不出来吗?我嫉妒薛微,我甚至嫉妒陆昂。如果我去做某个人的情妇,或许也能像照片上的薛微一样露出那么自信而胜利的笑容。我在做什么?他们的关系甚至不是爱情,堂而皇之践踏婚姻,蔑视爱情,抛开公序良俗,享受纯肉体的情爱。

冷风刮来,吹得我的Gucci①围巾瑟瑟抖到脸上,手上的钻戒在目光里闪烁出鬼魅般的光芒。

"那你为什么不离婚?"

我瞪大眼睛看他,他的脸上没有带着奚落的笑,我含着泪笑了起来:"你脑子坏了吧?!离婚?"

"也是!阔太太的生活,能忍就忍呗!"这次是彻头彻尾的讥诮。

"这是报应。"

姜柏尧一脸困惑,以为我在说胡话,想拉我起来。我甩开他:"我这是在还债,你懂不懂?"我用围巾甩开他,我的声音像在胸腔里受到挤压,说出口已经完全"变形":"姜柏尧!我变成这样,是因为你!"

他震愕看着我,月光在他的头上,黄浦江的夜景在这个冰冷的冬日绽放出孤独冷漠的光泽。他以为我在说气话,真的很遗憾,我说的都是事实。

---

① 古驰。

第五章　高二（1）班的秘密

回忆

2004年冬—2005年春

　　2004年的冬天显得比以往来得早。双手套在露指手套里，写出的字都像冻坏了般摇摇晃晃。我和南兮不再说话，确切地说是她不再和我说话了，我对这结局是甘之如饴的，没有狡辩的权利。我的生活里没有楚南兮的参与，喜怒哀乐都枯萎了。她还是老师的宝，高二（1）班的公主，依旧能听到她清脆的朗读，悦耳的笑声。我躲在她看不到的地方听。

　　我在家的时间越来越少，害怕我和妈妈两个人相对无言吃饭的冷清，也讨厌她絮絮叨叨说着我不想接受的讯息。爸爸来看我的频率也越来越低。

　　我害怕回家，讨厌在家和妈妈两人独处时，成为她唯一的攻击对象。

　　原来一个人对母亲也会产生厌恶。我以为我们对妈妈永远是赞美和热爱，是崇拜和依赖，原来不尽然。当她喋喋不休讲着已经让你耳朵生茧的老皇历而不自知,依旧如初次叙述时那般沾沾自喜,当她无知而固执地把自己的观念和思想强加于你,而完全否定你的情感,当她总是拿你和其他表姐妹做比较,却从来不审视自己身上的问题时……你感受不到书里写的母爱的温暖和包容,你发自内心地想让她的声音消失。或许越长大,越发现母亲只是个普通人,甚至是一个身上有很多你无法容忍的缺点的俗人。这种"厌恶"与你的成长形成撞击,你竭力要摆脱,避免自己会被遗传和环境如法炮制成母亲的模样,但当你挣脱的时候,却发现前进的茫然,你不知道自己应该往哪个方向成长。你被困住了,被自己的无能为力困在了这个家里。

过年的时候我和妈妈还有外公外婆在一起。外公外婆的脸笑得发皱,一不小心就从假笑里漏气,漏出叹息声来。

松子鳜鱼酸得牙痛,蛋饺肉圆汤全是面粉,八宝饭硬得像石头,一切都不一样了,和爸爸在时的年味不一样了。第一次听着外头炮仗连天,我没有开心的感觉;第一次收到长辈的压岁钱,觉得凄惶。小小的一室一厅里,只有春晚的载歌载舞是真实的快乐。而我的春节,只是跟着大家一起凑人数的。

寒流没有因为开学而放松进攻,班级里的氛围却炒到珠峰。

那一天,每个人进教室都要朝黑板望一眼,在值日生名单的旁边贴着一张照片,这一眼便引发了第二眼,第二眼又演化为驻足而视。照片的内容如此丰富,让观者嘴巴代替了眼睛,眼睛变成了嘴巴,从好奇、震愕、求实到最后的不可思议,不过短短几秒,几秒过后,大家的语言便如黄河泛滥。

那一天我到得晚, 走进教室的时候,班级里已经热火朝天,大家的目光提示我去看黑板。

黑板上确实有东西：一张拍立得的照片。啊，拍立得！

回忆和血液凝固在一起，血淋淋展现在眼睛里的是楚南兮满身湿漉漉的模样，她的眼中，是同学们从未见过的愤怒和乞求。我木讷站在那儿，瞪着眼只是发怔，良久，我像觉悟，伸手去摘照片，手背忽冷，我转过头，看到一双清冽如泉的眼。

南兮面红耳赤，扯下那照片，牢牢攥在手里，长长的睫毛楚楚抖动，很快蕴上水色。她低着头一声不响回到自己的座位，前后左右的同学都在看她，有惊讶的、有探究的、有同情的，各式各样的目光汇集到一起，共同产生一种困惑。目光沉在安静里，慢慢化作一团气，一点点压到南兮的座位上。没一会儿，华老师来了，大家装得像一座座火山，外表平静如常。可是没有人不在看南兮，用眼用心，用思想……我却不敢看她，我怕看到她哭，我怕。我只敢看薛微，她留给我一个背影，但我看到她在笑。

于老师曾说夏桀的爱妃喜欢听撕裂绸缎的声音，当时我不理解，不理解为什么会有人喜欢那么残忍的声音，而那天早上，我看到同学们脸上的表情，他们看着南兮，他们都在听裂帛的声音……

我心里的那只标本这一次真的死了，没有了挥舞的翅膀。

可是我……一点也不好受。

后来，薛微喜欢在教室里大声喊我的名字，像要喊醒一个聋人，哪怕只是叫我陪着她去遛一圈女卫生间。她有一整个"彩虹"亲卫队，她还是非要等着我，等我死气沉沉到她身边，她的笑容就消失了，说出只有我们俩懂的语言，尖厉而清晰，是我无法违拗的咒语。

校内网上关于南兮的流言四起，有人匿名编造她在之前就读学校的谣言。各种歹毒的揣测和下作的污蔑甚嚣尘上。我头一次感受到网络的可怕，一个能瞬间毁灭真相的地方，一个不需要负责就能吐露恶意，攻击一个你不认识的人的地方。

语文课上到鲁迅的《药》。我对姜柏尧说，我们都是华老栓，啃着沾着别人鲜血的馒头。他不跟我转弯抹角，直接说："一会儿好得跟牛皮糖一样，一歇歇又搞分裂孤立，她不是你的好朋友吗？真搞不懂你们。"

我和南兮的问题，一两句话又岂能说得清？我的眼睛和心脏无时无刻不在她身侧啊，但凡有一点点能靠近的缝隙，我都会手脚并用冲上去。可她不想看到我，连她周围的空气都在排斥我。我比谁都清楚。

姜柏尧问我为什么要和薛微走那么近。我感觉到他不喜欢薛微，从开学第一天起。这问题简直是对我的酷刑。真相是对我自己深刻的鄙夷，我回答不了。有时候我也想找个人说，我想向他和盘托出。可是我知道这个人不能是姜柏尧，他清白磊落的人生阅历，无法宽容我的懦弱。我缄默着摇头。他的眼睛里满是困惑，或者失望。

17岁，我们在成长的跑道上疾驰，却没有学会安置住那满身无法舒展的情绪。

2005年春天，南兮做了一个决定，她辞去了班长的职务。像是一种反抗，这是她对我们的失望。

薛微顺利夺回王位。她赢了，她从来都不会输。

那个春天，我不会忘。那一天，我第一次看到自己的恶毒。

那一天大家都懒懒躺在桌上，突然一个尖锐的声音刺破宁静。全部的目光都投向声音的主人——楚南兮。

她脸色苍白，只剩一双乌黑的大眼睛，脸上是扭曲的表情，发现大家的目光，她微微拉开和同桌葛超的距离，双颊因生气而发抖："把日记本还给我！"

葛超的脸红如猪肝，红里带黑，提起眉毛："谁拿你日记本了？"声音比人跳得都高，"我只是想借来看看。有必要那么凶吗？你现在又不是班长了，神气什么？你以前那些破事还当大家不知道？装什么清高？！"

我的震惊来自于葛超的态度，以前他是南兮裙下的不贰之臣，而今却能用这样的污言秽语诋毁曾经爱慕过的女孩。整个教室都在屏气敛声，过了一会儿又像倒进油锅里的水，沸腾起来。因为南兮哭了。我的心也跟着抽住。这是我第一次看到她哭。她虚弱地颤抖着肩胛骨，忍着眼泪，它们却还是一滴滴往下滚。

有男生叫起来："葛超！你拿了就还给人家！"

有女生跑过来安慰南兮，狠狠瞪着葛超。

葛超啐了一声，继续用语言捍卫自己的无赖："还给你！还给你！谁稀罕拿！我还不想和你当同桌呢！"

"那我跟你换吧！"有人这个时候说话了。他长手长腿，一举一动格外显眼。他用脚撑着地，翘起椅子，一下站起来。

"干吗？"葛超也站起来，语气更硬，"姜柏尧，你什么意思啊？"

薛微那双狐狸眼也眯着射过来，她坐不住了，她不在意那些同学甲乙丙，但不能接受为南兮出头的人是一个市三好学生，姜柏尧的出手相助，是一种明目张胆的挑衅，他的反对和关心会让南兮的悲剧都惨成一件艺术品。

她站起来，半含着笑说："大队委员，这样不好吧？！随便就要换位子,那班级里秩序都乱了。华老师问起来怎么办?"

"我会跟老华讲!反正我们班也很久没换座位了。我建议全班性换一下,增进同学交流互助。一切责任由我承担。"

大家看热闹的心再次被吊起。

我瞠目结舌看着我的同桌开始收拾起桌上和课桌里的东西,他把笔袋、书一样样放进书包里,遇到我的目光,他轻轻躬下腰来,推了一下鼻梁上的眼镜,眼角含着笑意对我说:"你们满意了吗?"近到只有我能听到。我的舌头骨折了,一句话也说不出,心里一阵阵翻腾,脸上像被人扇了一巴掌,羞耻而疼痛。他理所当然认定我和薛微蛇鼠一窝。他的语气那样重,那么沉,是完全抱着要压死我的心态而说的。

我满意?我应该满意?

白色的活动铅被他放到我面前,骨碌碌滚到地板上。我努力张大嘴阻止眼泪夺眶而出,看着他从我身边清空搬走,心里一片荒芜。

楚南兮还在哭,我也在哭,喉咙汪着一池血,但没有人看得到,我连伤心都是缺乏佐证、咎由自取的。

"条子生,神气什么!一对狗男女!"葛超在我身边坐下,他恶狠狠吐着脏话——不因为它贴切,只因为它足够恶毒能伤人。

楚南兮被恶言诽谤的那天,我也背负着伤痛。只是有些伤痛都不配被记得。

17岁,林小鹊失恋了。

下午的体育课,我又犯病了,我和老师说来了例假,小喇叭把我扶回教室。

太阳还那么朦胧，朦胧到一切都仿佛格式化了一般显出它原始的模样。教室如沉睡母腹的胎儿，被窗帘染成蓝色，安详的、宁静的蓝，再也没有舌头，也没有眼睛，大家都不在。我趴在桌上形影相吊。

我清醒着又模糊着，像在梦里，鬼使神差走到南兮和姜柏尧的桌前，坐到南兮的位子上，看这个教室。

南兮的笔袋是明黄色的，和我的一模一样，却保存得比我干净许多。它们像出生时被抱去两个家庭的双生子，见了面我的那个才确认了自己多么糟糕。姜柏尧的笔袋放在另一头，浅蓝牛仔色的，兜着一角阳光。我的眼睛已经习惯了它的蓝。我看着它们，看着这两只笔袋，仿佛看一对新人成亲。然后我笑了，这是多经典的故事走向？所有的小说、电影里，楚南兮才是那个女主人公、女主角。而我或许连那个歹毒的女二号都算不上。

我不是对她现在的境遇不难过，但我又真切为自己的委屈所折磨。

姜柏尧的《一课一练》放在桌角。我伸出手，翻到他给我讲过例题的那一页，然后，我做了连我自己也不能相信的行为，我拿起一支笔，用尽全力，一刻不歇涂上去，像要涂改掉一段历史，像要抹杀掉我愚蠢的爱慕，还不够，还不够啊，根本涂不掉。我抓着那页纸，"呲"一声纸成两半了，再一声又一半没了。我心里痛快极了，一页一页把那本练习册撕开。我要撕，要把我的疼痛和冤枉都撕碎。我浑身骨头都在狰狞着。还不够，还不够啊……

门旁有黑影笼罩，我猛然抬头，幽寂里看到田夏震骇惶惑看着我，她扶着门，站在门口，像误闯狮群的瞪羚。我比她更惊慌失措，我的歇斯底里都在她目光里，我张着嘴，与她对视。

"对不起。"田夏边说边退，要逃离我的视线。

不行，我不能让她走！她会把这一切记录下来，散播出去。我站起来，肚子撞到桌角，痛到痉挛，但我不顾疼痛追上去，捏在手里的碎书页簌簌滑落："我相信你没偷钱！"我急中生智大喊。她果然凝滞步伐，转头看我，表情柔软如柿。只要我再说一两句，就能勾出她的眼泪。我发现自己是个作恶的天才，我预留着眼泪，对她说："你知道姜柏尧为什么要换座位吗？"

她当然摇头，露出疑惑又好奇的目光，那正是我需要的衔接口。

我努力镇定自己，喉咙口的血一点点在口腔发酵，我一字一字说："他的大队长是作弊弄来的。"我对自己的邪恶感到惊奇。

田夏睁大了眼睛，我一面编写故事，一面组织语言："于老师和他一起造假。他害怕我告发就不敢跟我坐一起。"或许我真的有当作家的天赋，一个谎言在3秒钟内搓揉成型。田夏愣愣点头，虽然漏洞百出，她却毫不怀疑。我蹲身，把地上的纸片捡起，两只手都在发抖。

"那你和楚南兮……"田夏的警戒明显降低，她和我一起捡碎屑，完全理解并宽容了我撕毁"大队委员"课本的行为，并且生出新的问题。

"南兮……"我的眼睛回到南兮的桌面，一束阳光冲进眼睛里，我咬咬牙，悲伤道，"南兮也挺可怜的。你知道她家里的情况吗？"

田夏还是摇头，我爱上了她的摇头。

我笑了一下，我对这笑完全陌生，但我很快习惯了它，用语言完善了它："南兮的爸爸和他医院的护士有不正当关系，被她妈妈发现了。"我的语言竟如此娴熟，仿佛演练过无数遍。好像是另一个人披着我的皮囊在替我说话。

"真的吗？"田夏顿住手里的动作，双眼里都是求知欲，那么真实又那么愚蠢。

我点头，继续："嗯。后来她妈妈去酒店捉奸，她爸爸承认出轨，和那个女人在一起了。现在她爸爸基本不回家，她妈妈对南兮的脾气也越来越坏。南兮很难受，每天都生活在黑暗里。"我说着，一种诡异的畅快从每个字里释放出来，被田夏吃进去，她反馈的震撼越大，我心里的满足感就越强。原来叙述痛苦，哪怕是自己的痛苦，只要被怜悯的对象不是自己就会痛快。

"你不要告诉别人！"我多此一举对田夏说。

她闪着眼睛点头。我知道女孩子之间没有秘密。

黑板上留着数学老师的课堂笔记，无穷大的符号像一副手铐铐住我的眼睛，如果每个人内心都有阴影面，我应该已经把自己的黑暗发挥到最大。

我想我一定会后悔的，事实上，我已经后悔了。我真是个恶毒的坏女孩，我会得到报应吧！我将来不配得到幸福。但我不在乎了，我的青春也被撕裂粉碎。

当下

2019年万圣节

我伤筋动骨哭了半小时，哭得全情投入，把悲伤演绎得让人身临其境。抬头发现，身旁已经没有人，姜柏尧站得很远，临江伫立凝望。我心里涌上巨大的失望,不相干的迁怒,我明白得很,但是我永远不能对他宽容。他像我心里的一盏火,烧着烫人,灭了又凄惶。

我的哭失去了观众,而我成了一对新人拍摄婚纱照的观众,夜风吹散了新娘的花纱,化妆师毫无斗志、例行公事帮忙整理着,摄影师扯破喉咙喊:"美女,再笑一笑!"谁也笑不出来,原来笑和哭一样,大费体力。

从16岁开始,我用愧疚绣出一件铠甲,这些年来,羞耻越来越薄,铠甲越来越厚,我的灵魂也和它越来越自洽,它附在我身上,我变成了它。

我忘了姜柏尧讨厌我,我不停复习的内容怎么还会忘呢?我撑着发麻的腿站起来。眼泪被风吹干,我重新梳了一下头发,一步步走上去,把拍立得扔还给他。他瞥我一眼,问我哭好了没。我说没有,但怕眼睛瞎了。

他很清脆笑了一声,夜深风更大了。我突然不想知道手表的事了。我说我要回家了,他沉默了一会儿,对我说:"我跟你讲个笑话吧!"

我不说话,用目光承接他的问题。成年人的故事都是讲自己。

他也没看我,自顾自讲起来:"有个建筑师设计了一个图书馆,竣工以后作品相当完美,但是过了一年,这个图书馆就开始下沉,之后每过一年,它都会下沉几寸,最后图书馆被宣布为危房。知道图书馆为什么会不停下沉吗?"

"为什么?"

他看了我一眼,漏出似笑非笑的表情:"因为建筑师忘了计算书的重量了。"

我的脸僵住了。

"笑一下也不是那么困难吧?"他脸上有调侃之色。

"不好笑!真事?"

"段子！"他指向对岸，"看到那栋楼吗？建到一半的。"

灯光璀璨、霓虹闪烁里，不过都是赞助商的名字。在浦江无数高厦中，任何栋楼都可能淹没在无名里，我不知道他在说哪一栋，只顺着那个方位，想到是那天司机绕路时说未完成的那栋楼。

姜柏尧对我说："那是个假日酒店，一共32层，三年前开始施工，可是中途出了问题，已经停工。现在等着收回地皮，是个烂尾楼，和那个图书馆一样，失败的建筑。"

"你怎么知道？"问出来一半，我脑袋的一根弦忽然绷紧。他迟缓地回了一半脸，江上华光四射，紫色的灯光覆盖住他的眼睛："因为那是我设计的。"

我没有话可以讲。

"当时年轻，太相信自己的判断。有时候我觉得人生就跟建筑一样，自己越来越重，就会拖着建筑一起倒塌。林小鹊，我不想看到你塌。"

我周身一哆嗦，紧绷着神经站直了身体，嗤笑道："你说谁塌？你也不看看你自己。难道要我也变成你这样才好？我怎么会塌？我家两条狗……"语言真是上天创造出来的最锋利的武器，我停不下来，含着血腥继续说，"我家两条狗都比你过得好！"说出来了，说出来我就痛快了，我就痛快了？

我像一只已经将触角伸进黑暗里的野兽，只能继续往黢黑里走，不能转身啊，转身的话，积年累月织就的那件铠甲就会化了，什么都分崩离析。

他不反驳，也不笑，没有任何表情，只那么直勾勾看着我，像要称一块赤金，看得我泛出久违的羞耻心，终于，他慢慢开口："有件事，我早就想问你了，你怎么知道南兮死了？"

灯胡乱打在我们俩脸上，我用声音撑住自己的勇气。"她告诉我的。"我把话从心口长苔的地方抠出来，"在她自杀前。"

"自杀？"他困惑而震惊。

我低下头："很多年前了。"

他沉默了，低头冥思了一会儿，露出冷静果敢的表情："你是不是真的想知道那块表怎么会到我这里？"

"你会告诉我吗？"我镇定看着他。

他的脸在彩灯里忽明忽暗，他说："我可以告诉你，但有一个条件。"

"什么？"

周围都是狂欢的人群，我看着他的口型在动，我瞪大了眼睛，他的舌尖点了齿锋，然后整张嘴收成一口深井，他的眼睛像一匹狼在寒夜闪着绿光，说出两个字。

回到家已经快11点，陆昂还在书房里打电话。

我脱了风衣挂到衣帽间，我好像把江风带回了家，太阳穴的疼扩散到整个脑仁。漫射光罩下来，把一排衣物箱包一网打尽，我呆呆看着角落里那只Celine鲶鱼包。

陆昂每次出轨都会给我买礼物，要么包，要么香水，有时我想他或许不是愧疚，只是把情妇的特质拼到我身上。听说他20多岁的时候谈过一次很刻骨铭心的恋爱，不过母亲反对，那女孩性格很强，踹了他就出国深造去了。我常常想起那女孩，想着我其实是在她轰炸后的废墟里苟延残喘。再深刻一点，没有她的轰炸，又何来的我的"陆太太"头衔？

很有意思吧？！我有一箩筐这种谈不上哲学，但足够思考的命题，我天天在家应付着舌头比脖子还长的保姆阿姨、脾气比女王还大的婆婆,就靠那么一点自我娱乐,意思意思。

夜晚,我和陆昂躺在床上,我问他有没有看过《玩偶之家》。

他重重叹了口气,背过身去:"发什么神经?嫌我不够累吗?"

我在黑暗里无声地笑,我知道他没看过,我故意的。我在这无人进入的狭小空间里嘲笑他。天花板上的光点晃了一圈,他扭了半身:"哎,今天去找过李医生了吗?"

"看过了。她说这个月挺好的。"

"嗯。"

陆昂不会知道我此刻还在笑,更不会知道我笑的内容,他不会知道我根本不能排卵,从初潮就不能!李医生没有告诉他!因为我送了她一块表,百达翡丽的,陆昂送我的,他和薛微第一次偷情回来送我的。

我突然沾沾自喜,为拥有能对付他和他母亲的那直中靶心的狡猾而自豪。我现在定期去医院做针灸,配一些无关痛痒的中药,只是为了留下一些伪证罢了。

我脑袋里有一个钟在嘀嗒作响,快六年了,我的谎言快到时效了。但时间越久,我的胜利感就越大。

姜柏尧真可笑,他居然叫我离婚!我为什么要离婚?谁会对钱腻呢?我还没炫耀够,还有好多人不知道我过得多舒坦,我要把炫耀的额度都透支干净。

花钱不开心吗?做阔太太有什么不好?什么理想什么爱?追到最后还不是要去睡铁轨?

不要!我才不要!

第六章　白昼之光，岂知夜色之深？

回忆

2005年秋

五一长假的时候，爸爸带我去金茂吃饭，除了我们俩，还有另一个女人抱着一个小婴儿。他迷花眼笑地让我抱抱弟弟。

"弟弟"对于我是一个刺激的词语。我的原生家庭被侵占、破坏、分割了。

"弟弟"那么幼小孱弱，只会吐口水，但是他只要吐口水，爸爸都笑得好开心。爸爸胖了很多，脸又肿又虚。好像他在我看不见的地方，体内又长出了另一个人，现在融合在我原来的爸爸里。他既是我爸爸，但又不完全是了。

我别扭地吃着饭，最爱吃的小笼包也食不知味，陌生的阿姨对我不冷不热，一心照顾怀里的弟弟。我已经是个小小女人，我明白女人眼睛里的刀光剑影。我不跟那女人说话，她也不主动找我攀谈，爸爸也不勉强，单独对我嘘寒问暖。可是他对我的生活缺课太严重，我们也不再有时间补回来，后来，我想说的越来越少，他也只是浮皮潦草对我例行问候，学习如何？生活怎么样？我那些细致的生长痛他没时间看。再后来，他的电话也经常迟到、缺席，而我面对他的老三问，感到疲惫和失望。

我看着爸爸和另一个家庭在一起，感到无限悲伤且无措，我窘迫坐着，越坐越冷，一桌子菜，转得越来越远！

明明是秋天，我的世界却是灰色的。

那一年，妈妈为了生计，开始打两份工，常常不在家。我学会了给自己买菜、做饭、洗碗、洗衣服……还有抽烟。原来我也能变得这样独立自主，这在一年前，我大概都无法想象。人啊，真的是很有韧性的生物。

烟是爸爸留下的，放在他从前的床头柜里，红色的红双喜，有一种讽刺的意味。爸爸的Zippo[①]打火机是我用零花钱给他买的40岁生日礼物，他当时非常开心，立即用它点了蜡烛，给我剥了一只最壮的大闸蟹。他离开的时候，那么匆忙，连打火机都没带走。我把打火机捏在手心里，微凉的刺痛，烟头被火苗点燃，醒目的猩红，如舌吞噬着，毁灭着，在炎热的夏季燃烧。烟草味很快弥散充斥了房间，爸爸妈妈都不在，我主宰着整个家，主宰着寂寞。

我播下的恶种，也在这个春天慢慢滋长。

大队委员票数造假的消息越演越烈，校园里每个人都能嚼一口，吐掉前又粘上自己口水，以供后人观摩。升上高三，更有好事激进的家长跑到校长室反映。

---

① 之宝。

伊索说世界上最可怕的东西是"舌头",三人成虎、众口铄金……于老师教给我的许多成语都被我牢牢记住。可是于老师却不再担任我们班的语文老师了。这是校方为避嫌,以正视听的决定。

姜柏尧再也无法隐藏他的"特殊性",别人喊他"大队长"的时候总要抿嘴笑一下,那笑由浅入深,是经过克制的,把讥讽和嘲弄都融化到里面,再冠冕堂皇塞给他的毒苹果。

这一切都是我带给他的,我想他永远都不会知道。有时候我真想告诉他,让他恨我一下也许我会好受点,让他的恨来喂养我心里那个叫"良心"的东西。但这只是瞬间的,大多数时候我和所有道貌岸然的潜逃犯一样,我既是被告,又任律师,还是法官。我为自己的委屈辩护,对自己的罪行宣判无罪。

田夏依旧没能重回彩虹小分队的编制,薛微不允许"驱逐出境"的人"刑满回归"。后来,田夏开始和邻班几个举止张扬、行为出格的女孩子混在一起,她们都不被自己班级接纳,她们同进同出,发展出一种"同是天涯沦落人"的坚固友谊,她长得越来越高,有一种凶蛮的姿态从曾经的田夏里破壳而出。她变了,她开始成为这个班的一个观众,她冷眼看着我们班级的女孩,像是恨,又像是蔑视,像为自己被遗弃编织一个化鱼为龙的假象。

薛微和她的彩虹亲卫队着装打扮日渐夸张,头发上别满彩色的发卡,手腕上挂满她们自己编织的手链,像把无数的颜色堆砌在身上,武装内心的空虚。"彩虹"们像薛微的信徒,把南兮当作敌派的首领。这份敌意原先栖伏在少女青春萌芽的嫩枝上,起初是惊叹,是羡慕,是自卑,后来,它在体内慢慢变了形,形成一种自我保护的酸意,再后来,她们遇到了薛微，薛微让这份少女敏感的心情转换成仇视。

女孩们蓄着对南兮的敌意，像在完成主公交代的任务，时不时去招惹南兮。她们把牛奶淋在她的椅子上，藏起她的作业本，把她关在厕所里。用这种恶作剧破坏一个自己追不上的梦。可南兮从不求饶或哀怨，也从不向老师求助，有别的同学为她鸣不平，她只是笑笑，认真擦干椅子，重开一本新作业簿一笔一画写上名字。她一举一动沉着自如，用她的冷静镇定越发彰显得女孩们的幼稚与无聊。我能做的，只是在知道她被关在厕所的时候，假装自己要进去，不露声色把门打开。

南兮越这样，吃的苦头越多，我想替她屈服，屈服了就不用受罪，屈服了就会跟我一样了。可她不愿意，她在泥淖里独自清傲，在大家污浊的目光里保持清冷，她的孤独就是最好的武器。后来，薛微在楚南兮的身上已经掠去了她想要的，她不再对她有兴趣，从而采取了无视的态度。我心里很难受，我无法原谅薛微在我与南兮之间造成裂痕，但我依旧和她在一起。她对我的控制，依旧没有结束。

每天中午，我跟着薛微和她的小分队，还有她男友的几个朋友一起出校吃午饭。

薛微和萧洋已经公开在一起，只有老师不知道。吃饭的时候，萧洋总是很安静，另外三个男孩饭泡粥[①]一样，承包段子和笑话，一桌子女生像母鸡下蛋似的笑，我也要跟着笑，笑是我的义务，要装得开心而不聪明，那是薛微喜欢的"好朋友"标准。萧洋也笑，只是听着微笑，不会出声，偶尔补充两句，倒像画龙点睛一样，大概因为占了长相的便宜，女生们都喜

---

① 上海话，形容啰唆。

欢看他。薛微太雷厉风行，就显得萧洋温暾缓慢，做什么都慢条斯理。

薛微的"曹操症"越发严重，各种猜忌怀疑，有时候她不像在谈恋爱，更像在试男友，反复出招考验萧洋对她的"爱情"，故意和其他爱慕者走得近让他吃醋，让我们伪装男生给她写情书让萧洋嫉妒……彩虹女孩像她的智囊团，她的娘家人，一个个出谋划策，像公主身边忠心不贰的春兰秋菊。

那么多女孩里，我和小喇叭演得最好，慢慢成为薛微的左右二使。我不知道为什么她那么"器重"我，或许我也是她的一个值得炫耀的战利品。

我和小喇叭的关系很奇妙，我们不是朋友，但有了薛微，我们就亲密无间。我感觉到，小喇叭在跟我暗自较劲，但这较劲很可笑。她因为外貌而缺乏异性缘，只能依附薛微得到些许的自信与瞩目，正合适做一个称职的陪衬或帮凶。而我，我在这个群体里没有任何求胜欲，我只是薛微牵制南兮的一枚棋子。小喇叭为了"晋升"，我只为了苟且保身。我恨薛微，也鄙夷她身边的所有女孩。是的，所有的女孩，也包括我自己。

有一天中午，薛微突然想吃大馄饨，我们走了老半天，才找到一爿沙县馄饨店，又等了半个小时，一碗馄饨没上桌，一个男生喊："老板，馄饨怎么还没好呀？我们上课要来不及了。"

一个老爷叔穿着围裙跑出来，脸上都是面渍，手里捏着馄饨皮，噘嘴用苏北话说："急什么，老婆回娘家了，没看到我一个人在包吗？"一桌人笑得人仰马翻，笑的时候目光胡乱四飞，我无意识撞上了一双眼睛，明亮的瞳仁，深深的双眼皮，目光炯炯。他在笑里看到了我，眼睛滞留在我脸上，我的心口忽然怦怦乱跳，电光石火间，有一个念头从鸿蒙混沌到瓜熟落地。

萧洋，薛微的男朋友，薛微的男朋友！我用本能抓住那束目光，承接更浓烈的笑容。萧洋的眼睛被我咬住了，我看着他的眼睛，那里面有小荷才露尖尖角，而我回应他的是东风夜放花千树。

这是一次有预谋的勾引。在我丧失一切的高中生涯里的一次雄心勃勃的反击。

我和萧洋都明白，这次目光相遇的含义非比寻常。我第一次掌控身为女人才有的武器，在生涩的练习里进步。将来也大可用那套楚楚可怜的说辞："我什么也没做过。"不过一个眼神，谁能记录在案？不过船过水无痕。

后来，我们习惯在热闹的餐桌上用自己的"语言"交流，在别人不解其意的时候，相视而笑。

我的秋波得到更正式的回应是在一堂英语课。我收到了一条陌生号码的短信，四个字"她在干吗？"

她，是顾名思义的，我看着前排奋笔疾书的薛微，而这号码的主人也是心知肚明的。想到他千回百转要到了我的手机号，我就有一股甜丝丝的胜利喜悦。

我妥妥帖帖想了会儿，不想显得太轻浮又不能无趣，我隔了半堂课的时间才回他："可能在想怎么让你吃醋吧！"开开他和薛微的玩笑，进可攻，退可守，不会有错。

他很快发来一个笑脸，配字："我比较喜欢吃酱油。"

我和萧洋就这样开始了。在薛微无孔不入的监视下抓到漏洞，迅猛发展感情。

我喜欢姜柏尧那么久却从来没有发出过这样的信号，或许我根本不喜欢他吧！我想我应该喜欢上了萧洋，看到他的眼睛就像喝醉了酒一样，心泛涟漪。

我们利用各种薛微无法脱身的机会私会，在五四农场学农的熄灯后，在虹口劳技中心学工的午休，只要有班长会议，薛微的春兰秋菊们一般都牛皮糖一样跟着她伺候。我们就偷偷幽会，他带我去溜冰、看电影，我坐在他自行车后座，我们漫无目的地驰骋，他的蓝衬衫在风里飘荡起来，我轻轻拽着一角，啊，那是男生的衣服。心里有种新奇而别样的兴奋。

跟着萧洋，我像个走出闺阁的少女，看到世界的另一面。他的朋友很多，都是打扮出位的年轻男孩，和他在一起的时候我打了耳洞，要不是怕妈妈看到，或许还会为他文身。

南兮和姜柏尧也众望所归，成天在一起上下课，他们是好同桌、好伙伴、好学生，龙凤呈祥、金童玉女。我不愿意看他们，就更卖力和萧洋发展故事。

读书的压力越来越大，每天要做无数考卷，在薛微忙得不亦乐乎，钻入题海之中时，我却忙着和她的男友约会。

那天我和萧洋放学后在操场幽会，分别以后，我经过小操场听到有女孩锐利的声音："你服不服？"我顿住，暂缓了动作，警觉侧耳听。

那声音继续道："那天的事，你有没有说出去？"女孩的声音如长虹破日。

我循声悄步过去，当时我不曾晓得，掀开树丛看到的东西会成为今后无数次午夜梦回的尖叫。

桑葚树影间有几个人影来回晃动。三个女孩并排站着，另一个女孩站在她们对面。哪怕她背身对我,哪怕她长发遮身,我也认得出那是南兮。

"我问你到底说了没有!"带头的女孩,是田夏!她一步步逼近南兮,"你干吗用这种眼神看我?你以为我怕薛微?你们都觉得我好欺负是不是?"她的语气带着种悲愤和发泄。她越说越亢奋,一边说,一边在给自己底气。

南兮冷冽看着她,感觉她们俩有一些不为人知的历史,但南兮一直没有回应她。

"说话呀!你是不是觉得自己挺了不起?你现在看不起谁?我告诉你,我才不怕她呢!"

南兮的双手突然被两个站着的女孩反剪到身后,她挣脱大叫:"放开我!"田夏手里攥着一把银闪闪的剪刀,躬下身,把剪刀顺过南兮的脸庞,恶狠狠威吓:"我再问你最后一次,你有没有说出去?"我看着她,发觉她根本不是我的同学,不是和我们朝夕相处,在一个教室里上课的同学,而是一种我不认识的变种生物。

"你害怕就不要做。"南兮依然语气平静,但她的平静瞬间点燃了田夏的怒火。田夏提起剪子,向南兮的头发剪去,南兮想要挣扎,却被另外两个女生牢牢禁锢住。乌黑柔亮的长发在我面前晃荡、飘散,像一匹黑缎期待着我伸出手来。只听见剪刀"咔嚓咔嚓"把绸缎一剪子一剪子裁断,它们停止挣扎,悄无声息纷纷从白衬衫上散落下去。

我的嘴巴像被田夏手里的剪刀剪掉,发不出一点声音。脑袋里的血不停往下沉,天塌地陷一般,后面我所做的事,让我至今无法给出解释。

我像受了某种潜在疯狂的驱动,肢体和大脑完全没有经过商量,就如箭羽一样冲进树林,烈牛似的推开那些伤害了南兮的手。她们的剧情

"咣"一声被我截断，剪刀铿然落地，她们惊慌失措看着我。我感觉到南兮的目光，田夏认出了我，又惊又疑："你要干吗？打抱不平吗？你不怕薛微了？"

我低着头，回答不上来，看着地面上那把剪刀，还有乌黑的碎裂的头发，我头皮发麻。她又说了些话，都是一些问句，我只是模糊地听着，愣着。我的沉默以一种藐视的姿态挑衅了她，她恶狠狠投下话来："好！林小鹊，你给我等着！" 我浑身哆嗦了一下，仿佛从一种癔症里回到了现实，一阵凉意渗透到皮肤下。田夏说完用目光示意另两个人跟着她一起收兵，像一支部队轰隆隆离开。

四周恐怖地安静下来。夕阳横亘在我和南兮中间。

我止不住浑身痉挛般颤抖，从牙齿到大腿根。我不敢看她，我怕看到一些巨大的、我无法承载的悲伤。嘴里喃喃自语，那是不受控的絮语，不受大脑控制，甚至不是语言。但我靠这些话撑住自己将要败下阵来的躯壳。南兮问我："你哭什么？"我才发现自己颤抖的双颊上一片濡湿，眼泪还在大颗大颗往下滚。是，我哭什么？该哭的是她。可我还是没敢抬头看一眼她。我只觉得自己喘不上气，然后便泣不成声起来。像哭急的孩子，一口气接不上来，只能发出一阵阵抽泣。恐惧一点点迫近我，后来我挺起身体，飞也似的冲出了小树林。

我不知道她会如何理解我这一系列毫无征兆的举动，她足够了解我，一定看穿了我的懦弱与后悔，看穿了我的撒腿而去是在请求她不要靠近我。

我眼前发黑，画面被螺旋状的黑纹覆盖，两条腿支持不住身体，依靠仅存的力气逃离。

17岁，在半熟懵懂的时候被蛮横塞入青少年世界肮脏污秽的那部分。

我跑出树荫，膝盖一软，沉沉磕在水泥地，刹那搓皮流血，但我不管不顾只拼命爬起来继续跑，天色晦暗，我脚步踉跄，一辆红色大众刹到我身前，我惊慌失措爬上车。司机问我去哪儿，我也不知道，恍惚发现萧洋还在学校，我的书包还在领操台，但我不能回去，我死死看着学校方向昏暗的天空。桑葚树还巍然屹立，树下不再是暧昧的青春、婉约的美好，而是赤裸裸的黑暗，桑葚挂在头顶，承接着霞光，白昼之光，岂知夜色之深？

司机有些不耐烦："到底去哪里？"

我依旧失语，张皇看着司机，战战兢兢："人……人民广场……"我要去人多的地方，我要看看正常的人类。

当下

2017年4月20日

那是两年前了，我偶遇了田夏。

那天我在车里等红灯，看到马路对面的那个女人，她个子高中后就没长了，混在芸芸众生里也并不突兀。她推着婴儿车和丈夫站着等红灯，两个人轮流喝一杯"一点点"奶茶，时不时嬉笑一阵。

她在拥有平凡人的生活，我看着她抱起女儿，那孩子也会长大吧，也会长到当年我们的年纪，她们会留下新的伤痕、新的暴力，一想到这里，我就很难受。因为我不知道该不该让她偿还当年母亲的罪孽，可她母亲也曾经是一个纯真的、可爱的、跳着橡皮筋的花季少女啊！

以前我不懂，一个经历过欺凌的人怎么还会对别人施加暴力？但事实上欺凌者转变为施暴者的比例之高让人汗颜。

被欺凌的孩子内心的怯懦因为找到同伴而演变成一种报复的力量。曾经的屈辱让他变得狠毒。他们恐惧再受到欺凌，不敢找真正对自己施暴的人，转而挑选更容易下手的对象。找到另一个发泄点，来释放自己的痛苦，来证明自己的强大。他们加倍将暴力施加在第三者身上，从而挽回自己失去的尊严，嫁接曾经的屈辱，扭曲的自尊心无法接受别人可以比自己勇敢坚强的事实，只有把对方欺凌到求饶，才能满足内心变态的伤痛。只有变成施虐者才能隐藏自己不光彩的受欺凌的过去。

我锦衣华服坐在宝马车里看着田夏，她像一个健康长大的正常人，我也是，谁知道过去的我们是什么样子呢？ 那个抱着女儿，喝着奶茶的母亲，午夜梦回，你是否真的能安然入睡？

回忆

2005年冬

再回到学校，我不敢面对南兮，或者是我不能承受自己对她的遭遇产生的任何情感，上课的时候把自己缩在角落里，不敢和田夏有任何接触。薛微问我怎么了，我不敢说，有些残酷连嘴巴都不愿触碰。有那么一瞬间，我自私地想，如果那天没看到就好了。

我越来越巴结薛微，我需要她，我不能孤军奋战，我害怕变成南兮。

晚上，我躲在被窝里为南兮哭，白天，我逞强露笑牢牢抓住薛微。

圣诞节到了，我跟着彩虹分队去买圣诞卡片，因为爸妈离婚，我的零花钱也缩水了一半，只够买最便宜的星座贺卡。尽管如此，我也每一张认真写，写"前途似锦"，写"金榜题名"，写一切遥远而美好的词，假装我还是一个普通的临考高中生。

2005年12月26日，那是一个周一的早上，大家都在兴奋里查看自己的课桌。

我在一封封平淡无奇的"圣诞快乐"里发现了一张浅绿色的信封。看到封面上三个字，时间突然定格。

信封上用蓝色的水笔写着"小林子"。我的视线无法焦距，在一阵头晕目眩里愣了很久，才鼓足勇气拆开信封。

南兮的圣诞卡是一张挂式卡片，一根银绳穿着几张卡纸，第一张卡纸上有一个动漫新娘，第二张是一个同样漂亮的伴娘，第三张是木野真琴。

她的字写在木野真琴的背面，字迹大大小小，不及她平时写得好。

小林子：

这是我最后一次这么叫你，也是最后一次给你写圣诞卡片。

还记得那天在薛微家玩游戏，我写下的"木"字吗？

今天我要告诉你，那个"木"字是"林"的一半，是你，小鹊！可你误会了，你看到纸的那一刻我就知道你误会了。老实说，那一刻，我对你有点失望。

我是个喜欢有始有终的人，所以我要告诉你，曾经答应你要做你的伴娘，我要爽约了。

希望在今后的日子里你能顺应内心。从我认识你的第一天起，你就言不由衷。改一下吧！

今年圣诞很冷，我也很冷。

珍重

不见！

楚南兮
2005年12月24日

南兮的最后两个字化开了。我看着卡片，又把前面一排字弄化了。周围的同学陆续回到座位，嬉笑玩闹，而我像密度不同的液体孤独浮在表面。

黑板上的字，桌上的课本，周围的桌椅，一切都让我触景生情，每一眼里都有楚南兮，视线模糊了。我走到南兮的座位前，她的桌面被刀片刻出凹痕，我摸着凹痕像在摸她的伤疤，眼泪一颗颗往下落。

南兮是怀着怎样的心情写下这封信的？我们曾坐在一起讨论梦想，曾经我们在一起就是全世界，可是一眨眼都没了。

旁边有人跟我说话，可我什么也听不见，南兮的桌子里塞着几张零星的卡片，可却连一本书都没有。身体一点点下沉，我像在一艘船里，摇曳眩晕，忽然听到一声大喊，是我的名字，有人在喊我，有人在摇晃我。

"林小鹊，你干什么？"姜柏尧在喊我，他惶惑而有点生气。

我问他南兮到哪儿去了。

他让我回自己座位，我继续问，他不理我，我抓着他袖口把他人扳过来再问，他冷静甩开我的手，眼睛里带着冷笑："她已经很久没来读书了。你没注意到吗？"

第六章　白昼之光，岂知夜色之深？

那一天，我逃课了。

我在晨读开始前，背起书包逃出学校，执勤队员、门卫都没拦住我，我发疯一般冲出校园，跑向南兮家。沿着那条熟悉的道路走进时光的隧道。

我一路跑到两楼大力擂门，边敲边喊："南兮、南兮，是我，你快开门！"

没有人，没有人来开门，双拳红肿，我的声音被黑暗吸收，越喊越干涸。

我在门外等了很久很久，然后摇摇晃晃抓着扶手，一步丧似一步走下楼，我不想回学校，到周围的菜场闲晃，看别人做春卷皮，看老太婆们孵太阳[①]，晒被子，看着尘埃颗粒在阳光下运动，不用想牛顿或朱自清。

我去我和南兮常去的文具店，花光身上最后的一点零花钱买了一本浪客剑心的笔记本，捧着它坐在南兮家楼下台阶上，拿出笔，给她写回信。

冬天很冷，我的手指冻得发紫，但我希望它更冷，我希望自己能冻伤、冻晕就好了。

暮色降临，南兮家的灯亮了，我跑上去敲门，敲了很久才有人开，是一个40多岁的男人，浓眉深眸，五官轮廓和南兮很像，我在他们家墙上的照片上见过他。他问我找谁，表情严峻。

我的目光不敢往他身后的门里打量，咽了口水，恭敬礼貌答："我找楚南兮。我是她同学。我叫林小鹊。"我企图用自己的名字唤起一点点心慈。但男人的脸色没有任何变化，我这只小小的黄鼠狼在他的眼睛里纤毫毕现，他冷淡而生硬："南兮不在，她转学了。"

---

① 上海话"晒太阳"讲作"孵太阳"。

"转学？"我张大眼睛。

"对,以后她也不在这里住了。希望你们不要再来打扰她了。"

我们,我们……悲伤滂沱。

像是结束语,他关上门。房里那一切的熟悉都在与我诀别。

"请等等!"我用全身力气阻着门,男人的眉毛皱起来,南兮和他长得多么像,我乍然心惶,像一只被拆穿的鬼祟狐狸,憋着泪,用仅存的余力乞求:"叔叔、叔叔,能不能把这个……"我从怀里把笔记本交到他面前,他的视线里都是审查,我的罪孽也一览无遗。我不敢奢望,低声嗫嚅:"能不能把这个交给南兮。"

他单手收了笔记本,随手搁到房里的鞋柜上,"砰"一声关上了门。

我站在黑暗里,我对着南兮家的门,轻轻啜泣。我坚信她在里面,我也清清楚楚意识到,我们的友谊结束了!

南兮,对不起!

为什么我没有帮你把手表从垃圾桶里捡出来?

为什么我没有阻止那些用目光诽谤你的人?

为什么我不帮你把澄清谣言?

为什么我要嫉妒你和姜柏尧?把自己的遭遇造谣在你身上?

为什么我看到你被欺负,却扭头逃跑?

南兮,对不起,我不配得到你的友情。

我不记得自己是怎么走回家的。踩着楼梯到家门口,意外听见房间里的谈话声,两个声音都很熟悉,一个声音属于我母亲,另一个……我猛然惊出一身冷汗。

我听不清她们具体在说什么,鬼使神差往前蹭了一步,向屋里张望,确认无疑后扭身想逃,被一个高声喝住:"小鹊!怎么到现在才回来?于老师来了半天了,你到哪里去了?"

我僵硬转过脸,像一只拉紧的弓,张皇失措站在门口,两个女人在桌前对坐,目光一致扫向我。为什么于老师会来?她已经不是我们任课老师了。当然只有一种可能:她知道了谣言的始作俑者是我!今天是自食恶果的一天,今天漫长得让人受不了。

我看着屋里两个女人,完了,证人已经向法官陈述了所有事实。她们知道了!知道了站在她们面前的这个孩子做了多过分的事,羞耻、恐惧交替袭击着我。

于老师突然站起来:"时间也不早了,小鹊妈妈,那我先走了。"妈妈也跟着站起来,表现出一个称职主妇该有的客套让老师吃过饭再走,被理所当然地婉拒后,她又望了眼窗外说:"哎呀,落雨了,于老师,我们弄堂里地滑,我送送你。"

于老师已经走到门口,她目光与我相遇,对屋里热情的母亲说:"不要客气了,让小鹊送我就行!"

我不由自主打了一个寒战。

雨果然下大了,于老师从包里拿出一把伞撑开,我握着母亲递给我的一把黑色大伞,别扭慌张地走在老师身侧。平时若是下点毛毛雨,我宁可淋着回家也不愿让这仿佛乌鸦的颜色格格不入展示在女同学们五彩斑斓的花伞里的,我央求母亲多次,想买一把粉色的花伞,她总是说,这把伞又没坏,为什么又要买新的?可是今天我尤为感激它的硕大和笨重,能把我很好隐藏进去。弄堂长得像九曲桥,我每走一步都胆战心惊,原来这就叫做贼心虚。

终于,于老师开口了:"早上我看到你跑出学校。"

握伞的手紧了一下，涔涔的汗粘在手上。

"你们华老师本来要来家访的，但是下午有会，我说正好顺路，就代她过来看看。幸好你回来了。"

我发出很轻的回应，连自己都好像没听到。头皮一下下跳着。

"你们现在还每周写周记吗？"

"嗯！写的！"

不知道！她什么都不知道！悬着的心微微松了一下。

"如果不想说你去哪儿了，就不用说。但是不要做让父母担心的事。"她看着我，我的心动摇了，她什么都不知道，可是好像又什么都知道，像一个母亲般慈爱而柔软地宽容了我。

"好了，就送到这里吧！"她停住脚步，伸出手来，我下意识往后退了半步，但她只是想摸摸我的头。她的手掌有温厚的力量，让我的心渐渐平缓下来。

"小鹊，你是有灵气的孩子。你要继续写作，写作才能把你说不出口的东西表达出来。"

我喉咙里有了哭腔："于老师……"我想说，想把一切都告诉她。

她慈爱笑着对我说："快点回去吧！一会儿台风来了。"

在我心里滋长出一片柔软，这柔软好像从来都在。雨珠不断打在黑色的伞布上，我突然希望这一刻能永生永在。站在她面前，我发觉自己原来还只是个孩子。我是个孩子，是还可以为伤心和愧疚而哭泣的孩子。

我站在原地，一动不动，看着她的背影，眼泪"唰唰"夺眶而出。

老师，我是个坏孩子！

第七章　昔日芙蓉花

回忆

2006年1月—2006年7月

寒假,日色愈短,前所未有地冷,爸爸过年没有来看我。我混在一堆表姐妹里,学习她们的笑容。听着她们学校的趣事。每个长辈亲戚见我,都要摸摸我的头,用怜悯的眼神打量我,叫我知道他们眼神里的仁慈,然后假心假意向我打听"那边"。

见过你弟弟吗?

见过那个女人吗?

大人的龌龊世界,一点没有比学校好。

高三下学期,南兮转学了。她的桌子被总务老师换掉,她的学号由后面的学生往上移,班级里没有人再谈论她。

萧洋在寒假里约了我几次,我都拒绝。我没有心思谈恋爱了,我回忆起甜蜜的恋情,南兮散落的碎发就不停盘踞在脑袋里。

我的例假开始紊乱，时常一来就十多天，干净两个礼拜又来。妈妈带我去看医生，吃了很久中药才调整回来，但是每次来例假都会严重贫血，有时晕厥。或许我是在拒绝长大。

我为萧洋打的耳洞发炎了，插在耳孔里的耳钉尾针长进了皮肤组织，我对着镜子狠命转动耳钉，血水直流，脓水淋漓，连着神经疼痛，我把耳钉拔出来，封掉了耳洞。成长或许是真的需要血的代价。

我不再依附薛微，也不再去理萧洋，但他们俩还是分手了。萧洋很快又在（5）班找到了新的女朋友。我和他的故事，就像两餐中间的一杯果汁，漱漱嘴罢了。而我对他自以为是的满腔"爱意"也消亡殆尽。看到他和新女友在一起，心无波澜。大约是因为临近高考，薛微也不再对我穷追不舍，大家的精力都投入在自己的前程上。

每天，我都努力读书，把全部的经历都投入到考卷里。我向妈妈提出补课的要求，每个周末，我骑着自行车去广灵四路老师家里上课。我的每一天都被安排得满满当当。月考的分数也在稳步前进。

我常常还是会想起南兮。《犬夜叉》更新了会想起她，周杰伦出新歌会想起她，翻起阿加莎的小说会想起她，梳头的时候也会想起她，经过他们家还是会不由自主望向二楼窗台。不切实际渴望能看到南兮的脸庞突然从窗户里伸出来。不知道她在新学校好不好？同学会不会欺负她？她有没有交到新的朋友？我越想知道，却又越害怕知道。或许这样彼此不见才是最好的吧！

华老师重新调整了座位，葛超也不再是我的同桌。我完成了刚进建成时的夙愿，和一个女生成为同桌，姜柏尧和路笙调到我前排。

我的新同桌常向姜柏尧讨教习题，他就侧过半身，胳膊靠在自己的椅背上给她解题，除了传作业或试卷，我也不和他讲一句话。我们像一对分居的男女，彼此心照不宣，回避眼神和交流。但我依然看他，看他的背影，看他微微翘起的脖后那一撮头发，回味那熟悉的青柠洗发水味。

有一次，他给同桌解题时笔油用完，同桌手忙脚乱也没翻出一支写得出字的。我拉开笔袋，把那支白色的活动铅递过去。我低着头，但我知道他看了我一眼，顿了一下，才把笔接过去，然后"咔嗒咔嗒"熟练揿出笔芯，继续讲题。我的心有一种隐秘的雀跃。但我不再多想什么了，如此已经足够。

我的成绩挤进全班前十，高中最后一次改选班干部，我当上了宣传委员。在几个女生的帮助下，开始做每月黑板报的工作。我以前就给小喇叭打下手，所以对此并不陌生。

学习虽然忙，但出黑板报又给我别样的乐趣，我从画簿里找喜欢的文字与图案，用不同的字体书写。那时候每天补习都要到六点多，放学后，暮色西沉，红霞满天，我留下来继续把最后一点文字补上去。画完不禁全身酸痛疲惫。妈妈没那么早回家，家里隔壁新搬来一对湖北夫妻，天天吵架，砸锅砸铁，还不如留在教室安安静静做一会儿功课！写着写着不由困意来袭。

梦里我见到了南兮，我和她在一片薰衣草花田里追逐，她在我前面，穿着那身第一次进校穿的白色的连衣裙，她冲我笑着，跑着，对我伸出手来。地袤天阔，紫色的海洋在她的回眸里。我伸手去抓她，可她的手近在咫尺却遥不可及。我拨开刺人的植物，去追，去喊，她像没听见，继续往前跑，离我越来越远，白色裙裾飞起来，她水汪汪的大眼睛突然流下泪来，用口型对我说"再见"。

不要走、不要走,我奋力跑,在奔跑中我醒了过来。教室里漆黑一片,窗外只有对面的教学楼亮着。我浑身是汗,大喘着气,骨骼酸痛。梦境太真实,现实太黑暗,胸口不停怦怦跳,一种不祥的预感笼罩住我。我呆愣了好一会儿,轻轻直起身,肩膀有东西滑下,我手快抓住,是一件秋季校服外套,我不记得自己穿着,凑近看,黑暗中衣服胸前的两条白线格外醒目,那是男生校服。我抓在手里,怔怔的,一轮弯月从玻璃窗外恩泽着我,黑阒幽寂里,我澎湃的、惊恐的心情慢慢安稳下来。

第二天,路笙翻着课桌叫起来:"我的衣服呢?"

我把外套还给他,他确认是自己的很吃惊,我更吃惊。

临近毕业,学业越发紧。但大家忙里偷闲开始流行起写同学录,就连平时一贯瞧不上这些女孩子气东西的男生们也凑热闹买了。

每天中午,满教室的粉蓝红绿,到处分发,拿到手里一时混淆,还得标注上哪页是谁的。有些人干脆不管,统一写上一样的话,反正祝福语总是举班适用的。

我也买了一本黛绿色的活页同学录,封面上是犬夜叉和戈薇,我看到便心动了,像和南兮重逢一般。我把内页发了一圈,最后只剩下前排了,手慢起来,心浮起来。

从此各奔东西,借着毕业的由头,至少会给我几句临别赠言吧!在这种强烈情感的驱使下,我用了一个不磊落的办法,我趁姜柏尧不在,装得平淡如昔给了路笙两张同学录。路笙很解意,放了一张在他同桌桌上。我看着那一页纸被压在姜柏尧的笔下,心里又有涟漪,又有波浪。

不久,姜柏尧回来了,抽出彩页问路笙:"这谁的?"

路笙瞥一眼回答:"林小鹊的。"

我听得清清楚楚,他"哦"了一声,挠着颈后一撮发,将那页纸夹进一本课本,搁到一边。我的心也像被夹起来了,但我不气他,是我应得的。

物理课像难嚼的蜡,搭配着我的心情,更加令人烦闷。路笙很快把写好的同学录给我,发出去的同学录都陆续回来了,我意兴阑珊装回活页里,翻着一半"金榜题名",一半"越来越可爱"的赠言,只觉像是加工厂统一制造出来的。很多年后,上面这些名字,我是否还能和脸对上呢?

时光从指缝间溜走,从一张张考卷里跃过去,每一次月考都把我们向高考方向推一把。

又上数学课了,我从前排的手里接过课本,在杨老师高亢的声音里,机械性翻开模拟试卷册,练习册里翩出一角蓝,我吃了一惊,惊疑翻到那一页,确确实实夹着我的那页同学录,并且上面已经有了字迹。我的心乱了,悄无声息却又心潮澎湃,我用目光一个字一个字抚摸过去,姓名:姜柏尧,星座:天秤座……我一个字都不放过,然后如同把烂葡萄都吃完了,极其不舍来到临别留言栏,第一眸眼睛是空的,只有一行字,短促得叫我心里一慌。按捺住失望往下读,却是写着:

高考结束那天晚上7点打这个电话给我:654×××××。

我像收到小丑的礼物盒,不知道钻出来的是爱心还是整蛊。但我没法阻止从眼睛酥到心脏的电流,没法阻止我对他留言的广阔假设和预想,我知道这样很危险,可兴奋瞒不住自己,一种抽象的快乐从心窝里浮上来,只能连哄带骗让它收敛一点,含蓄一些。

抬头,他的背影在一束日光里,他屈起一只胳膊,半伏在课桌上,侧身和路笙说话,眼镜架在高而挺的鼻梁上,笑容从修长的眼睛里传到眼镜里,我对上了他的目光,但他笑着转过去了,把笑留在他身后的空气里,像流星划过的光晕。我的心软了,一直软到骨头里。我趴到桌上,翻开练习册。

我,林小鹊,开始祈盼高考。

一个多月后,我们迎来了人生里第一次重要的选拔淘汰赛。

高考是一件很难描述的事情,奋斗了多年,拼搏在一朝,真的一门一门考完,好像经历了五岭逶迤,乌蒙磅礴,好像如释重负,又好像意犹未尽。

最后一门试卷写完,我已经开始妄想。走出考场,外面烈日高照,又灿烂,又温和,又蓬勃,随着周围同学解脱的呼喊声,嗅到的都是自由的气息。

我伸了个懒腰,去找自行车,我要呼溜一声骑到家,我要去买娃娃雪糕,我要吃香酥鸡,多加点醋,我还要喝珍珠奶茶,还有还有,我要给姜柏尧打电话……

"林小鹊!"

我没有走到自行车前,薛微和几个女孩拦住了我的去路。我心里涌上一种预知的怅然,好像刚才的遐思都像一篇虚构故事,我还没来得及回味,一下子,就全剧终了。

高三下半学期开始,我和她们已经渐行渐远。此刻狭路相逢,她们每个人身上都带着一股跃跃欲试的凶意。

我被她们挟到学校底楼的体育室。这间屋子堆放着废弃的体育器材,窗口开得很高,但对着阴井,常年无光,也没有设电灯。

很快我发现自己被围在了中间。薛微的眼睛吊得高高，脸上凌厉的表情像预备好了："小鹊，你有没有做过对不起我的事？"

我心里是慌乱的，一路上猜测了许多，知道十有八九是和萧洋的事东窗事发，薛微挑明了，我也无可申辩："既然你知道了，何必还要问？"旁边的女孩子沸腾了，有人骂我，有人伸手推我，有人向薛微邀功自己信息靠谱。只有薛微镇定看着我，她双手交叉胸前，阴暗让她的表情更冰冷："我那么信任你，你却背叛我？"

我突然想笑，然后就真的笑了出来："薛微，你从来没有信任过我，也没有信任过任何人。你只是在控制我们，不止我们，还有萧洋。"

她的嘴角往下沉，那颗痣跟着嘴巴不断起伏，她抬手甩了我一巴掌，响彻体育室，身后的女孩都怔住了。脸上很痛，但我没有多少意外。她没有打过我，但好像我一直在被她打，我对她的掌力都不觉得陌生。打从和萧洋在一起，我就无时无刻不在预想这一刻，只是每一次设想中萧洋都在，而现实总会给我们不一样的体验。

"我把你当朋友。"

"你不是我朋友！"我摇头，"我的朋友是楚南兮。是你毁了我们……"

"我毁了你们？"我的衣领骤紧，牢牢被她拽住，她比我高半个头，她的目光里有阴郁之火，"她算什么东西？也配？稍微玩玩就转学了。只有你这种蠢货才吃她那套！人家换个环境早忘了你啦！"

我觉得自己有鼻血流下来，嘴角也破了，可是我还是笑了："你啊，永远不会知道她哪里好！因为你的眼睛里只有你自己。"

薛微瞪着眼睛，压迫力十足地看着我，一种短兵相接的对峙，她怒极反笑,用力将我朝后一掼,那笑令人不安:"林小鹊,你觉得我没办法对付你了吗?你觉得毕业了就可以逃出我的手掌心了?你倒贴给萧洋,他都不屑跟我说,你有什么好自豪的?"

"我不自豪!"我为自己的镇定感到意外,当我看着她时,我发现一种全新的力量在暗暗滋生,不,应该是这半年来蓄积在体内的,只是在这一刻蓄势待发。我看到她歹毒背后的落寞,她说的没错,我和她是同命相连的,我们都用扭曲的感情武装自己的孤独,就在这个时候,我突然发觉对她和自己都有了清醒的认识,或许我早就看清了,只是一直稀里糊涂搪塞自己,我从地上爬起来,拍掉手掌中的灰尘:"薛微,你今天让不让我走,我也和萧洋在一起过。你要惩罚我、报复我,随便你,但也不能改变他离开你的事实了。并且,说实话,你把这种不成熟的恋爱称作'爱'多少有点可笑。有些东西再努力也没有办法扭转。我没有办法阻止我爸妈离婚,你也不能让你爸妈给你你想要的爱。就算你怎么排挤掉比你受欢迎的女孩,伤害比你得到更多爱的人,也没有用,没有用的!"我的眼泪不期而至,"毁掉别人的关系,并不能让那段关系里原有的爱转移到你身上。长大一点吧!"

很快我另外一边脸也挨了一下。

"不用你教我怎么做人!别说得好像自己出淤泥而不染,林小鹊,你才是最自私狡诈的一个!"她的眼睛里涌上薄薄一层泪,可是她用凶悍的眼神压下去了。她决绝点头:"你和楚南兮不是好朋友吗?那你也尝尝她受过的苦吧!我们把她关在这里过。可是你比较惨,现在放暑假了,没有人会来这里!"

我傻在那里,我知道薛微露出这样的表情意味着危险。

她和几个女孩交换了眼神，像一支整齐的部队，一起往门口走，我冲上去："你们要干什么？"我抵不住她们的人数优势，无数的手把我推回来。我一下下从地上起来但每一次都被摔得更重。

我听到大门沉重关上的声音，然后是锁门的声音。

刚才发泄的兴奋荡然无存，满心满体的恐惧，我敲着大门喊："薛微，开门啊！开门！你们这是犯法，快开门！"门那么重，没有人回答我，我都听不到她们讥笑嘲讽的声音。

"薛微，薛微！"我的声音越来越软，"快开门放我出去。"最后几声像是喊给自己听的。没有用，我知道门外已经没有人了。

我绝望回到体育室中央，满鼻子都是潮湿的霉味，那些白天被人争来抢去的体育器材看上去冰冷可怖，像一件件刑具。可我看着它们，带着不一样的情感，它们或许是我生前看到的最后景象了，瘪了气的排球、断了手柄的长绳、破了网的网球拍……我一个个拿起来，每一处残破都叫我想哭。我蜷曲在篮球旁，好像又培养不出眼泪，只是遗憾今晚七点不能打电话给姜柏尧了，我都不知道他要对我说什么。

还有南兮，她曾经被关在这里，可我一点都不知道。她们对她都做了些什么呀？如果我死在这里，是不是也算偿还了南兮的痛苦？我越想越冷，妈妈今天说好早点下班带我去麦当劳的。想到妈妈，我心里一下软了。如果失去了我，妈妈会多难受？这个时候我哭了，毫无戒备地难受起来。

时间一点点流逝。外面似乎在下雨，有夜猫厉叫，我的意识开始迷糊朦胧。

我没有死在体育室里，锁芯咬住钥匙发出叮当声响时，我的心口一下收紧了，警觉看着大门。我想会是妈妈和两个警察，妈妈会泪流满面扑过来,把我搂到怀里。或者是个敬业查岗的保安,手电筒照我一脸,又惊又疑问我:"同学,你怎么会在这里?"

都不是!

是薛微!她站在门里,两只眼睛如探照灯凛然圆睁。果然下雨了,她的头发、衣服被雨水淋湿。

我霍然站起来,在黑暗里和她默然对视,却不敢动,直到看清楚了,确确实实只有她一个人。

我愣了一秒,然后逃也似的向月色里冲去。她没有阻拦,却朝黑暗的房里走去。我跑到门口,回头看她,她笔直仰躺在水门汀上,月光从小小的排风口照进来,洒在她水痕斑斑的脸上,她的眼睛肿了,头发如海藻铺在地上:"你始终不相信,对不对?"她的声音有种悲怆,我惊讶而偷偷看向她,不敢出声,她的目光却在黑暗里一下把我逮住,"你就是不相信我!在你眼里我就是个女魔头,到处算计别人、伤害别人,自己毫发无损、铜墙铁壁,对不对?"

我张着嘴不知所措。她仿佛是笑了一下,这笑是和一声叹息一起出来的:"我也会受伤的,林小鹊!我是真心想和你做朋友。可是你始终不相信。"我顿在原地,黑暗里只有她的眼珠照耀出微弱的光,她眼皮微微颤了一下,"可惜了!"她突然看向我,"还不走?"

我看着她,有一些抽象的心痛感。

她闭上眼:"林小鹊,萧洋的事,总有一天我要你还回来的!"

我转过头,夺门而出,融入如水夜色。

我在惊恐和焦躁,还有一些莫名的无畏情绪里骑车回家,脑袋里是慌乱、跌宕、不知所措。

回到家,已经八点多了,家里阒静无人。桌上压着妈妈的一张条,因为有客户请吃饭,她帮我把麦当劳买回来,放在冰箱里。

我几个小时的生死体验仿似对这个世界没有一点点影响,我觉得讽刺而失望。

高考结束的那天晚上,我一个人一边听着隔壁夫妻吵架,一边吃着已经发硬的薯条,一边无声哭泣⋯⋯

我觉得我遗失了一些东西,但我不知道那是什么。

我错过了打电话给姜柏尧,我无数次翻开那页同学录,看着号码,一个个数字摁过去,但每一次都在惊慌里摁断。后来那八个数字我不用看了,已经记载在我的眼里,镌刻在我的脑里,我看到数字键盘就会想起那八个数字来。有一次,我摁到第七个数字就停住了。我害怕了,因为太喜欢了而害怕,因为太喜欢所以怕得不到,心里圈养起一只野兽,去伤害,嫉恨阻挠我的人。我怕他要跟我说的和我想的南辕北辙,我怕我仅存的一点火苗也被熄灭了,我又会变回那样一只野兽。我对他的感情像装满液体的水袋,那样饱满却脆弱,戳一下就要破。我舔到唇上咸咸的液体,挂上了电话。我从来没有意识到自己那样喜欢他,也是在同一天,我决定放弃。我把自己闷在被窝里哭了整整两小时,无人知晓的一段感情,只有我为它悼念。然后听到有人在楼下喊:"713号林小鹊挂号信。"

我的大学录取通知书到了!

再见了,姜柏尧!再见一个人的初恋!

再见了,鲜血淋漓的高中生涯!

第八章　来自过去的信

当下

2019年12月23日

　　天气越来越冷,冬至前几日天天下雨,小区里的银杏、梧桐、悬铃木纷纷扬扬落了一地,又一阵雨把树叶打得干净。
　　这种鬼天气,老太婆倒是兴致好,让我陪着她逛商场,我又当司机,又当向导,预约沙龙,提包拎袋,才半天,已经像被敲骨吸髓一样。
　　下午回了趟娘家,底楼老太比情报局还灵敏,我一踩进门,她的眼睛就溜出来了:"小鹊回来啦,最近有没有好消息呀?小陆好久没来了嘛!"
　　老太太到底老江湖,说话艺术,打探的方式又客气又周到,像个仁慈的过房阿姆。小陆除了结婚那天什么时候还来过?我笑眯眯说小陆忙。什么好消息,还没离算不算?下次再问就说我结扎了!想到这里我就笑了,我也就想想,哪里讲得出来?

老妈在家看家庭纠纷节目，看得血脉偾张，义愤填膺，言及此了，又跟我讲房子要加名字的事情。真是越老越拎不清，又不是不晓得自己女儿情况，我是个逾期违约的乙方，时刻都有被解约的危险，还加名字？说来说去就是钱，没一次回来能好好说点讨巧话的，还怕我少她养老钱？看我不出声，她又唠叨让我打电话给我爸，叫他抽空回来一趟，免得老巫婆怀疑。

因为老巫婆不知道我出身单亲家庭。我当年以为钓到金龟婿了，为了能顺利嫁入陆家费了不少功夫隐瞒。都知道这些人家最忌讳单亲家庭，我只说我父亲在新加坡有业务，要常驻那里。那几次林国华还算配合，总是随叫随到。老巫婆倒是出人意料没有去查核。

我正憋了一肚子火，听得肺都有点疼了。婆婆和亲妈，总有一个得让我喘口气吧！所以我对着亲妈发了一通气后抬腿就走了。

在车里看到马路上小女生头上戴着糜鹿发饰，才意识到又快到圣诞节了。想到圣诞就顺带着想起南兮，想起南兮的手表，想起姜柏尧欠我的答案。

时间还早，老太婆下午有舞蹈课，不会再来查岗，我信马由缰就到了那家特殊幼儿园的大厦附近。我在大厦门口晒着太阳也不知道在等什么，看着一些孩子陆续被家长接出来，也没有特意找，要不是看到媛媛，我都没认出来牵着她的男人是姜柏尧。

那家伙居然把头发剪了，胡髭刮了，身上还换了件深驼色的高档大衣，看版型不像是大兴货①。衣冠楚楚，整个人干净利落不少。媛媛也穿着很正式的深色小套裙。他领着媛媛到马路中间拦了一辆强生。感觉要出席

---

① 上海话指假货。

什么重大场合。

我看着他们坐上车,心里没什么特别欲想,但看到那辆车启动,我也启动了,不紧不慢跟在他们身后。

汽车上了沪闵高架,堵堵停停,开了三刻钟,然后停在万源路上,我抬头一看,是儿童医院,姜柏尧和女儿进去了。我又被扔在一片无措里。

这家医院的儿童心理科很有些名气。念及媛媛也有些疑惑,这小孩的妈也是奇怪,怎么海龟生蛋一样,扔了孩子就不管了?姜柏尧到底娶了什么样的女人啊!

我坐在车里猫了一个多小时,循环听周杰伦的新歌,林国华又给我发微信。这次是视频轰炸,除了老年表情包,全是林梓轩的毕业典礼视频,小赤佬①长得跟他妈一模一样,看了就火大。老头子吃饱了给我发这些。

姜柏尧和媛媛下来了,两个人站在医院门口,像是等车的样子,这时媛媛的目光突然跟我碰上了,我一个激灵,立即掩耳盗铃一样把身体往下躺,她那双大眼睛又戒备又犀利,直勾勾看着我,看得我心里发慌。但转念一想,她不会说话。姜柏尧搀着女儿往马路中间走,她果然什么也没说,跟着父亲上车了。我心里舒了一口气,又觉得自己无聊透顶,姜柏尧肯定是带女儿回家。算了,下了高速就和他分道扬镳,但是奇怪的事情发生了,姜柏尧的车没有回他山阴路的弄堂,也没有开去于老师住的仙霞路,而是开去武康路,我亲眼看着他和媛媛一起进了一个高档住宅。

这个发现让我又受刺激又觉亢奋。无数疑惑和猜测在脑袋里鸡飞蛋打。我坐在车里发愣,太阳晒在小区中央的喷泉上,碎光闪闪。

---

① 上海话指小孩,含贬义。

没一会儿，天空透出嫩红的夕色。我想半天也不知道这个发现有什么价值，好像找到一把钥匙，却不知道是开什么的。我有些气馁地倒车出小区，手机突然振动了一下，我单手滑开微信界面，一条消息赫然闯入眼帘，寥寥数字，我心里一个"咯噔"：

这么显眼的车不合适盯梢。

我猛一刹车，戒备注满全身，回头紧张而茫然四顾，看见姜柏尧站在车屁股后面懒懒散散看着我，媛媛并不在。

我有些无计可施的羞愧。他缓缓走过来，胳膊靠到窗沿，很慵懒笑了笑，马上又把笑收住："好玩吗？"

我不说话。

"这么想我？早说！我可以把行程给你！省得浪费你油钿。"

"你不告诉我南兮的事，我就一直跟着你。"我展现出没有道理的跋扈。

他短促哼笑了一声，完全从喉咙口出来的声音，有些蔑视的意味："你把婚离了吗？"

这下换我蔑视笑了："你神经病吧？南兮的事跟我离不离婚有什么关系？"

"那再见！"

"等等！"

我叫住他，又不知道想说什么、能说什么。只是焦虑地和他对望。过了很久，我已经放弃继续的念头，他突然开口了："你明天有空吗？"

"干吗？"

"我不干吗，不过想起来我妈找你有事！"

当下

2019年12月24日

我一晚上没睡好，第二天因睡眠不足拖着两个黑眼圈，敷了精华也不见效，用了两层遮瑕膏才盖下去。出门的时候，发现自己穿少了，上海这天气，虽然不见雪，冷起来却是狠命的，有点兵不血刃的残酷。但我实在懒得上楼换衣服，索性顶风瑟缩着往车库跑。

姜柏尧迟了十多分钟才到仙霞路，我疑心他玩什么花样，一路上保持着高度戒备，我问他，真的是于老师找我吗？他带着我弯弯绕绕，走进一栋六层住宅，回头笑："不是，我无聊，骗你，带你过来玩。"他说反话的表情真叫人生气。一生气我说话就发急，话没说出来，引出一阵咳嗽。

"哟，感冒了？"

"是啊，别得罪我，否则第一个传给你。"每个字都像从鼻腔里溜了一圈出来。

"挺严重啊，等歇去医院看看吧！"

"不用！我不看医生的。"我斩钉截铁回答。他犹疑看了我一眼，没有再说话。

于老师出来开的门，她穿着羽绒背心，棉睡裤，头发花白浮在空中，显得整个人胖胖的、圆圆的，完全是另外一个维度里的于书兰。

"啊，小鹊，你来了呀！"她看到我，满月般的脸庞都是笑，好像真的是她找我。我惊惊疑疑跟着进去。

双南套的房间，六十来平方米，我被于老师拉到朝南的卧房，姜柏尧没有跟进来，我也没看见他父亲。阳光很好，房间里堆满了一摞摞书，窗外晒着条棉被，窗台上还有两盆绿植，到处是一个把家母亲渗透在生活里的烟火气息。

于老师让我坐下，自己先开口："我呀，早想联系你们了。但是我这信息技术也不过关，很多学生都搬家了，东西就一直收在我这里，就像心里一块大石头。"

我听得一头雾水，她从一个玻璃书柜里捧出一只圆形蓝色的铁皮饼干盒，她摸着扣紧的边缘扳开，我看到里面全是信。

她抽出一沓用橡皮筋绑着的信，信上面用作业本的格子纸包着，写着"高二（1）班"。

我想起来了，高二的时候，学了欧·亨利的《二十年以后》，于老师借此主题，给我们安排了一堂作文课，让我们给十五年后的自己写一封信。我们那天很开心，因为于老师说她不会看我们的信，那意味着我们无论写多少字，写什么都没有人监管。于老师说会帮我们保存起来。十五年后寄给我们。

小时候，十五年是一个可怕而不敢想象的数字，像侏罗纪看白垩纪，时间是乌龟、蜗牛，走过来是漫长遥远的，可是时间过得很快，而我现在就活在自己的未来里。

信封是统一的白色，当年每个人用A4铅画纸自己做的，由于岁月浸渍，已经微微泛黄。于老师从一沓信里抽出一封给我，信封上是我写的自己的名字，浅蓝色的水笔痕，显得又淡又薄，看到很久以前的字，感觉比看小时候照片还奇怪，那是自己，又好像不是，是很久以前拥有不同思想的女孩，我看得有点心慌。

于老师问我，还记得自己写了什么哦？我诚实地摇头。

我小心翼翼地拆开信封，果然是出自"四体不勤"的我之手，连两边折痕都崎岖不对称，信里的字也一点点跳了出来。

Hi，林小鹊。

31岁的你实现梦想了吗？是否拥有想要的大人生活？和南兮一起去看过周杰伦的演唱会了吗？和喜欢的男孩在一起了吗？

大人们说生活是很艰难的，我会不会变得和妈妈一样消极颓丧、满腹牢骚？

已经长大的林小鹊，请你不要让我变成尖酸刻薄、势利冷漠的成年人。

如果我忘记了梦想和快乐，请你帮助我回来！

我一直是个胆小鬼，如果长大以后，你成为一个厉害的大人了，希望可以代我去探寻一些我现在还害怕面对的真相。

因为我真的不想等到80岁在轮椅上再遗憾后悔。

最后，和你说一声对不起！

对不起，没能让你拥有我们所预期的青春。

林小鹊

2004年11月5日

我的心脏松一阵紧一阵，一点也不记得自己写下过这样的文字。可真真切切字字扎心。被自己戳穿了的羞耻感，好像有一双眼睛在看着我，从身体里分裂出的另一个自己。

我看着饼干盒里那一沓白色，问："楚南兮的信还在吗？"

于老师摇摇头："早些年给她了。"

我毫无征兆地失落了。我很清楚，哪怕她的信在这里，我也无权过问。哪怕她的信在这里，也不代表她还在。朝南的房间阳光太旺盛了，照得我抬不起头，我感觉到肺叶在微微震动，然后辨识出那是自己的声音在说话："老师，你知道我们对她做了什么吧？"

于老师大概是叹了口气，我耳骨受到轻微刺激："很遗憾，我当时不知道！"我们俩都沉默了。须臾之后，她接着说："有一段日子，我发现她笑容少了，话也少了，但很可惜没能发现她的其他异常。受过伤害的孩子判断力会失衡，会把责任背负在自己身上。如果你不主动去察觉他们的细微变化，他们就淹没在空气里，绝不会来找你，也不愿对任何人提及。"她脸上爬过一丝痛楚，"后来我听说她主动辞去班长职务，想找她谈谈，可是她已经转学了。她的父母也对我们很抵触。我也能理解，他们是对我们失望了。我也失望，对自己。但老师也是普通人，也有力不能及的时候。"

于老师的声音有了一些沙哑："很多人会问，一个老师有那么忙吗？实际上除了备课、上课，还有许多杂七杂八的会务工作、沟通和学校运营等等，有时候忙得都顾不上自己家的孩子。家长们把孩子托付给我们，没有一个教师会愿意把一个失败的孩子归还回去。但是我们能做的实在太少。自古以来赋予教师的评价是神圣高尚,他们得到大众的尊重,也在无形间拥有特权。但永远有部分从事这份职业的人,并不真正具备对教育的热忱,他们没有闲暇关心每个孩子的心境变化。"

"老师,你可能无法想象一个孩子能坏到什么程度。大人们总会抱着'小孩子能有多坏'的心态忽略我们,不予深究。所以学校成了最好的庇护所。没有规则,也无法逃退。"

于老师并没有表现出意外,她平静说道:"弗洛伊德说过,人是受一种天生的力量驱使而会做出破坏性举动的。当孩子们具备了一切成人的形态和行动力时,他们的心智却还不具备成系统的自我判断和道德约束能力。"于老师倏地站起来,背着身从透亮的玻璃书柜里依次抽出几本书,然后坐回来,放到膝盖上,书都是白色的封面,鲜红的字,既简单又醒目,每一本的边沿都贴了许多彩色标签。

她翻开一本书,语气沉重:"根据1996、1997年中国独生子女调查发现,80%以上的城市中小学存在不同程度的攻击性行为;还有这个浙大《青少年攻击性行为的社会心理研究》课题组的调查显示:49.2%的同学曾对其他同学有过不同程度的暴力行为,87.3%的同学承认曾遭遇其他同学不同程度的暴力行为;还有这本,根据WTO研究发现,每年有300万~700万青少年和年轻成年人因为与暴力有关的损伤接受医院治疗……"她翻开一本又一本书,报出一个个触目惊心的数字,我感到耳朵被慢慢撑开,那样高的数据简直让人不可置信。我每天经过学校,看到许多无邪嬉笑打闹着的学生,他们中竟然有这么多都深陷其中?我看着于老师手中翻阅的纸张,每个数据里都有一桩桩残忍的暴力事件。像我一样,像南兮一样的人竟然有那么多。

于老师抬起头："暴力不只是身体上的伤害，心理和精神上的折磨也一样是暴力，排挤、孤立、诬蔑、语言上的奚落轻视都是隐性暴力。它们的伤害力有时候比肢体暴力还要大。"

"太可怕了……"

"是！这是我们这代人的疏忽。不过时代是在变的，小鹊。我听还在职的同事说，现在已经出台了很多政策，每个学校都配备心理医生，有应急预案，学校定期自查，还有社区督导员，随时会找学生谈心。他们不是校方的人，学生们可以在安全的范围内对他们吐露心声。不管是老师、家长，还是学校，我们都在慢慢重视起来。"

我点头，又猛然摇头低喃："要是早点能这样就好了。"我想起很多年前的那个雨夜，于老师去我家家访那天，我回看她。她老了，可目光还是像当年一样，温柔中包含着正直，看得我无所遁形，看得我回忆里的那只怪兽开始融化。阳光还是那么肆意，窗外一株绿萝，在冬日里绿出一种傲然的簇新，我只觉得心里那被砌在黑暗里的影子遇到了劫难，被熨烫、被洗刷、被扯到阳光下炙烤。我呜咽了一声："于老师，我做错了。"

她慈爱的目光映在我脸上："我们都会犯错。"

"不，不一样。我错得很严重，很严重！"我低着头，任由声音一点点冲出喉咙，"那时候内心时常有一种情绪，渴望去责怪、痛恨、宣泄！竭尽全力维护自己的错误。好像把怨恨对别人释放出去，人生就能轻松了，没有办法控制。等我回过神来，已经伤害了她。"脑袋被烧得昏沉沉的，手里的信糊得一塌糊涂。

肩膀上有一只手轻轻抚摸着："做人不能回头，小鹊，你就得往前看！你还那么年轻，未来的路要好好走。不要把自己困在里面。世界很大,出去看看。"

我压制住感情把信收好,谢谢于老师。她轻轻拍着我后背,我的内心波澜看来已经反射到脸上了。她让姜柏尧送送我。

姜柏尧在另外一间房里打游戏,瓮声瓮气应了一声,人并没有出来。

我和于老师说不用了,她对我摆摆手,脸上有隐晦之色,说道:"你们年轻人在一起,多聊聊也好的!"然后"唉"一声,扶着两只膝盖艰难坐到椅子上,半晌,她含义复杂笑着,抓着我的手说,"小鹊啊,你有空和他聊聊,劝劝他。"在我疑惑之际,姜柏尧出来了。

我一步缓似一步地走下楼,我问姜柏尧他写了什么给十五年后的自己,他又开始捣糨糊,信口开河:"万贯家财,衣食无忧,左拥右抱。"

我叹了口气,和他聊天总有一种有去无回的挫败感。走到门口,他说:"沿着那条小路走,不用我送了吧?"

我嘴角很不自然弯了一下,脑子像被枪打了,突然就对他说:"小时候,散布你大队委员有水分的是我。"

他顿了一下,明显是没想到我的意外自首,脸上有点愣,像在理思路也像在组织语言,挠着头:"原来是你啊!"他继续往前走,"怎么我小时候就惹你讨厌了?"

"不是!"我追上去,我那时候喜欢你,我在心里说,却没有说出口。在一场深刻的忏悔里夹杂着自己强烈的私欲很无耻。哪怕是我,也遮掩不住内心原始的羞耻感。

他在阳光下静默着,这寂静变得狷介猖狂,啃噬住我的羞耻。我咬咬唇,假装漫不经心问:"你还记不记得给我写的同学录留言?"

"什么留言?"他脸上是很困惑的表情,真实得叫我心痛。我浑身冰冷，小腹遽然痛了起来。低下头去，越走越慢，终于停住了步伐。

"你怎么了？"他也顿住了脚步。

"没事！"我摇头，脚下踩着一片焦黄的叶子，"咔嚓"一声，像踩着自己的心。我让他回去，我说我自己会找到出口，然后他走了。

我看着他背影在初冬萧瑟的阳光里越来越小，七零八落的情绪从记忆的各个甬道窜出来，来势相当凶猛。身体不听使唤慢慢蹲下去，眼睛晶莹而迷乱，虽然一直知道会是这样的结果，但依旧依靠自欺欺人平安度过这些年。

风呼啦啦地吹，满地的焜黄窸窸窣窣被吹着跑。我双臂发麻，把脑袋从胳膊上移开，才睁开眼便惊讶看见一双熟悉的褐色牛津鞋。我很不情愿地目光朝上去确认，他居然又回来了，他姿态挺拔，衣冠楚楚站在阳光里俯视我："你怎么了？身体又不舒服了？就说要去医院好好检查一下。"

"你为什么要叫我离婚？"

"如果我说，我是受人之托，你信不信？"

"谁？"

他咬着烟，从俯视到慢慢蹲到我面前，目光移动到远处，他说："我想设计一栋自己命名的建筑。"

"你说什么？"我擤着鼻涕。

"我写给十五年后自己的信。"他全情投入地抽完最后一口烟，直接把烟头碾在树叶里，拍着身，站起来，"对了……"他的脸完全阴沉下来，"楚南兮的死，不是你以为的那样。"

我身子猛然一抖："什么？你说什么？"

"我说你的车就在前面右手转弯的路上，我不送了。再见，好同桌。"

我独自往前走，感觉他在背后目送着我离开。笨蛋，他才是笨蛋！南兮的事他才是不知道内情的那个！我了解得清清楚楚，因为我就在那里！

今天的天气实在好得过分。我深深呼了口气。我想和陆昂好好谈一谈，我想倒出鞋子里的沙砾，我想重新拥抱朝阳。我不想做一个十五年后又让自己懊悔的人。

我到盒马买了许多海鲜，回到家的时候，陆昂在书房办公，刘阿姨已经在家了。我铆着劲儿，拎着两袋子菜放到厨房，让刘阿姨过来帮忙把鱼鳞弄一下。

她远远应一声，屁股并不动，稳稳坐在阳台上磨洋工似的搓一件衬衫领口。她说"就来"，但她早练就一副金刚不坏的老油条样子。她很清楚给她钱的不是我。她对这个家每个成员的阶级地位了然于心。我叹了口气，洗了手，先自己动手。

虾上了蒸锅，鱼鳞刮到一半，陆昂从书房出来，我见他套起了大衣，不由纳罕："怎么，要出去？"

"嗯！"他从衣架上抽下羊绒围巾，绕上脖子，含糊道，"有点事，去趟公司。"

我追出去："都十二点了，吃完再走吧！我买了你喜欢吃的皮皮虾，很新鲜，一会儿就弄好了。"

他看了我一眼。

平时我就懂了，这是让我把话收回去的意思。但是今天不是平时，我继续争取："能在家陪我一会儿吗？我想和你谈谈。" 我听到自己心虚的声音，看到灯光下自己的影子好像截掉半截的小矮人，但我脸上还是维持着笑。

"我尽量早回来！"这是他能给我的最好的答案了，然后"砰"一声，他关门而去。

"砰"像砸在我脑袋上，我呆愣站在客厅，攥着两只发红的手，被虾头扎到的地方渐渐感到刺痛。其实我想要和他谈什么呢？"谈"这个字夹在我们中间太正式、太庄重、太严肃了，给一段本就残破的婚姻加注这个字的我，开始怯场……

刘阿姨终于从阳台出来了，捧着一桶衣服，她的表演结束了，将衣物一件件塞进洗衣机，边塞边用余光偷偷从镜子里瞄我。

我转身走进书房，把陆昂刚换下的衣服拿出来，一阵清香从他的外套上飘出来，是香奈儿5号。我低头，看到垃圾桶里还有两张迪士尼票根……

我的感冒严重了，脑袋发涨躺到床上，耳边只有滚筒洗衣机一圈圈转动的声音，烦闷、精疲力竭。

"香奈儿5号"应该还很年轻吧！

我真傻，怎么会这样天真，以为一切都能重新开始呢？

我摸到手机，虚弱拨出电话号码。

"喂，是我，林小鹊。你现在有空吗？我想和你说点事。什么？不用，我……我就是嗓子有点哑，人很清醒，比任何时候都清醒。我想告诉你，我和南兮最后一次见面的事。"

第九章　帷幕

回忆

2006年9月—2006年12月

　　高考成绩下来，我因为理科拖分，强项的"加一"科目又发挥失常，总分才400过一点，第一志愿全都落空，查了各校分数，只能勉强上一个民办大学，并且还需要支付四万块扩招费。

　　爸爸和他那边的家庭已经移民去新加坡了，弟弟到了花钱的年纪，爸爸对我们这一边的关心更加捉襟见肘。他在妈妈的软硬兼施下出了这四万块钱，之后的学费就爱莫能助了。妈妈让我在电话里跟爸爸说话，让他知道我多渴望进大学，可是我不知道自己是否想上，只是大家毕业都上了大学，我不能不一样！

　　妈妈坚决让我上民办大学，为了承担我昂贵的学费、住宿费，她加大工作强度，并向几个阿姨、姨妈借钱供我。

　　我的生活，从高中毕业后，进入了另一个战场。我成为一个父母离异并且家庭拮据的女孩。

同学们对我是疏淡而礼貌的。这个学校的孩子都是家境无忧的，他们讨论新出的游戏，穿新款的品牌服饰，都是对我无知的刺激。因金钱产生的自卑是原发性的，却冲击力极大。

大一刚开学的时候，我受邀参加同寝室女生的生日聚会，我买了一枚卡通钥匙扣作为礼物。到了瑞金宾馆，看到包厢的礼物区堆放着MP3、项链、知名品牌香水，顿时羞臊起来，我把自己的礼物塞在最下面。整个生日会，感觉自己幽魂一般，连话都不敢多说。一直提心吊胆害怕同学会像电视里演的那样当场拆礼物，会把我的自卑连着礼物一起拆开。数次想要借口脱逃都未得逞，因为在那样一个大派对里离开也需要特立独行的勇气！

过生日的同学没有当着我们面拆礼物，大家开心地切了蛋糕，唱生日歌，拍照……在一片欢愉祥和里结束生日宴会，小寿星爸爸的司机开车送我们回到家。我站在弄堂里，自己家掉漆的楼前，打了一个寒战。

我以为这件事就这样结束了，它平安地、顺利地、不露声色地从我的生命里滑过去了，可几天后，上课时那女孩坐在身侧，和我聊着闲话，忽然她"哎哎"两声贴近我，眼神暗烁，我对女孩子这种欲说还休的模样太熟悉了，那是要分享秘密的铺垫。她两条眉毛扭起来，声音压低："小鹊，你知道我生日那天有个钥匙扣是谁送的吗？"

"啊？"我始料未及，脸上猛然发汕，看着她，她从笔袋里取出那枚泛着金属光芒的钥匙扣，掷到桌上："送这种地摊货给谁用？不想送就别送。这算什么意思？肯定是郭汝亚送的，她早看我不顺眼了，故意嘲笑我。你说是不是？"

她以为有人侮辱她，却未曾想过这是一件真心实意的礼物，她的眼睛里有一种无知的残忍,深深刺痛了我。但我无法表露受伤,我努力演出嫌弃和不可思议的表情,我要中伤自己,恶心自己来获得尊重。

"是啊,不知道谁送的!"

慢慢地,我无法融入同学的话题,我筑起一道厚实的大墙。宁可显得性格怪僻也不能让同学知道我家里穷。

那段日子,我每晚都会梦见南兮,梦见和她一起上课,互相梳头,一起逛街、拍大头贴,可梦总是在半夜戛然中断,我睁开眼,四周漆黑一片,死一般地寂静,然后我意识到南兮不会在我身边了,每晚都要被这种失去的痛苦折磨一次。白天继续演一个固体透明物在班级里走神。

进入大学,几乎没有课业压力,同学们对学习也逐渐意兴阑珊。周五中午,校门口拥满了其他学校的人,来找老同学出去玩的,来接女朋友去约会的,我从那些人里穿过去,找到自己的自行车,迎风而去。风吹得领子扑棱扑棱翻飞,骑了没一会儿,大腿单侧觉得又酥又麻,停下等红灯时,那酥麻更加剧烈,带到肋下抖动起来,我疑惑摸向大腿,像捉住了一只跳跃的兔子,吱!吱!原来是我的手机在口袋里响。

没有谁可以想象得到我看到南兮的名字时内心的澎湃。我用宽大的袖口猛烈擦着手机屏幕,咽了下口水,颤抖着手接通:"喂!"我能听到自己心脏的跳动就在耳朵边。

她喊了我一声"小林子",不是做梦,也不是臆想,是真的南兮在喊我。清亮的、温和的声音。我没忍住呜咽起来:"南兮,我好想你。"

南兮的回答隔了一会儿才传过来。她问我最近好吗。千丝万缕不知道从哪一个头开始说起,只好含糊概括:"还可以!慢慢适应。你呢?"

"我想见见你!"南兮答非所问。

南兮约我周六见面，我求之不得，简直梦想成真一般："好啊。"

"那就明天在惠利广场见。"

我问她需要我带点什么给她吗。以前我们总是互相交换礼物。她想了下说："那就带一本阿加莎的小说吧！"

我满口答应。

那天晚上，我又梦见了南兮，梦见我们在一起荡秋千，一下高一下低，我们穿着一模一样的白色连衣裙，我的头发和她的一样长了，在蔚蓝里飘荡。醒来的时候才四点多，未见曈昽，但我再睡不着。

我从四点多一直亢奋到十点多，快乐得都不知道累或饿。我穿上自己最喜欢的一件黑色收腰的小夹克，黄色的百褶短裙和姨妈给我买的一双三叶草。我用浅绿的发带绑起长发。出门前对着镜子左右审视，处处都满意又处处都不满意。带着这种复杂的心情，我乘上一号线。

周末惠利广场熙来攘往，我按约定到底楼的星巴克等南兮。早到了半小时还不止。跑到吧台点咖啡，第一次喝星巴克，想学大人要一杯美式，却把自己苦得够呛。

坐得实在心焦，背起包想到商场逛逛，商场里都是锦衣华服的时髦男女，我有些胆怯和自卑，但是想到马上就可以见到南兮，那种卑微感奇幻地消失了。

我走马观花逛完三个楼面，发现时间也差不多了，打算回去，路上我不停搜索着每一张漂亮的脸蛋，唯恐错过南兮。明明才不到一年没见，却好像半辈子了。

我没有看到南兮，却看到了另一张脸。

那是在三楼中庭，四楼往下的电梯上，我看到一张傲慢冰冷的脸。

薛微剪了头发，短发齐耳，一双修长的眼睛画了眼线更加跋扈，她穿着校服，胸前闪闪发光的校徽映出鲜红的学校名字，那么嚣张而自豪，我的眼睛有点难以负荷了。她在同时看到了我，起初她也是吃惊的，接着她的目光巡了我一圈，眼睛里是奚落和戏谑。我并没来得及联系其中的逻辑，薛微的声音降临下来："楚南兮也叫上你了吗？"电梯带着她已经停到我面前。

我不由自主抓紧胸前单肩包的背带，心里又不解又难受又失望。为什么南兮会喊上薛微呢？

薛微身后没有人，可她还是那样带着凌人的盛气："她人呢？说好一点钟，等半天鬼影也没有，不敢出来见人吗？"薛微瞄了我一眼，没有要等我回答的意思，已经往楼下走。

我在多重疑惑里偶然发现里面有个问题：南兮约薛微一点，约我是两点。但她爽了薛微的约。我倏地回头，追上薛微："南兮约你在哪里见面？"

她已经踩上往下的电梯，双手插进宽大校服口袋，眼睛往上一翻："你们姐妹情深，玩什么把戏？！"

我在茫然里回到星巴克，刚才的位置已经有人，我爬上高脚凳，把沉重的包卸下搁到桌上。心里忐忑不定。我有种预感，南兮不会出现了。

苦涩的咖啡被我一点点咽下去，我在焦虑里消磨时光。已经两点半了，南兮没有来。

我趴在桌上，热血一点点冷下去。眯着眼看着这个被压扁的世界，进进出出的客人都笑逐颜开，他们的开心让我生气。咖啡杯安静在一束阳光里，我的单肩包也在阳光的庇护下，我看到包里的书，对了，是南兮让我带来的《帷幕》，我抽出书来看，翻了两页，遽然直起身体，脑袋里七零八落的电流忽然被接通。

《帷幕》是侦探波罗的最后一个案子，他亲手杀死了凶犯，然后自己推开救命药物等待死亡，而毕生好友黑斯廷斯正是波罗整个计划里所设的重要证人。

头皮一片片发麻，我拎起包回拨南兮手机，撒腿往商厦跑。每一声"嘟"都像一片帛在耳朵边撕开。我跑进底楼奔向电梯。

"嘟——嘟——嘟——"

终于，终于电话被接通："小鹊。"

"南兮！你要干什么？"

她微微喘着气，声音在电话里蓄了很久，才发出声："我现在不能见你。"

"为什么？你现在在哪里啊？"我拼命往楼上冲，焦虑万分，却漫无目的。

"小鹊，我受不了了。我每天晚上都睡不着，一闭上眼睛就看到他们。活着好痛苦啊！"她的声音无助凄楚，像弓箭拉坏了弹簧。

我的眼泪不停往下流，我为什么那么蠢，以为南兮会恢复如初找我来约会呢？我为什么没有早一点发觉她的不对劲？

"南兮，你别这样。让我见见你，让我见见你好不好？"我带着乞求，卖力往上跑。

南兮的声音因周围的嘈杂而变得模糊："很多事情我原本以为自己可以，但其实我根本就做不到！我讨厌这样的自己。小鹊，我做不到！"

"不是你的错。"

"为什么……"她的声音疲软而哽咽,"为什么是我?"

我的脚步顿住了,像被一发子弹直射进胸膛,我扶着电梯的手掉了下来,泪水滂沱:"我错了,南兮!是我错了,不是你的错。"

"来不及了,小鹊!波罗说过,切勿将你的心灵向着邪恶打开。错过的就回不来了。再见了!小鹊!"

"不要!南兮!你等等我!"我奋力往上跑,还差两节,就两节了。我可以找到她的。我们可以一起在薰衣草花海里追逐,可以一起站在秋千上荡向蓝天的,我们可以的!

"咚"一声巨响,响彻商场。耳边陆续响起无数的尖叫,喧嚣震天。

"啊!快来人啊!有人坠楼啦!"

凌乱的脚步,四周的人变了脸色,彷徨、震撼,毫无目标四处奔走,他们要去找那个坠楼的女孩,他们要去看她,去看她跳下去的尸骸和血痕。

我愣着,身体跌在地上,汗水涔涔直流。手里的电话早就挂了,我软绵无力站起来,麻木站在那儿,然后慢慢跟着人群方向走,《帷幕》从宽大的兜里掉出来,无数的脚印踩上去。我拨开人群,把书拾起来,捧在怀里,走向中庭,那里早拥满了人,议论纷纷。

"啧啧,好可怕,吓死我了,全是血。"

"看着挺年轻啊,哎呀,为什么跳楼呀?"

"不一定是跳楼,我老早就说这楼设计不合理,栏杆太低,地又滑,早晚要出事故。"

我是一步步挪上去的,眼前的人群换了一拨又一拨,每个人看两眼就走了,他们捂着眼睛,揪着眉毛,摇着手。我踩着他们走过的地方,我抓住冰冷的铁栏杆，我往下看，看到乌泱泱一片人，几个强壮的保安卖力把人群往外拦，横飞的血流里，躺着我的南兮。裙子不是白色的，是藕粉色的，在凛风里飘荡着。两条腿纤细雪白，拗成奇怪的姿势。

为什么？

她从来不喜欢粉色的，为什么？

她最怕血了，为什么？

南兮，你怎么可以这样对我？

为什么我那么蠢，没有意识到她的不对劲？

那个下午是没有颜色的，我跑到底楼拉住保安问，那女孩怎么样？他们表情肃穆而不耐烦："头颈都断开了，还能怎么样？晦气，保洁都不愿打扫！"

我沉重站着，看到站在商场另一侧的一个女孩，她穿着白色的校服，胸前的校徽闪出熠熠的四个字。她脸色苍白，和我一样喘息着、怔忪着，仿佛随时会晕厥过去。

我不记得是怎么回的家，后面两天，我没有记忆，醒来的时候，妈妈在我床边，给我脑袋上换冰袋。她的脸色憔悴，眼睛又红又肿，看见我醒了，抱着我露出惨白的笑，说我已经昏迷了两天了，发烧发到40度。

我浑身是汗，腻了一后背，黏得难受。嗓子如金属砂砾，问她今天几号，她愣了下，说："10月31号。"我悲愤地闭上了眼睛，不是梦啊。

我哭起来，妈妈吓坏了，问我怎么了，我说不出话，不停呜咽，妈妈抓着我的手，软绵温和地追问。我说："南兮死了。"妈妈吓了一跳，带着以为我说胡话的怀疑："是你那个高中同学吗？"

我点头："她自杀了。她……她从楼上跳下来……在惠利广场……"

我泣不成声，哭泣噎住声音。

妈妈沉默半晌，又哀叹一声："小小年纪这样想不开，说自杀就自杀，也不替父母着想。太让人寒心了！现在的孩子一点也经不起挫折，你可不能学她。"

妈妈，她被欺负，她一直在被欺负啊！为什么你们不去惩罚那些伤害她的人，她都用生命在抗议了，为什么你们还要怪她？

可是我的愤怒在沉默中消亡了，我不想和妈妈产生无谓的冲突。她永远不会明白，他们这代人不会懂的！他们以为熬一熬就都会过去的，不会的！永远不会过去的，妈妈！他们将留下一辈子的烙印，你以为我还是你曾经那个健康活泼的女儿吗？我已经残疾了啊！可你连我是在哪儿摔的都不知道。

我哭着背过身去。只有我们了解自己，可是我们还在互相伤害。

我问妈妈，什么样的人才不会被欺负？

她叹息了一声告诉我："有钱人吧！"

"有钱人……"我重复。

新闻里播了南兮的事，她从楚南兮变成"一名女子"，变成意外坠亡，他们说错了，那不是意外。她坠落的照片被打上马赛克，她丰富多彩、美丽绚烂的生命最终只有短短12秒的报告。

退烧后，我拨通南兮的手机，电话是通的，响了很久很久，没有人接，我不放弃，不停打，只要它在响，我就继续打。我想去见她最后一面。

后来一个上了年纪的女人接起了电话。

我说我是南兮的同学。

女人的声音低沉而虚弱："不要再打来了！"

"南兮她……"

"不要再打来了！你们这群小畜生！不要再打来了！"女人撕扯着喉咙，恸哭着挂了电话。

通话结束了，声音一点点沉下去了，像一艘船压在心上一起沉下去了。我第一次被这么直接的、有力度的语言攻击，整个身体像剖开了让车碾过去。我从四楼看下去。

我跨腿爬到书桌上，把窗推开，楼下有人结婚，新娘从车里出来，噼里啪啦放着炮仗。

我捏着窗帘，屈坐着，冷风一阵阵吹着脑门，算了吧，今天有人结婚。

盘坐很久，腿麻了，玻璃窗里映出自己的脸，我对着自己笑了一下，林小鹊，承认吧！你根本没有勇气！你才舍不得呢！你这种自私自利、明哲保身的小人……

南兮，你让我留在这个被你染红的炼狱里受惩罚吗？

我绝望而自弃地从桌上下来，躲到书桌下，尽情哭泣。

后来我想清楚了，所有号称爱你的人，或早或晚都会离你而去，只有钱才不会背叛你，才能做到和你同生同灭。

第十章 南兮日记

当下

2020年1月26日

2020年春节在一片寂静、恐慌里度过。由于爆发了新型冠状肺炎,疫情来势汹汹,上海启动"一级响应",关闭许多娱乐场所,整个城市沉浸在谈"咳"色变的恐慌中。天气阴雨绵绵。陆昂也取消了原本的出差计划,天天待在家里。

大年初二的晚上,陆昂跟我提出了离婚。

那天我和他刚从我妈家吃完饭回来,两个人都精疲力竭,我洗漱完坐在化妆镜前扑水,让他去洗澡。他不动,靠在床上,从梳妆镜里看着我,我笑问他看什么。我总是对他笑的,笑是我给他的最肤浅而真诚的语言。他对我说:"我们离婚吧!"他的语气既不激动也不难过。

我拍打着脸的手只顿了一下,细微的一下子,马上恢复拍打,笑着问:"啊?你说什么?"

他的目光泄了一点，眼睛更窄了，他说："你想要什么，我尽量满足！"

我不拍了，脸上有通红的印子，手太累了。我缓慢把精华液盖起来，缓慢把瓶子放进梳妆台里，缓慢拿起晚霜，一点一点涂在脸上。

他说我和他这些年也并不快乐。我还年轻，他应该还我自由。他在说什么啊！我离开他，我还剩什么？

我说我不离！我伏到床上去抓他的手臂，摇撼着，揉捏着，竭尽全力撒娇说我不能离开他，说我多么爱他，说得我自己都要被感动了。可他一脸严厉的冷漠，好熟悉的表情，像他平时见枕上有我长发时的不满，像他看我用微波炉加热菜而不是热水解冻时的嫌弃，像他平时等我化妆出席活动时的不耐烦……他一直都是用这样一副表情在回应着我的，那么熟悉，又突然陌生。

他平静得叫我心慌。他让我"算了吧"，说我们俩这样下去没意思。然后抽出被我抓住的手臂。我两只手空落落掉在床单上，我忍着牙颤问他："她有了吗？"这个时候我还要卖弄一下自己的先知，好像这"先知"能弥补回我被抛弃的耻辱。

他怔了一下，确认我说的话所指，隔了很久，才开口说："没有！我来真的了，这次！请你成全我们！"

我顿住了，汹涌的感情从胸口溢上来了。他来真的了！他爱她，为什么是这样的结局？为什么不是她有了孩子他才把我踹了？我看着镜子里满脸晚霜的自己，感觉自己像个小丑，不，像一个根本不该出现在这场戏里的演员。我气他没有任何愧疚和负担，赤裸裸把这样一个信息硬生生砸向我。他从来不曾考虑过我是个会受伤的人。

我有那么多控诉的理由和词汇，却一个字也不想说。

眼前乍然一黑，有一声巨兽叹息的声音。灯、空调、金鱼缸突然都熄了光。跳闸了，一切都沉浸在黑暗里，只有他的手机还在床上亮着，"叮叮"地洋溢出活泼的能量。

原来留在废墟里的就只有我自己啊！

耳边有他坐起来的声音："我去看看。"他走出去了，带着手机。而我坐在黑暗里，梳妆台的镜子照着我，照着床头挂着的那张结婚照，房间里越来越冷。我笑了一声："你对薛微不是认真的？"他的脚步在远处停了一下。

我说："你想让你妈安度晚年，最好想想清楚！"潜伏了很多年，身体里的毒性终于发作。这个家是我巨大的避难所，如果我被赶出去，就是卸掉身上唯一的铠甲，那这世间的一切嘲讽都能毫无忌惮纷纷扎进我的胸膛。

他声音又冷又远传过来："你爸妈早离了吧？！"

我仿佛兜头被人浇了一盆冷水。他用点到即止的方式暗示我他对我们家做了充分调查。陆总不愧是生意人，早给自己留了一手。

这时我就笑了，他想用这招要挟我？我虽然不够了解他，他也同样不了解我。

"陆昂，你想要离婚没那么容易！"我头一次在他面前彰显出一个市井人家女儿的泼辣本性。这段婚姻是我仅存的了，我不能失去！

"随你！"他"砰"一声关上了门，把我留在黑暗里。

当下

2020年2月

我窝在家几天，不换衣服，不洗澡，饿了叫外卖，饱了躺在沙发上看电视，刷朋友圈。不甘寂寞拿出陆昂私藏的红酒发朋友圈。发完以后，心情膨胀地隔五分钟忍不住要看一次，半夜，我看着几十个赞，却没有一条评论的朋友圈，觉得自己可笑至极，心里空荡荡的，像这个幽寂的大别墅一样空，像这些"赞"一样空。

真可笑啊！朋友圈，不过是把生活里一个界面的假象展示给另一个界面的观众。最原始的情绪是要咽进肚子的。大家都想方设法活得体面，活给别人看。

没有老太婆的喋喋不休了，也没有阿姨、保姆的时刻监视。这个家现在只有我。像站在一片广袤的稻田里有些茫然无措。

第二天，我用陆昂的卡去购物，从里买到外，不管喜不喜欢我都买，刷爆他一张卡。陆昂给我打电话，让我别太过分。

我这就过分了？他还没见识过他同枕多年女人的真实能耐！我给他为奴为婢这些年，对他在外面有那些女人忍气吞声，胁肩谄笑伺候他妈，花点钱就叫过分了？

我走出商场，找他的关系在深坑酒店订了豪华房，把平生认识的朋友都请去，还让他们多带点人。我要给自己过生日，我的生日已经过去两个多月了，爸妈离婚之后我就没有过过生日，今天我要补回来。

派对上的人，我有一半都不认识，但我不在乎。我周游在热闹的人群中，招呼他们唱歌、喝酒、到泳池泡水……他们围着我敬酒、奉承、开玩笑……我开心，开心就给他们开最贵的酒、要最好的服务。我不让他们睡，让他们彻夜陪我。那群没出息的家伙，才玩了两天两夜就开始陆续打退堂鼓。歌也不唱，酒也不喝了，有的说要回去处理十万火急的工作，有的说孩子病了要回去照顾，好像每个人的生活都有条不紊，精彩而紧凑，只有我闲得发霉。最讨厌这些无聊的借口。我砸场子让他们陪我开心，一个个都像没用的废电池。我一脚踢翻茶几上的瓶瓶酒酒，一阵爆响后，四周安静得出奇，那一双双惊愕的眼睛从一地昂贵的残酒中升到我身上，他们的呼吸局促而僵硬起来，传播的欲望已经在四周空气里弥散。我心里"啊"了一声，敛住脾气，捂着腿说自己怎么不小心脚抽筋了，立马对他们笑，笑得脸要抽筋，笑着欢送他们，笑着约他们下次再聚。我居然想发脾气，真是疯掉了！

最后只有小喇叭留下来。我看着她佝偻着矮胖的身体，一脸谄相，我真想踹她，真是连一点便宜都不肯放过啊！我从心底瞧不起她，太瞧不起了。可我的优越感都是在她这类人身上找的，失去她，我这些年的光辉史由谁去说？

我带她去美容院做水疗。

她为了表示自己"物有所值"，给我爆了刚才聚会那些朋友的八卦，我听了打哈欠，她安静了一会儿，告诉我，薛微开始接受治疗，她爸妈去看过她一次，给了点钱就走了。

我说这是报应。我讲得太狠了，狠到自己的心也抖了一下。小喇叭静默了良久，脸上有些忐忑，僵硬着问："哎，小鹊，你相不相信这个世界有鬼？"

我啐了一口，问她发什么神经。水疗间光线阴暗，美容师的影子被蜡烛光映到墙上，摇摇欲坠，小喇叭趴着，侧脸对着我，扯着两腮的肉，看上去并不像在笑："薛微从两年前就开始犯病了！前年五六月的时候，她突然打电话跟我说她看到南兮了！"

"什么？"我后脊一挺，美容师把我压下去，让我放松。我忽感口干舌燥："怎么可能？"

"是啊！我跟她说肯定看错了，人有相似！南兮都死了十几年了。当年你和她都在现场，怎么可能嘛！可是她就是一口肯定是南兮！那时候薛微正跟着一个挺有钱的有妇之夫鬼混。"

我算了一下时间，手心微汗，审视着小喇叭，看她无异样神情，大约是真不知道那男人是陆昂。

她接着说："那天他们俩去一个老外挺多的酒吧玩，晚上卷入一个冲突，那男人受了点伤，他们去医院。薛微说她就在医院里看到南兮了，还说她满脸是血，一定是回来找她的。后来就开始神经兮兮的。健忘，时常走神。我让她去看看心理医生，她不肯，她那个人你是知道的，讳疾忌医。"

我不知道该说什么了。心里更多是一种说不明的疑惧。或许真的是南兮回来复仇吧！或许香奈儿5号小姐就是南兮，我开始胡思乱想，又好像脑袋里四通八达了，所有的疑问都找到了解题思路。但思路越通顺，惊惧也越庞大了。

我们边做身体护理边说了一阵闲话，小喇叭跟我说起姜柏尧了。她说姜柏尧的事就更精彩了，我赶忙问她怎么个精彩，她说她碰巧认识了姜柏尧以前公司合作过的一个男孩子。有时候我真佩服为什么有那么多"碰巧"发生在她身上。

我闭着眼睛,耳朵却是"睁"着,小喇叭的声音清亮无比落在空气里:"听说姜柏尧在之前的公司里起初混得很不错,还被委任了一个大项目,但是他半途勾搭上甲方大老板的老婆了,结果还被发现了,大老板一怒之下就取消合作,当时那楼都建了一半了。从此他在业界名气也臭了,没人敢用他。"

我挤出两声笑:"所以他老婆才跟他离婚了吗?"

小喇叭"嘻"一声,诡秘笑道:"这就更有意思了,那个人说他好像没结过婚。"

"没结婚?那孩子怎么来的?"我再次撑起身体,激动得有些太过了。

小喇叭倒非常享受她消息所带来的效果,强调问:"是啊,你说怪不怪?"

怪!我默默伏下去,背后的手揉得我浑身发烫,脑袋也跟着一起发热,昏昏沉沉,有种晕船的感觉,越来越晃。

"林女士!"我骤然惊醒,"你的电话!"原来是美容师在摇我,她已经帮我把手机取过来了,一个陌生的号码在昏暗里闪烁。我木讷接了电话,对方是一个上了年纪的女人,问我是不是林小鹊,听着倒不像要让我买房子做投资。我心里莫名惊跳起来,是陆昂找的律师吗?我披起睡袍离开水疗室:"我是林小鹊。请问哪位?"

女人的声音很厚重,透着一种不真实感:"我是楚南兮的母亲,我姓姚。"

我忽然有点站不稳,觉得自己呼吸急促起来,我"啊"了一声,扶着墙继续往外走，想呼吸更多的空气。

女人继续说："我们在整理南兮的遗物，有些东西想给到你，等歇我把地址发你手机。"她那么平静说着"遗物"，我的心却不适应揪起，南兮确实死了，刚才那梦境般的猜测果然是不存在的。身上蒸发的热度一点点凉下去。

我心不在焉地做完护理，抓着手机一直等待着消息。回绝了小喇叭一起下午茶的邀请，直奔地点。

地址在武康路，出乎意料又牵绊着千丝万缕。

这是我第一次见到南兮的妈妈，她烫着短发，穿着枣红黑纹的中式上袄，毛涤长裤，个子高且瘦，她扶在门前问我是不是林小鹊，金丝边眼镜后的锐利目光仿佛能剥开我这个"小畜生"的不堪案底。

我点点头，喉咙发紧。她脸上倒有了笑容："一直听南兮提起你的。"她笑出一种慈母的爱意，大约看到女儿的同学而衍生的推己及人的特殊情感。我却开始心虚。她让我进屋，一梯一户的大平房，蛮横霸着霞晖。我跟着她走，不过几步路，却长得足够回忆一场青春。装潢不新了，素雅低调，以我多年"陆太太"的眼睛看得出处处精细不菲。她把我领进一间卧房，看着是主卧了，床上没有铺床单，光秃秃躺着一只席梦思，窗前放着一台大提琴，其他家具都极简易，感觉已经没有人住在这里。姚女士走到一张象牙白书桌前，响起一阵开锁的声音，回过头来的时候，她手里端着两本硬抄本。

我的心悬到空中，眼睛里饱含了光芒。一本是南兮的日记本，我们曾交换日记。封面上绯村剑心挥着剑，冷峻看着这个世界，现在它却闪着死亡的颜色；另一本被压在下面，浅蓝的图案，但我更熟悉了，那是十几年前，我交给她爸爸的那份圣诞礼物。

　　姚女士开口了："这两本日记，你看一下吧！本来我打算一直锁着了。但是有人跟我说，南兮的最后想法，你也有权知道的。"

　　我从姚女士手里接过两本日记，不知道该说"谢谢"还是"对不起"。暮色越来越重，压得我喘不过气。我问她，这是南兮的房间吗？

　　她"啊"了一声，很轻的，并不是合适的感叹词，她的目光从床滑到衣柜，再从衣柜落到书桌，好像她也是很久没有进来了，眼睛里泛出微澜。但是房间是很干净的，一定是有人在定期打扫。窗帘是浅绿花纹的，绿出一丝冷意，一直凉到身体最深处。

　　姚女士出去了，她把这个房间留给我和南兮独处。

　　我看着南兮所住的房间，坐到她的椅子上，摸着南兮高中时的那本日记簿，它像一个准备上庭的证人，我要不要看？丑陋的自己、歹毒的自己可能都在里面。

　　要看！我摸着冰冷的硬封面，忐忑打开。

　　扉页写着南兮的名字，这样熟悉的字迹，我的情绪有点撑不住了。接着是她的日记了。

　　年少的、活泼的、美丽的南兮在日记本里向我招手。

　　　　2003年10月10日
　　　　今天是我转到新学校的第一天。我并不擅长交朋友。希望今后三年一切顺利吧！
　　　　…………

2003年10月30日

林小鹊,她是谁?

我在图书馆借的每本书,借书卡上都有她的名字,阿加莎、横沟正史、简·奥斯汀、张爱玲……

好像我的兴趣和品味被一个人预知的奇妙感觉。这个人是不是把所有书都读了呢?我故意借了两本我不感兴趣的书,却没有她的名字。

林小鹊,好有意思的名字,真像一只喜鹊扑棱着翅膀在往我心里钻。

…………

2003年11月19日

我终于知道她是谁了。

艺术节前,班长点名几个女生和她一起跳舞。最后喊了"林小鹊",原来她和我同班。我在全班寻找,看到一个小小个子,皮肤白白的女孩子站起来。

是她呀!

从小到大,我都很乖巧懂事,是别人嘴里的好孩子。但很少会得到父母的夸奖。在他们眼里我的一切中规中矩都是理所当然的,我习惯了做个稳重早熟的孩子,他们也对我的表现已经司空见惯。

林小鹊触动了我。

当她极力要表现自己,引起关注而被那些女孩熟视无睹,我仿佛看到在父母面前的自己。她不具备厮杀进那个圈子的厚脸皮,她努力的样子，我很心疼。

后来我主动和她搭话，她也喜欢木野真琴，总觉得她是个心事很重的女孩，对自己的喜欢很压抑。或许我自己也是一样的吧！

2003年12月24日

昨天艺术节，我在后台准备，坐到一张椅子上，发现屁股一湿，不知道谁的可乐翻了整张椅子，白色的裙子一片污垢，我焦急用湿巾擦。有人进来，我也没注意。

"欸，用这个吧！"他把自己的外套脱下来给我。

我觉得他太突兀，愣着没动。可他笑得太温柔了，两只明亮的眼睛像两汪泉水，他把运动服两只袖子拉开，一下围到我腰上，蹲身绑了一个蝴蝶结。

我丧失了语言能力，没来得及回应，他跟我挥挥手说很期待我的表演就出去了。我看着他的笑觉得心里有小鱼游过。没有更多的示好或打探。也许因为他也是长相有很大优势的人，在我面前没有我已经习惯的目不转睛或害羞扭捏。

我不知道他的名字，也无意打探。这份感情没有具体形状颜色，没有计划措施，只是想着，如果能在桂花飘香、在樱花纷飞的时候，抬头看到他，说一声"哦，你也在啊"就好了。

…………

2004年1月22日

大年初一，我和小鹊去逛了城隍庙，地上都是昨夜放炮仗留下的红屑，上海一过年就显出冷傲的气质来，路上人不多，但欢快却洋溢在每一处。

小鹊买了一根星星棒，可惜我最喜欢的样式被前面一个客人买掉了，要过几天才进货，我有点失望。

晚上，在幽静的街道上，我们放着烟花棒，一人一只耳机听着iPod[①]里放着《直到世界尽头》。

小鹊说，我们16岁了。

是啊，我们16岁了。已经长大，但却还没有那么大。我们看着繁星，跟着音乐哼起来，好像这个美丽的夜晚，只有我们俩和三井寿的梦想在一起……

2004年1月27日

大年初六下午，我听到有人在我家楼下喊我，我推开窗一看，一个一身红的小人站在一片红色鞭炮屑里冲我招手，小鹊手里挥舞着一根星星棒，闪烁着银色的光芒。我吃惊极了，那不就是我那天想要买的那一根吗？我套了件大衣，匆匆跑下楼，看到小鹊笑眯眯把星星棒递到我面前，说送给我。

我惊讶问她哪里来的。

她笑得神秘，说山人自有妙计。但我看到她的脸都被风吹皲了，两只手冻得通红。这个傻瓜，一定是一大早自己跑去城隍庙给我买的。

[①] 苹果公司设计的一款多媒体播放器。

我跟她说"谢谢"。她说不要谢,等我长大了,给她设计一根独一无二的星星棒就好。我说好。她跟我拉钩,让我说话算话。

心里有暖流涌过,被填充得满满的,或许我一直在等一个人来,填满这个位置。把知己、挚友的位置统统奉献给她,投掷我封锁在身体里的热忱和青春。

我第一次体会到过年的意义。以前总是跟着大人们到处走亲戚,吃吃喝喝,表演一下才艺,春节就过去了。今年不一样,今年的春节有我的小林子。

2004年3月15日

J&Z出了新款香氛洗发水,光看到杂志上的宣传照就觉得心动不已。但是好贵,小鹊说:"我们俩合买吧!"

2004年4月10日

今天终于攒足了钱,把J&Z的洗发水买下了,它像一个高贵的公主躺在精美的白色盒子里,盒身绑着洋红的丝绸结,茶色的玻璃瓶,承载着晶莹的液体,香气宜人。里面还有一封致顾客的信,原来J&Z是一对好朋友创建的,J和Z分别是两个人的名字首字母。乔茜和佐伊(Josie&Zoe),她们像一对跨世纪的闺密,把这份礼物传承给我和小鹊。

2004年5月5日

今天我第一次去小鹊家做客,其实每天吃午饭的时候都经过,就是从没上过楼。小鹊下楼来接我,她穿着一套她妈妈给她做的花色方领衫和宽松裤,又合身又清爽。小鹊家的所有大件电器上都盖着红色的罩布,还缝着漂亮的花边,处处都是她妈妈融入家庭的生活气息。有时候我挺羡慕她的,虽然她总是嫌她妈妈又凶又烦。但那种闹闹腾腾的感情,我们家是没有的。

我爸爸是医生,妈妈是护士长,两个人工作都很忙,双休日也常要值班。我从很小就学会了自我照顾,父母对我一向放心,不会像小鹊妈妈那样干预我的交友、零花钱怎么用,或者每天吃多少冰激凌……但我也是穿不到妈妈亲手织的毛衣或者吃到爸爸每天做的菜的。

小鹊的爸妈提前炸了一大碗龙虾片,洗了水果给我们吃。我们俩开着电视聊天,小鹊给我看她家的影集,她从小到大,每年过生日,她爸妈都会带她去照相馆拍一张照片。她有一个很幸福的家庭。

电视里放着《孝庄秘史》。苏茉儿为了保佑大玉儿顺产,发誓自己可以一辈子不吃药。我笑着说她真傻,回头一看,小鹊居然哭了。她说苏茉儿太可怜了。我和她开玩笑,说如果哪一天,我也遇到危难,她会和苏茉儿一样惩罚自己保佑我吗?她郑重其事点头,说一定会的,不管生什么病都不治疗。我笑她傻,哪儿有那么傻的人?

可是我心里却不合逻辑地觉得很开心。

…………

2004年6月25日

小鹊考试没考好,我不知道怎么安慰她。好像我越靠近她,她就越难受。一个人吃炒面的时候,我哭了,可能是我给她太大的压力了吧!她是我从小到大第一个交到的好朋友,可我感觉自己离她越来越远了。我给她买的肉粽,她也一口没吃。

…………

2004年6月27日

今天在办公室帮华老师誊写作业分数。她问我小鹊为什么成绩退步那么严重。我不说话。我不能把小鹊的家事告诉老师。可是老师说家庭问题影响到小鹊的不仅仅是成绩,可能会有更严重的后果。小鹊最近确实一直无故发愣,而且对什么事情都没有兴趣的样子,我很担心她。华老师说知道小鹊家的真实情况,她才能真正帮到小鹊。我挣扎了很久,把小鹊爸妈在离婚的事情告诉了老师,其他的我没有多说。

…………

2004年7月29日

小鹊很生气,不听我解释。

暑假的时候,堂哥从日本给我带了一套《金田一少年事件簿》漫画,以前小鹊到我家来玩,一起看过碟,我们最喜欢《鬼火岛》的案子,那是关于两个好朋友的故事。凶手为给遭遇暴力欺凌而昏迷的好友报仇,按照好友小说里的情节完成杀人。但凶手伏案后,昏迷的海老泽手指一动,小说情节被改变了。所以凶手椎名究竟是遵循主观意愿去报仇还是被海老泽诱使了呢?我和小鹊各执一词。

故事结尾处,海老泽的妈妈收到椎名送海老泽的玫瑰,它的花语是:吾心知汝水。

....

2004年10月15日

薛微请我去她家玩,我和她并无交集,我也感觉得出她对我的潜在敌意。我本想拒绝。她抢先问我对小鹊家的事情知道多少。她说华老师都跟她说了,让她多关心关心小鹊,说着她笑了,她的笑容让我有种不寒而栗的感觉。我觉得她的笑里很有文章,便答应去她家。

小鹊还是不愿和我说话。我不明白为什么华老师答应我保密却没有。

....

2005年3月1日

今天我迟到了,我第一次迟到,我没有睡过头,也没有被什么意外绊住,我就是在去学校的路上,忽然萌发了不想进去的意念。

从那张照片被贴在墙上以后,我也被钉在了墙上。我感觉到那些眼睛都在看我,他们看我,看完以后寻找身边的人使着眼色,继续看我。我感觉自己在他们眼里衣不蔽体,一丝不挂。

我等着下课铃响才走进教室,但她们的目光还是来了,她们看着我走到桌前,等待我发现桌上刻着的一个单词,观察着我的反应和表情。

b-t-i-c-h,拼错了呀,我有点想笑,可是羞耻心不允许。我知道是她们，那几个追随着薛微的女生，我抬头看她们，每当我的眼睛和其中一个个体接触，她们都若无其事移开目光，就好像在证明她们是无辜的，是和这件事没有关系的，是最纯洁的旁观者。

我默默坐下来，我看着那深浅不一的划痕，牙齿在口腔里打架。

2005年3月5日

桌子被换了。

我不知道是谁。但确实被换了，这是一张崭新的桌子，上面没有任何痕迹，连一点铅笔印都没有。

这个人一定是在放学，等大家都离开后，替我把课桌里的东西都清出来。又为我一件件放到新课桌里。

我知道他一定在这个班里。不管你是谁。谢谢你！

2005年3月8日

又到了每年的"班班咏歌咏比赛"，华老师选了我领唱，薛微指挥。

今天我们在礼堂彩排的时候，后排女生在我领唱的时候高喊"听不见"，我已经习惯了她们的伎俩，华老师没有，她让我唱响一点，我唱得自己耳朵发震，身后同学制造的声音却更加嘈杂，有人咳嗽，有人跺脚，有人举手说要上厕所……华老师无奈，彩排中断了一会儿。我疲惫坐到一节台阶上，那些女生很满意自己的成果，笑笑闹闹，挑眉咬耳看着我笑得很不善良。小鹊在她们当中，她没有笑，也没有像她们一样发出怪声，可是她和她们站在一起，我和她对视一霎，她像看到幽灵，惊恐收回目光。我习惯了她的袖手旁观，习惯了她站在那里，目光陌生。我知道她在怕什么，我甚至对她是有怜悯的，如果要让她经历和我一样的遭遇，我是真心地不希望，但对她袖手旁观的心寒也是真心的。

薛微站在舞台中央，头顶的一束灯光正照在她脸上，椭长的脸割出暗白两色，她的拥趸给她端了一杯水，她的眼睛穿过光晕来和我相撞，眼尾微微扬起来，她朝我走来，躬身问我喝不喝水，我没理她，她手一松，整杯水全淋到我身上，我烫得跳起来，她笑着，低声说"又把你淋湿了！""又"字讲得意味深长。我用力把她推开，她"哎哟"了一声，夸张且大声，惊动了华老师。

华老师问怎么了，目光在我们俩之间穿梭。我说不出话。她娇柔说不小心打翻了水，伪装真挚跟我道歉。等老师走了，她看着我，跋扈笑起来。

原来17岁的女孩，已经可以把双面人演绎得如此精湛。
…………

2005年3月21日

今天我去找华老师，告诉她，我要退出歌咏比赛。每天的彩排都像在一群小丑里表演，毫无意义。华老师问我原因，我没有马上回答上来。我并不想说。那些毫无证据的排挤难以启齿。阳光很烈，我的眼睛很酸，我低着头想，想找一个故事的源头。

华老师说我最近有些心不在焉，说她发现彩排的时候我没有以前那么积极投入了。她温和问我，是不是遇到了不顺心的事？声音都融化在阳光里，和那些飞散的尘埃一起。我真想抓住那种稍纵即逝的母爱。

办公室里还有别班的一个老师在批考卷，办公室很安静，只有那个老师的笔划在考卷上的声音，一下又一下，毫无节奏，凌乱了我的心。

桌子上自己的影子摇摇晃晃，脑袋沉重起来。我想说，想和她讲讲心里不可名状的委屈。我不知道自己是在哪个环节做错了，为什么会变成这样？

华老师突然站起，把蓝色的窗帘拉上。她再次回到位置上，叹了口气，那一声长叹像某种暗示，她收住了她的温柔，对我说："最近听很多同学反映，说向你请教问题，你都不愿意搭理他们。"

我愣愣地看着她，她继续说："还说彩排的时候，你总是独断专行……"她说什么我也听不清了，她全然投入她的教育中。脸上有责备之色，责备中又带着宽容。她口若悬河地讲道理、摆事实，不惜拿自己小时候做例子，来证明虚心使人进步。她已经相信了薛微和那些女孩子的话。她没有给我申辩的机会，没有问我事情是否属实，已经在试图让我知错。我浑身冰凉，连着心也冰冷下去了。

窗外的阳光渐渐暗下去了，桌上的影子消亡了。她说完以后看着我，等待我做一些回应。我笑了一声，短促又沙哑，响彻了办公室。她慈爱的笑容冻住了。她在期许一个知错改正的学生。她并不渴望听另一个推翻她理论的真相。

我说没什么事我先走了。她沉默坐在座位上，脸上满是震愕和失望，就像我对她一样。

我走出办公室的时候，那个老师还在批考卷，"嚓嚓"两声，我看见他打了一个叉。

当真相还在穿鞋，谎言已经走遍了全城。

…………

2005年4月13日

她们把阵地从桌子上转到我的课本上。所有的课本上都有她们的"杰作"。赵老师让我读课文，但我翻开书，里面的单词、句子都被黑笔涂得断断续续。我慢吞吞起来，僵硬地站着，前排的两个女生回头看着我偷笑，一个叫小喇叭，另一个我都不知道名字。我放下书，说我读不了。赵老师吃惊瞪着眼看我。那两个女生眼睛里的笑意被一丝恐惧占据，紧紧盯着我。我当着全班面说我的书被涂黑了。赵老师的表情更困惑了，但他的困惑很快就被他自己消灭了。他抬起手腕看了下表，手一挥，皱着眉让我坐下，找了薛微继续读文章。课堂恢复了正常。女孩们笑得更开心了，她们故意回头，向我彰显胜利的得意。我拽着书本坐下，牢牢挡着脸，我不想再看见这里任何一张脸。

…………

2005年4月20日

姜柏尧换完座位，到我身边的那个下午，我们没有任何语言交流。我不知道该对他说什么。但是第二天早上，我来到座位，发现桌子上有一颗奶糖，我疑惑拿起来，看到糖纸上用荧光笔画了一张笑脸。画得不好，但我还是笑了。

…………

2005年5月9日

谣言,在狭小的空间里,吸收着人心的黑暗而茁壮生长。我和姜柏尧都在被这个集体排挤。

他分考卷的时候,有男生借着路过和他肩膀相撞,有声音立即高喊:"当心啊,撞伤太子了怎么办?"女生们抿嘴笑,像一场演练过的游戏。这样的游戏屡见不鲜。作为于老师的儿子,他过得并不轻松。有个新闻主持堂姐、一个院士表哥,他的一切优秀都变得稀松平常。在集体里,他是尴尬的。

我去小卖部买了一瓶冰红茶,如法炮制在瓶身上画了一张笑脸,塞到他的课桌里。他体育课结束后,翻看课桌,发现了它,他看到了我的杰作,嘴角微微露出笑意。

…………

2005年5月30日

语文、数学、数学、历史、美术、体育、英语。

只有美术课能让我的心稍微安静会儿。

…………

2005年6月3日

我辞去了班长职务。华老师答应得很爽快,爽快到让准备了一星期说辞的我感觉自己像个傻子。

…………

2005年6月8日

那天，我又被关在卫生间隔间里。我没法发出大声的求助，有一种可笑的尊严把我的声音封在体内。我以为我已经习惯了她们无聊的恶作剧。

外面安静极了。我蹲在地上，灯光压着我的影子汩汩流了一地。

平时，门总是会在片刻后自动打开。每次我推门出去，只能追随到一长串急促渐远的脚步。

可是今天，没有人来，四周安静到可怕。一种悲凉从这逼仄的空气里被抖搂出来，鞭打在我身上，我禁不住浑身发抖。

过了很久很久，门外响起了脚步声，越来越近，然后在门口戛然而止。

我警觉地抹掉脸上的湿痕。外面倏忽响起了一个女性的声音："咦？谁啊，把拖把顶着门。"

我猜错了，不是我心里想的那个人！也不是任何一个同学。

门被打开了，一个高挑的身影落在我眼里，是教美术的严老师。

我怔怔和她对视，撞到她脸上的吃惊，立刻下意识低下头，希望把自己埋进脚底心。她躬身把我从地上拉起来，拍了下我的背脊说："你这么漂亮的小姑娘，以后不能驼背啊！跟我来，我正巧在找你呢！"

我一声不吭，恍恍惚惚跟着她走，路线很熟悉，是去美术室的路。

美术室像一面湖，在校园里隔离出一片幽静。柔美的景物水果图、庄重安静的石膏像……

"你等我一会儿!"严老师在抽屉里翻了翻,取出一张A4大小的纸张,怀着神秘的笑把它递给我。

我低头一看,惊讶而激动看见自己的名字:2003年度××区中小学艺术节徽标设计特等奖——楚南兮。

那是一张金灿灿的奖状。我呼吸不畅地看着她。

"抱歉,没经过你同意,就把你的画送到区里去参加评比了。"

我小心翼翼拿起奖状,轻轻摸过自己的名字,有热量充盈住胸腔。长时间地说不出话来。

严老师说,现在家长们都不重视美术,认为美术就是画画图,对高考也没帮助。须臾,她又露出毫不在意的笑说:"不管你们将来成为什么样的人,我都希望美术教给你们的对美的鉴赏能力能帮助疗愈内心的饥饿。"

我真喜欢这句话,疗愈内心的饥饿。正中我心口靶心。我愣愣点了点头。

她抓起我的手,把一枚钥匙塞到我手里。我诧异看向她。她冲我狡黠眨了下眼睛:"这是美术室的钥匙,你以后随时可以来,就当是老师给你的获奖回馈。"

心口像被熨烫,她什么也没有问,但好像什么都已经知道。

我得过很多奖,但唯独这面奖状不一样,它像一盏路灯屹立在我孤独的星球。

我喜欢美术,喜欢让自己脑袋里的不切实际信马由缰,通过画笔和色彩浮现到白纸上。美术室成了我的城堡,午休或闲暇时光,我便抱着画板在那里享受脑袋里肆意飞扬的快乐慢慢扩张到四肢全身的感觉。

它帮助我抵御流言蜚语，抵御孤独和残酷。

她们涂花我的书，我就在乌泱泱的黑暗周围画出五彩的小花，她们把我关在厕所里，我就学会享受一个人的空间，在脑袋里画画。

2005年6月17日

今天，我在美术室里又遇到了那个男孩。

我没想到中午还会有别人在，他仿佛是在看那些静物图。看到我，并不感到意外，露出很自然的笑。这一笑，我就想起了去年的艺术节。

我冲他颔首示礼。坐下作画的时候，他也没走，看到我铅画纸上写着自己的名字。他露出恍然大悟的表情，他说："原来你就是楚南兮！"他猎奇一般说看到橱窗里展示的那幅得奖作品。然后问我画的是什么东西。

我告诉他："是一双手托着一颗心。"

他哦一声，原来是这个意思呀！目光望向窗外，顺着那棵桑葚树往上爬，一直爬到顶端和午后的烈日相遇，不得不眯起了眼睛，叹了口气："真无聊，你不觉得所有一切都很无聊吗？"

我迟疑着不晓得该说什么。

他接着抒发胸臆："读书也好，打游戏也好，谈恋爱也好……大家都只看重表面上的胜败。就像你画的画，也是想画给能看懂的人吧？"他顿了一下，又继续说，"我也参加了呢！那个评比。什么奖也没拿到。还挺不服气的!不过现在服了!看到你的作品,我才知道什么叫差距。"然后他伸出手,对我说,"我叫薛洋。"

2005年7月1日
暑假了,终于可以不用去学校了。
…………

2005年9月8日
我并无心想知道田夏的秘密。那是一场意外,但发生在我身上,不得不让我感觉像一场惩罚或者阴谋。

假如我没有因为书本被藏起来而滞留在操场找了很久,假如我没有因为走出校门才发现忘记了打字机,折返回去,我大概就不会看见了。

我推开教室的时候,只是隐约看到两个人影在窗前挨着,再仔细一看才发现是两个人正在拥抱。对方已经看到我了,我躲开不迭,低头回自己座位拎着打字机往外走。再次经过的时候我才看清了,一个是田夏,另一个是薛洋,打字机沉得我一只胳膊快断开,因为我顿在原地了。

2005年10月9日
田夏开始找我碴,她逼问我看到了什么。她长得那么高,两只眼睛像铜铃恫吓我,我说什么也没看到,我真希望我什么也没看到。但我从她眼睛里看到自己拙劣的演技,也看到她的怀疑。她讥讽笑了一声，抓住我的手臂往上提，痛得我忍不住尖叫，她呵斥着我，对我说："你别想告诉别人，没有人会相信你的！"

她说她什么都知道，小鹊爸妈的事情就是她告诉薛微的。我问她怎么知道的。她的笑容像个身经百战的女特务，她说我和小鹊在卫生间说话也不先检查一下有没有别人。最后她再次威胁我不许多嘴。

我不明白，不明白她为什么那么紧张我说出去，不过是一场早恋。

当然后来我知道了，那不是一场普通的早恋。几天后，我看到薛洋到我们教室来，我的目光找到田夏，但她无动于衷，甚至好像不认识他。更令人惊奇的是薛微笑容满面走了出去，和他一起走了。

我不知道自己是震惊还是被冲击，我在一种恍惚里笑了。

…………

2005年12月3日

上周，我又遇见了萧洋，他没有和薛微在一起，也没有和田夏在一起。从来没有想过再次与他相遇是在一个血色的夕阳。

田夏把我叫到小操场，还有另外两个女孩，我并不认识。她们逼问我有没有把事情泄露给薛微，她们装着毫不害怕的样子，可是她们对我越凶，就越彰显她们的怯懦。

没想过小鹊会出现，她哭得那么伤心，仿佛是在为我哭，但当我想和她说说话时，她又逃跑了……

薛洋是在那之后才出现的。

我愣在原地很久，听到脚步渐近。他问我要不要紧。我不说话，剪落的头发一片片落在衬衣上,像一条条蜥蜴趴在我身上。他脱了外套给我,还是艺术节时的那一件。

他坐到地上,发出因大幅度动作产生的哼声,坐踏实了才开口:"为什么不反击回去啊?"

没有什么关切的开场白,好像我们是认识很久的朋友。我在他面前也没有矫饰的必要,我什么也没看,好像在和自己的影子说话:"那我就彻底输了!变成和她们一样的人了。"

他突然笑了:"难怪只有你才能画出那样的画。真让人嫉妒啊,那么清白倔强的样子。她们不喜欢你,是因为她们在你身上看到了丑陋的自己。"

小操场的那棵桑葚长得越来越好,在落日里发出魅惑的紫光。

"你喜欢那些女孩吗?"我问他。

他看着天空,想了会儿:"不知道啊!"回答得漫不经心但又仿佛是经过了深思熟虑。

"让她们互相针对,这是你的目的吗?"我承认我有些生气。

他又笑了,笑容里又没有一点开心的成分:"你觉得她们是因为我吗?她们只是不爽自己的东西被别人抢走而已!"

这句话有效堵上了我的话。这结论叫人无法反驳。

他看着我说:"其实大家都很孤独,这个世界本来就是矛盾横生的一片混沌。谁也救不了谁。当下快乐就好了!"

广播台放出一首粤语老歌,是去世的香港歌手张国荣的《沉默是金》,大家都在缅怀他,我仔细甄别着歌词:

受了教训，得了书经的指引

现已看得透，不再自困

但觉有分数

不再像以往那般笨

抹泪痕轻快笑着行

…………

遇上冷风雨休太认真

自信满心里，休理会讽刺与质问

笑骂由人，洒脱地做人

唱起来容易，做起来难吧！

…………

2005年12月18日

  妈妈终于发现了我的不对劲，我脸色越来越不好，只要想起要去学校，我就会不由自主呕吐。有一次，我吐完从卫生间出来，撞上母亲惊恐的目光，她抬手在我额头上试温，我已经低热好几天了，她严厉问我有没有什么事瞒着她。她问我为什么突然把头发剪了。

  我躲开她查询的眼，我说我觉得很累，想回床上睡觉，可是她不许，她让我穿好衣服跟她去医院检查一下。

  我说我不去，我抵着门，大哭起来，她更加生气，认准了我做了什么见不得人的事情。为什么？为什么没有人理解我？我只是想安静睡一会儿。

我在寒冷的冬日，跟她坐在医院走道上，颤抖着双腿，等着验尿结果。

结果当然是阴性的，不能解释我为什么总是呕吐，她要给我做体检，体检的时候就看到身上一些伤痕了，有些是学校里弄的，有些是我自己弄的，她的表情比怀疑我怀孕时还吃惊，她问我怎么弄的。问我为什么什么事也不跟她说。我依然不说话。她问不出结果开始哭。她说我以前很乖巧懂事，为什么现在变了。我看到她哭，我居然觉得有点开心。

第二天，爸爸回来，他们持续对我的"关心"。我不说话。他们陪着我，不让我去读书。爸爸打电话到学校去，想从那些老师嘴里打听我的问题。我都替他感到好笑。老师知道什么？他们什么也不知道。可是我错了，我清清楚楚听到华老师在电话里踌躇为难着说："最近是有点评论，但是我们还没有来得及跟你们联系，还在调查阶段，楚南兮是个好学生，我们校方一向是相信她的。但之前班级里传阅过一张照片，不过应该是闹着玩的……"

爸妈的表情倏忽亮了，他们问什么照片。但是我的眼睛冷了，原来她知道，原来老师们都知道，可是他们觉得这是闹着玩，他们选择让我自己灭亡。我坐在椅子上，眼泪奔泻，抽泣起来。爸妈都吓到了，包括电话里的华老师，但我停不下来。

…………

2005年12月24日

我已经几天没上学了，我也不会再去建成了。爸妈帮我办了转学。我不清楚他们知道了我崩溃的原因没有,不过他们没有再问,我也不会再说。大家都小心翼翼对待可怕的"真相"。

我看到镜子上挂着小鹊送我的星星棒,还看到镜子里陌生的自己,我乌亮的头发没了,我神采奕奕的微笑也不见了。原来不是所有的女孩子都会顺利长大的!

我给小鹊写了圣诞卡片。爸妈今天都值班,晚上我去学校,把卡片放到小鹊课桌里。

2005年12月26日

小鹊上门的那天,我就在屋子里。她敲得好用力,一边敲门一边喊我名字。狭小的空间一颤一颤地震。

我真的不想见她了。她并不能明白我的痛苦,人的感情是不相通的。如果相通,她应该知道我现在多不想见她。

敲门声终于停了。过了很久,我探身出窗外,惊奇看到她坐在楼下台阶上,低头在一本东西上写着什么。我感觉脖子被勒住了。回到房里,坐立不安。小鹊就那样待了一个下午。我打电话给爸爸,让他回来。

小鹊再次上来的时候,我听到她和爸爸的对话。

我听到她哭了,我也哭了。有那么一瞬间,我们是感情相通的,都在为这段友情的终结做最后哀悼。

爸爸对我说她走了。我点点头。

是啊,她走了……

我把星星棒从镜子上拿下来,扔进垃圾桶里。

…………

2006年5月13日

我没想到自己还会再回到建成。

当时转学手续办得急,有些文件还缺我的签字。爸爸陪我一起,他和华老师约了晚上六点半,学校里没有学生了。

华老师烫了头发,依旧露出属于优秀园丁的让人如沐春风的笑容。我在指定地方签完字,她还要和爸爸单独聊聊。我走出办公室,沿着幽暗的走廊迤逦而行,墙上的名人严肃冷峻,每个人的眼神都像锋利的刀。我在自己待过两年多的地方感到局促不安。

起初我只是在高三(1)班门口踟蹰,我刚要下楼的时候,幽寂里突然有人喊我名字。很清脆的声音,仿佛是从脚下大理石里呐喊出来的。我惊了一跳,脑袋里像有一口钟被撞响。我回头,声音是从教室里出来的,我犹豫不决走进教室。然后我看到了一个人趴在课桌上,脸埋在双肘里,只露出小半侧。

我心惊肉跳慢慢走近她,她嘴里喃喃梦呓着,不知道在说什么,但我知道她一定梦见了我。她呜呜咽咽哭,眉毛皱着,眼角凝结着剔透的水光。哭得我心慌意乱、措手不及。后来她不哭了,我哭了,我坐在她身侧,无声流泪。

为什么我们会变成这样?

外面的天空全暗了,教室里只有头顶的一只风扇在摇。我有点渴望她醒来,醒来我有好多话想跟她说。可是她睡得很沉,我又看了她一会儿,没有叫醒她,电风扇还在嘤嘤嗡嗡地摇,我从前排课桌里拿了一件男生外套给她披上。

我意识到我们俩将从这一刻走向完全不同的道路了,我意识到我和她的缘分就在此刻应该尽了。有些结,不是她能解开的,也不是一句"对不起"就能一切如初。我离开了教室,离开了建成,离开了小鹊。

2006年5月20日

我没能在新学校继续学业,确切说是在新学校只读了一周。

新学校的椅子是灰色的,带着奶白,怎么看都像不干净,我不停地擦、不停地擦,每一次坐下前都要擦一遍。后来同桌男生拍了下我肩膀,我惊恐失控大叫,喊得整个楼面的人都受了惊吓。

校长让我在家休息一阵子。

休息一阵子,那是休学的意思。

爸妈不放心我白天一个人在家,就提议给我养一个小宠物陪我。他们问我想要小狗还是小猫,我想了下,决定要金鱼。

白天,我就坐在桌上,看着鱼缸里的金鱼游来游去,脑子里的想法也在游来游去。

…………

2006年8月19日

日子从指缝间溜走,在我睡觉的时候,在我洗脸的时候,在我感慨的这一刻,时间也在流逝……

来到了暑假,我的自转终于和外面的公转吻合。第一个没有作业的暑假。

妈妈请了长假带我去北京玩了几天,爬了长城,去了南锣鼓巷……每天的行程都安排得满满的,我却觉得日子仿佛突然慢了下来,空暇的时间,我怎么塞也塞不满。

我常常会陷入时间的空白里,比如前一秒我还在车上,下一秒已经坐在家里的餐桌旁。一开始一周大约会发生一次,渐渐地,我失去的时间越来越多,有几次,妈妈用力在旁边叫我,我也没听到。

2006年9月30日

爸爸带我去看了几个专家,我知道父母很担心。但我还是保留了秘密,对父母,对专家。

我的这个病症不是没来由的,我清晰了解它的脉络和发展过程,它是从两个月前的那天开始的。

那天我去上海图书馆借书,休学后,读书是我唯一的爱好。我在一排排书丛里,读着那些或许很遥远,或许已经作古的作家和他们的文字,当我沉湎于《恶之花》时,前一排书架前闯进几个五颜六色的身影,然后是少女们清亮的、柔和的、兴奋的叽叽喳喳。对我而言,既熟悉又陌生。

我正要离开的时候,听见有人不高不低叫了一声。

"薛微!"

我不由自主怔了一下,书架后一个尖尖的下巴回应了这声叫,下巴上那一颗黑痣跟着主人翩翩飞起来。她脆生生地说着什么,女孩们笑作一团,阳光落在她葱绿色的连衣裙上,像新夏的嫩芽,那样崭新而明媚。我无法正视那锐利的锋芒,她的耀眼让我无法承受。她是薛微，却又好像不是我认识的那个人。她也可以这样心无稽恶地笑，和那些女孩相处融洽，谈笑风生……我脑袋里不禁蹿出一个疑问——为什么是我？

为什么她偏偏对我那样？

我呆呆站在那里，忘记了时间，忘记了离开，好像跌进时间的缝隙里，等我再次恢复意识，我已经回到家，手里攥着几本忘记还的书。从那以后，我每次陷入一种思索就失去了一部分时间。

2006年10月25日

我想时间并非一切东西的良药。我心里有个结，一个无法消除，每日作祟的结。它牢牢缠着我的身体，我的大脑……

太宰治的《女生徒》里，女孩在园地里拔草，有一些拔得干脆，有一些悄悄留下，她自问，是有些草生得可爱，有一些令人生厌吗？那么我呢？我也是令人想要除掉的那株吗？

我知道自己必须做点什么！无论如何也想要得到答案！

为什么是我？

2006年10月27日

我联系了薛微，我约她见面。我想和她有个了结！我不想做那株被肆意拔掉的杂草。

给薛微打完电话那天我又犯病了。

当我回过神，已经是傍晚，而我一个人闲晃在街上，正对面是我以前常去的珍珠奶茶铺。老板笑盈盈，说好久没见我了。

我原本想礼节性买一杯奶茶,却发现身上只带着手机。只好尴尬敷衍了下径直回家。

那时候我不知道让我吃惊的事情远不止这些。

第二天,当我穿戴整齐,准备出门时,我拿起手机,发现有条新消息。看到名字的刹那,我愣住了。

是小鹊!

她问我到哪儿了。

模糊的回忆袭上大脑,我登时跌到座位上,我验证般去看通话记录。果然……昨天13:28,我给小鹊打了电话。

潜意识,真的是被压制的欲望吗?

2006年11月1日

我失败了!

我来到惠利门口,一层一层走上楼,站在中庭看着热闹熙攘的人群,没多久看到薛微走上楼来,我看着她站在栏杆前左顾右盼,她在找我。而我浑身的骨头骤然疼痛,那些可怕的回忆控制住了我,我双手攥拳,心跳加速,每一秒都鼓励自己下一秒就走出去,但每一次都失败。在我犹豫不决、反复踌躇中,薛微扭身走了。

我身上所有的热量在那刻消散了。我看着她乘扶梯下去了,心里的嘶吼要割破胸膛,我一步更似一步走到中庭,看着楼下兴高采烈的芸芸众生,像《荷塘月色》里说的,热闹是他们的,我什么也没有。

小鹊给我打电话,我不想接,我也不想见她。可手机像一颗心脏不停在掌心跳跃,颤得我难受,我心烦意乱接起来,跟她说"再见"，刹那间我听到一声巨响。周围混乱不堪。

一个女孩从中庭掉了下去，鲜血满地，我俯视下去，那不是我，但又那么像我。我看着她扭曲着身体，脖子摔断。白色的裙子被血染成粉红，我的手牢牢抓着扶手，她就那样无声无息地失去了呼吸，如果我松了手，也会和她一样，她并没有睡着，她只是认输了。我伏在栏杆上慢慢收回身体，沉重地喘息。

我不是那棵被拔掉的草，至少我还活着。

我往后翻，后面全是空白页，我的心里却掀起一场轩然大波，南兮没有死！南兮没有死！我猛然站起，猝不及防眼前一黑，一阵眩晕，膝盖磕在地板上，日记本被我摔到地上。我匍匐捡起来，狼狈从地上站起，声音已经变调："南兮现在在哪里？"我的眼睛发烫，南兮居然和我在一起成长，经历着一样的人生历练和岁月浸渍，她和我一起步入20岁的成人，经历过世俗的冷遇，她一直在，而我却浑然不知。她没有告诉我，她宁可我以为她死了，她宁可要一个没有我的世界。

姚女士惊骇着跑进来，她身上已经穿起围裙，我三步并两，几乎想抓住她："南兮没有死啊？日记上写着她那天没有跳楼！"我为了证明，用食指指着她日记的内容。姚女士的目光漠然从日记上滑过，眼睛没有一丝吃惊，声音也没有一点起伏，眼皮垂下去："你看看后面那本日记本吧！"

是，还有第二本日记，我反身取起另外一本硬抄本，匆忙翻开。

第一页上的字体和前一本完全不同，娇小倾斜，刺得眼睛都酸，那是我的字啊，我写给南兮的信。

南兮：

　　去年教师节的时候，我和薛微、小喇叭，还有好多同学一起去二中心小学看望以前的数学老师。她姓秦，当年对我们又严厉又关爱，在她刚柔并济的教课下，我的数学也达到了前所未有的高分。

　　秦老师很高兴，她正怀着小宝宝，她坐着一个个看着我们，回忆当年我们的糗事。我又快乐又兴奋等着被她发现。

　　然而，她的眼睛一次又一次地掠过我去，一回又一回用温和的笑躲避尴尬。她甚至问起了没有去看她的其他几个同学。但是一个字也没提到我。她啊，并不是故意怠慢冷遇我，只是忘记了我。

　　这就是我的小学生涯，或许也是我的初中乃至这辈子的命运了。我是个容易被遗忘的角色，没有任何的存在感。

　　你一定腻烦了我这个无关紧要的故事吧？！

　　对不起！我知道我最应该对你说的是对不起。但事到如今，这句话没有意义了，我不奢望你能原谅我，真的，你应该恨我！你恨我或许我心里会好受些。我对你的遭遇视而不见，还有什么比我更糟的好朋友？

　　不知道是从哪一天开始的。我变质了。

　　我渴望靠近你，了解你，但我又害怕你的出现，和你在一起，我要不断追逐你的脚步，老实说，我有点累，我没有信心可以一直维系下去。一个能心算两位数乘除的女孩，怎么可以拥有一个连求根公式都横竖记不住的蠢朋友？

　　你应该在意，你总有一天会在意的！只是你还没有意识到，你会慢慢觉得我无趣愚昧，你会离开我。

我慢慢发现了，发现了一些不愿告诉你的心事。

原来我们有很多很多不同。比如你喜欢的绿，是春意欲滴的芳草葳蕤，我喜欢的绿，是幽冷潮暗里的灰暗孤蕨；比如我喜欢杨过，而你喜欢令狐冲；比如我喜欢费雯丽，而你喜欢奥黛丽·赫本……我说不清这是一种什么感觉，但我知道你懂的。

这事或许和姜柏尧有关，或许一点点关系也没有。他只是正好出现了，因为不管是谁，都会第一时间先注意到你，老师、同学、文具店的阿姨、卖奶茶的哥哥……我不能消灭心里浮起的不安。我不想再待在你身边了。

我渴望被关注，但我和你在一起永远是蒹葭倚玉树，南兮，我不想做蒹葭了。

看到你被孤立，我没有站出来，有时候我也不知道我是害怕被牵连，还是害怕你重新变回那个众星捧月、光芒四射的楚南兮。我很坏，我知道。所以我更不愿待在你身边。这又像一个借口，对不对？但我真的做不到！或许你不会再相信我，但是我真的一直爱你。

我时常怀念高一时，我们形影不离的时光。当我心里的野兽还没有觉醒的时候，我们是两个天使。后来我被恶魔吞噬了灵魂。我选择对你不闻不问。

有时候我甚至想，如果你被他们打败了，或许就能变得和我一样平庸了，或许我就可以和你继续做朋友。多么自私的我。

我现在正坐在你家楼下的台阶上，看着阳光照在你家窗台上，我想起有一天下午，也是这样的光景，我在你家看《鬼火岛》，现在，我多希望海老泽的昏迷是一场自导的游戏,如果你愿意,我甘心做你的椎名。

最后,我们总要有最后的,希望你转学后,能遇到许多和你一样心地善良、美丽聪明的朋友。

圣诞节快乐!

愿你今后的人生里,没有林小鹊。

你的小林子
2005年圣诞

我看着自己的信,18岁的情绪和今天重逢,我轻颤着手,慢慢翻过那一面。第二页,又出现了南兮熟悉的字迹,蓝色的水笔写了两行字:

常言道,人无再少年,但年轻的日子是不是也太长了?长得让人无法忍受。

——希拉里·曼特尔

我的眼睛雾气直聚。每个字都写得如此用力,像刻在纸上,一刀又一刀,在这狭小的缝隙里,奋力凝聚起来,刺向我。

我怔怔看了很久,直到眼泪干了,才翻过一页。

2007年2月15日

爸妈决定还是送我出国。

我没有什么异议，换个环境也挺好的。

妈妈给我换了新手机、新号码、新书包，她想把我的心、我的灵魂也换成新的，她越是这样尽力，我越感到她在销毁着什么，这种销毁并不让我好受。

爸爸每次和我说话都小心翼翼的，生怕我又和上次那样崩溃大哭。他们谨言慎行照顾我的感受，压着怅痛和泪花，我知道那是他们能为我做的最好的了，但是我觉得难过。

新西兰，真的是个好遥远的地方，在南半球。那里现在还是夏天。

我急切翻到日记本中间，像一个渴望看到结局的观众，再次出现的字迹，猛然变了样，它分明还是原来的那些筋骨血脉，但每一个字都飘逸横飞，像修长的双臂迎着阳光展开，突然丰润舒展出成熟的韵致。因为那是十几年以后的楚南兮了。

2016年2月3日

很久没写日记了，因为今天碰到了非写不可的理由。

晚上，为琛让我去接他，他跟人谈生意，喝了酒没法开车，我经常去接他，平时都是等在停车库。今天他给我打了电话，说他们还没谈完，让我上去一起吃点再走。我没顾忌太多就上去了，没想到会在饭局碰到……

我看到一半眼前骤然一糊，一只大手突然遮到我手里的日记前。

我吓了一跳，惊诧抬起头，姜柏尧蓦然出现在我眼前，他的手夹在我手里的日记页里。

他怎么会在这里？不对，上一次是我跟踪他到这里的，我才是后知者。

"她碰到的人是我！"他突然坦白，表情是严肃而镇定的。

我看着他凝神，隔了一会儿才明白他是说南兮日记里写的碰到的人是他，我的眼睛和嘴巴都没法正常运作了。

"你和南兮，你们俩……"我咬了下唇，"那个为琛又是谁？"我世界里的南兮是单纯的一元一次方程，可在另外一个世界里，她和姜柏尧是两个我从来没见过的未知数。

他一字一顿说："宋为琛！"

我愣了一下，问他："什么？"一个如雷贯耳的名字，耳朵接受了，但脑袋并没有，我呆呆瞪着眼睛看着他。

"宋为琛，地产大亨。"

惊疑从我耳朵里扩散到神经末梢。南兮居然和宋为琛有关系！小喇叭的八卦刹那就在回忆里活了过来，它有血有肉得到了成长。

"南兮是宋为琛太太？南兮什么时候回的国？你和南兮早就见过为什么不告诉我？"我脑袋里的问题太多了，像一团逐渐凝聚的气流一股脑往外蹦，一浪比一浪惊骇。

姜柏尧对我的急躁熟视无睹，异常平静开出条件："如果你想知道南兮的事情，答应我一个条件。"

"什么？"我的问题几乎是咬着他的话末的。

"不要看这本日记。"他的手从日记里抽出来，"这个月底，我会把一切都告诉你。"

我忍住心里的诡秘的想法，胆怯望着他，怕他的手再回到手里的日记本上。这么多年，我依旧无法从他的表情里甄别出一些蛛丝马迹，小时候是我太复杂，而他简单，这么多年过去了，我的复杂没有半点进化，但他已经是个名副其实的社会人。

我想了半天，最终说了一句最没有创意的话："你没有骗我？"

"没有！"他果敢摇头，"你能做到不看吗？"

我不能，但是我点头。刹那手里突然一空，他趁我不备抽走南兮的日记，笑得有点阴险："我不相信你！"他一侧眉峰微微上扬，推了一下鼻梁上的眼镜，我眼皮陡然一抖，看着他的脸、他的表情，脑袋有裂痛感，仿佛丹桂飘香时，他手里转着那支白色活动铅，点着练习册上的题目，推着架在高鼻梁上的眼镜问我："看到我加的这条辅助线了吗？林小鹊，你现在看到什么？"

恍然一刹那，我都看到了。

自从重逢，他头一趟上我家来，这一切不都是他设计的吗？我会来到这里，也是他让姚女士联系我的。我有点想笑了，笑自己蠢。他给了我那么多线索，我和小时候一样就是不开窍。还有媛媛，她那双乌溜溜的大眼睛，和南兮如出一辙。媛媛就是他和南兮的女儿吧！

明白了，现在全明白了。我有点立不住了。我算了下日子，今天还没到，可我头晕目眩，喘不上气，摇晃着身体抓住椅背。姜柏尧拽了我一把。

"你怎么了？"

我借着他的力量站稳，说不出话，颈脖冷汗涔涔。他从椅子上拿起我雾霾灰当季大衣:"我送你!"

经过厨房的时候,姚女士惊讶:"不吃饭了吗?"

"不吃了!"姜柏尧回答,一面扶着我往外走,像要掩饰什么。

姜柏尧开着我的奔驰送我,我起初还担心他车技,担心我那没几分的驾照,但车一上路,他俨然一副老司机模样,比我稳当多了。

解冻的队伍终于慢慢蠕动,我看着窗外,又经过那个巨大的广告牌,那个女星依旧笑容灿烂,还是那句广告词:"你所吃的苦,都不会白费。"

"我讨厌那个广告。"我打破了宁静,说了一句看似毫无关联的话。他看了眼广告牌,答非所问:"你还是去医院看看吧!"

"我不能去医院!"我轻声但字字铿锵。

我一直以为我已经习惯了过去自己的所作所为,已经接纳了现在的自己。但我心里知道,这种接受是被迫的。我规避掉所有和她相关的回忆和那些自耻的行为,我也能像普通人一样说笑玩闹,假装自己毫无破绽。然而有时候,当我看到街上有两个穿着校服态度亲昵的女学生,我心里的酸痛就会膨胀到绝望。我无法控制地泪如抛沙。我恨他们可以不经碾压顺利长大,也恨自己当初的懦弱。

车子下了高架,我问他:"她后来过得好吗?"

他眼皮垂下来,像在想一道复杂的高数题:"不知道该怎么回答你。"我隐约察觉南兮之后的人生依旧将折磨我。我没有勇气再追问,接收出乎意料的信息是一件大费体力的事情。我靠在椅背上,看着前方一动不动的路况。原来知道自己被恨着是这种感觉。

天色日渐阴沉，路上的人都戴着口罩，包着脑袋，死气沉沉，莫名给我一种悲哀和失望感。

姜柏尧把车停到车库，我们分道扬镳，我在夜色里顶着寒冷往别墅走，风硬邦邦吹在脸上。小区里一个人影都没有，大家都惜命待在家里。手机在掌心里抖起来，一条短信跳出来，陆昂把卡都冻结了。

我穷得连钱都没有了呀！走台阶的时候，高跟鞋歪了一下，我摔到地上，身上的温度像被抽走一半，脑袋里一根紧绷的神经已经到了极限。寒风还在肆虐，我站不起来，我太累了，索性坐在自己的小腿上，用疼痛和寒冷惩罚自己。

挂在肩膀的Birkin[①]被身后的一股陌生的力量扯了一下，我一惊，又有些好笑，不是说疫情严重吗？这种时候，还是有人不要命的；这种别墅区治安也不行啊！我扭头，意外发现，站在身后的是我的"司机"。我意识到他可能是一路跟着我过来的，还有点感动。

可他脸上找不到一点能让我感动的佐证，他问我坐在地上干吗。

我不由自主嗤笑了一声，慢悠悠从屁股下面抽出小腿，彻底坐在水门汀台阶上，仰头嘲讽看着他："我在干吗你看不出吗？我他妈在哭，在难受！我难受我从小就那么坏，还坏得没一点档次。我老公要跟我离婚了！我连一点反对意见都没资格有！"

我把昂贵的包从肩膀上卸下来，丢在地上，糊着眼泪笑起来："我每天在外面拼命炫什么！我根本什么也没有，我就是个猪头三！你问我在干吗，我被自己恶心到了！"我一口气说完，脑袋嗡嗡乱响。姜柏尧听着

[①] 爱马仕一款包。

我没头没尾发疯,也不参与给意见,末了,看我也没力气骂了,抽出一根烟,点燃了给我,对我说:"我说你啊,能不能别每次看到我就哭,搞得我像收水费的一样!"

我颤抖着手接过烟,搁到嘴里深深吮了一口,抬头看着天空。也不知道他抽的什么外烟,呛得厉害,连着鼻子一起酸。

"唉,"我问他,"小时候你和葛超换座位那次,心里在想什么?觉得我很坏?"

难得夜空里的星星皎洁明亮,可见度很高。

他靠在墙上,也望着天空,淡淡开口:"没有!没觉得你坏。只是觉得你们幼稚。"

"幼稚?"

"你有时候真的猪头三,好坏不分,还觉得自己很有道理。真叫人恼火!"

我说不出话来。

"我可能做错了。"

我警觉回过头,姜柏尧神色黯然,双眸俯视着我,脸上挂着一点克制过的笑:"我并没有帮到她。可能还起了反作用。"

香烟屁股在冷月里泛辉,我感叹了一声:"你没错,错的是我。现在惩罚来了。"我看向深蓝的天空,"我的人生歪了。都记不得是从什么时候开始歪的了。像做数学题,添错了辅助线,在错误的方向越走越远。现在什么也来不及了!"我的话和我藏在话里的残余的希望一起飘进寒冷里。我悄无声息等待着,虚荣等待他能说点什么,说点什么好听的鼓励我,或者否定我。但显然我又自作多情了,显然天上的星星比我更有吸引力,他仰着头,对我的话置若罔闻,深刻专注看着夜空。

然后,他吐了口烟,用手掌压了下我脑袋:"抽完就回去吧!"

我的心就在那一秒里凉透了,和手里的烟一样。林小鹊啊,你真的走歪了,为什么总是在期待一些永远得不到的东西呢?

我看着他朝月色里走去,一个决定在我心里萌生。

我抽完烟回到家,给陆昂打电话。

第十一章　姜柏尧的救赎

当下

2020年2月14日

　　和陆昂的离婚手续办理得很顺利,本来因为疫情,很多事务所都延期开工,但是陆总有办法。虽然不见得所有的顺利都让人愉快。我没有得到那栋大别墅,我妈知道了应该会歇斯底里吧!我还没有跟她说我离婚的事,在离婚这件事上,我是孤军奋战的,我找不到友军。

　　签署离婚协议的时候,发生了一个小意外,陆昂的那支德国钢笔突然写不出字了,笔尖擦着单薄的纸面,一下、两下、三下,协议书随时有撕裂的危险,律师迅敏拿了自己的笔给他。

　　那笔是我平时定期给他灌墨水的,他只用来签重要的合同。这意外小小抓了一下我的心。这场婚姻里的不舍从一支没墨水的笔尖直挺挺戳过来。

　　他雷厉风行签了字。把协议书推过来的时候,有金色的、自由的光芒在他脸上跳跃。

走出事务所的时候，我们俩都缓了下脚步，不知道该如何道别，这一别或许老死不相往来。

还是他先开口了："你有什么需要……"他顿了下，看了我一眼，庄重地、礼貌地，还有一点点愧疚，然后续上话，"我尽量满足。这些年，我知道你过得也不痛快。"

我看着他，有一瞬间的恍惚，阳光很好，就像初遇的那个下午，他缓缓儒雅地走来，对我说："等很久了吧！"充满温度磁性的声音，在阳光和尘埃里发酵。从什么时候开始他变了呢？不！不止他，还有我！我也变了。我寄居在这个男人身上，慢慢融化了自己，心安理得享受他给我带来的富足，却好像从来没有走进过陆昂的心里。或者说我从未尝试过了解他。

这些年来，是谁困住了谁？谁又是谁的受害者？我从一个深渊爬出来渴望找一棵大树依附，逃避自己、逃避世界。把自己包裹成一个忍辱负重的受害者。他呢？是否也在对我一次次地失望？

不过都过去了，我对他摇摇头，我想，现在是时候面对了。

我问他能不能把那支笔送我，他迟疑了一下，大概觉得我这要求不符合锱铢必较的泼妇形象，但还是把笔递给了我，还问我有没有别的需要。

我问他我要的那个项目怎么说，他说会让手下跟进。一个得到爱的男人往往是很慷慨的。为了自由可以不惜一切。

最后，他跟我公式化地握了下手，我们的婚姻合作关系至此结束了。

我一个人去吃日料，店里一个客人也没有。我点了两大盆刺身，蘸着芥末狼吞虎咽，辣到狂飙泪。也不知道接下来该去哪里，像高考结束后的那个夜晚，萧然空虚的自由。我想陆昂现在一定很快乐，一定会第一时间给香奈儿5号打电话，告诉她我们离了。可是我应该告诉谁呢？

晚上，我在昏暗的壁灯下看方临秋的小说，几年前逛书店的时候买的，却一直没空看。我一目十行，一行五遍也不知道那些文字在讲什么。四周可真静啊！满目疮痍的静、残垣断壁的静、战争过后的静。

刘阿姨很自觉不再来了，两条拉布拉多也被秘书带走了，他的那些衬衫、西装倒是还留着，我把家里所有的衣柜都打开，四季的衣服满满挤在衣柜里，显出热闹的虚幻感。

梳妆台的镜子对着我，刘阿姨说了几次，镜子对着床不吉利，我偏不信。有些不吉利，和镜子有什么关系？都是我本人的关系。

我打电话给姜柏尧，他的声音懒洋洋的。我告诉他我离婚了。

他沉默了一会儿，在电话里打了个哈欠："这么晚打给我，下一步是要包养我吗？"

我笑了，这是我这几天第一次笑，这是我长久以来第一次心无城府地笑。他真讨厌啊，为什么不能对我的遭遇给一点宽慰！可是我还是在笑，笑得心里某一处又痛又痒。

他问："睡不着？"

想到明天要和他见面，我点头："是啊，和小时候春游前一天一样。"

"可是我很困啊！"他又打了一个哈欠。

我还想笑，可嘴角刚牵了一点点，它便不受控往下塌："我离婚了！姜柏尧！我离婚了。"我不知道自己要强调什么，但声音越来越大。

"我知道了，林小鹊，我知道了！你做得很好。"他轻轻舒了口气，又问我，"你知道心脏起搏器是怎么发明的吗？"

"我像是会知道的样子吗？"我忍不住呛他。

他没有回应，很有涵养和耐心给我科普："美国布法罗大学助理教授威尔逊在一次实验中拿错了电阻器，却意外发明了心脏起搏器。有些伟大的发明是由一个错误开始的。林小鹊，没有一项错误是毫无意义的，添错的辅助线也许是另一条成功的必经之路。"

"这是什么土味夸奖？"我笑。这大概是我近十年来第一次被人夸。不，这辈子也没有人这么夸过我，夸一个离婚的女人。看到一半的书还搁在蚕丝被上，黄色页面上的铅字忽然被濡湿一片，我抬头，并没有地方漏水，除了我的眼睛。

当下

2020年2月29日

2月份的天气已经逐渐转暖，姜柏尧约我在外滩见面。分明是明媚春日，却因为新冠疫情，一片萧瑟静谧，从小到大，第一次见识到如此宁静的外滩。

我坐在咖啡店的露天伞下。我总是习惯早到，任何的约会饭局，我始终是第一个到的。我发觉我这辈子都在等人，有时候甚至不清楚在等谁。

姜柏尧来了，他穿着白色的羽绒服，戴着N95口罩和一顶靛蓝的针织帽，裹得像只蚕蛹，在阳光里显得有些滑稽。

我们坐在露天大伞下,他问我做好准备了吗?

我点点头,调侃自己是冒死来赴约的,足够表明决心了吧!

姜柏尧摘了口罩,喝了口咖啡,问我:"你想让我告诉你,还是南兮告诉你?"

我选择了南兮。他仿佛意料之内,从双肩包里将那本日记拿出来,推到我面前。

我静静看着他,连眼珠都忘记转动。他说他去买包烟,双手插着牛仔裤前袋站起来走了。隔了很长时间,我慢慢将手挪到日记本上。一种新的欲望在瞬息膨胀。

我翻开第一页,南兮的字再一次向我袭来。

2008年4月15日

克赖斯特彻奇,是新西兰南岛最大的城市,静谧幽然。我喜欢这种安静,我的身体里,慢慢有一部分孤独和肉一起长。

爸妈为了让我出国,把本打算买房的钱都给我做了保证金,在读书的闲暇,我开始打工,在一家叫Holly Desert[①]的甜品店当兼职服务员,那里的老板娘是当地人,几个同事来自世界各地,不同的语言,让我不用费心沟通,也不用结交朋友。

店面很小,平时也没什么客人。只有一个中年亚洲男人几乎每天都来,每次来都点一个帕夫洛娃蛋糕,雷打不动。一个人也吃不完,挖两口,然后打包回去。

---

① 冬青。

一天晚上，打烊前，我在门口喝酒，他正好出来，看了我一眼，问我，到可以喝酒的年纪了吗？我才确认他是华人。我问他要不要看身份证。他笑了笑，走之前把一个蛋糕送我吃。我打开看，是一个慕斯生日蛋糕。我问他谁过生日，他指指自己胸膛。

多寂寞的人才会给自己买生日蛋糕啊！我叫住他，把蛋糕切了两份，自己留一半，另一半仍旧给他。

2008年10月22日

今天我在收拾桌子，突然听到由远及近几声"咔嚓"声，我仓皇抬头，发现是那个华裔男人举着相机正在拍摄甜品店里的静物。

咔嚓、咔嚓，猛然扯住我浑身的神经。每一声都像一座巨石撞出内心的一场惊涛骇浪，我想起了那一天，2014年10月17日。

自从那天以后我再也没有拍过照。

那天是决定性的，是人生的转折点，如果没有那一天，如果那一天我没有去薛微家，如果没有那张照片，或许一切都会不一样。

我感到身体里那份惊恐和羞耻乍然复活。摄像头像一双眼睛摄去整个空间的阳光与能量。我扶着木桌，不由双腿颤抖，口腔里的牙齿也在无意识打战。

有模糊的声音在问我怎么了。有人过来扶住我不自知下坠的身体。我茫然而执着躲开他们，躲到更衣室里去，摈除那些可怕的声音。

原来一切，没有结束。

2008年10月23日

今天,那个男人又来了,坐在专属的位置,还是照旧点帕夫洛娃。

我假装很随意把他的咖啡和甜品端放到桌上。他的视线从报纸上抽离,声音平缓流淌出来:"坐一会儿吧!"

客人不多,店里也比较随意,我便在他对面坐下。当我看到桌上安放的单反相机,倏然口干舌燥,倒了一杯水咕咕喝起来。

"昨天吓到了你了吗?"

我向他坦白,因为过去的一些经历,我不喜欢拍照。

他说,那一定是很不好的经历。他身上有平缓柔和的色调,他的眼睛有一种叫人安心的宽广。让我不自觉点头。

但是他又接着说:"过去的经历不应该对现在产生影响。"

我迷惑不解:"你的意思是我在撒谎?"

"不!我不是这个意思。"他立即摆手,从容呷了口咖啡,娓娓道,"我的意思是你在无意识中给自己的现在设下魔咒。我们所经历的过去只不过是历史。它们对我们的现在不应该产生任何影响。关键是你,想不想要摆脱它们。你觉得过去干扰了你的现在,是因为你赋予那些境遇意义。"

我内心躁动起来:"我不同意!事实上,每个人不都被过去束缚吗?按照你的逻辑,那岂不是所有的不幸都是我们自己选择的?"

"这不是我的逻辑,是奥地利精神学家艾尔弗雷德·阿德勒的'外部因果律'。他认为生活方式是自己选择的结果。你用自己所经历的外因铸就了现在的你,比如你觉得自己不能够拍照,是因为你不想拍而为自己找到了过去的原因,只是你可能没有意识到,所以成为原因论的信徒。但是阿德勒要告诉你的是,生活不是先天给予的,而是你自己选择的。"

我被这番奇怪的理念戳痛了,强烈地想要反击他。这种反击甚至比悲伤的情绪更占了上风。"这太荒谬了,没有经历过,根本不明白。回忆带给我们的精神创伤会永远存在。没有人会选择让自己活在痛苦里。"

他并不急切为自己辩驳,依旧淡然而从容阐述观点:"一味地关注过去,把现在的境遇归咎于过去,就陷入了'决定论'。那每一个现在也在决定未来,那我们岂不是一辈子都被回忆束缚了?"

我顿时无言以对。

他说话的样子很有力度,又驾轻就熟:"我们活着不是为了过去,而是为了现在和未来。你想要什么样的生活,什么样的自己,都是你自己的责任,不能再推卸到那些回忆上了。不做改变而抱怨过去看似很痛苦,其实是最轻松的活法,因为你习惯了。"

他看着摄像机说:"我从40岁才开始学摄影,我不觉得晚,我一样可以报名学习班,可以到世界各地去,可以参加任何摄影比赛。你如果想要改变,随时都可以。你缺的是想要改变的勇气。"

我没有办法苟同他的观点,但是很神奇,一想到那个结论,我的紧张感便消失了,那一晚上,我睡得异常踏实。

2009年4月10日

新西兰有种稀疏的宁静。

放假的时候，宋先生邀我们店里所有人去蒂卡波湖看南十字星，一路上到处盛开着五彩的鲁冰花。我们在郊外搭帐篷露宿，看着繁星密空的夜空静湖，我很感慨。老板娘对我说，在大自然面前，人类的七情六欲多么渺小啊！

大家坐在帐篷前，老板娘提议每个人吟诵一首最爱的诗。这天我才真正认识这些同事，玛丽亚来自黑山，托马索来自意大利，老板娘海伦是新西兰人。诗歌和美景实在相得益彰。

轮到我，竟一时想不起，感觉有点愧对咱们巍巍五千年历史里那些迁客骚人。宋先生代我读了徐志摩的《偶然》，为了让外国友人明白，还特地翻译解释。他们听完都非常沉迷。

后来我告诉他，他说的那个外部因果律的理论很荒唐。

他不怒反笑。

但是，我接着说，我决定试一下！我想从这一刻开始给自己一个改变的机会。然后我拿起他手里的相机，对着浩瀚夜空记录。

我谢谢他给我的这个怪理论。

"不是我的。"他说。

"我知道，是那个什么阿德勒的！"

他还是摇摇头："确实是阿德勒的，但这是我的心理医生告诉我的。"

我错愕看着他，目光里透露着"你也需要心理医生"的疑惑。他很快看懂了，接着说："我以前是个工作狂，除了工作，对外面的世界毫无兴趣。性格又急又躁，也不懂得生活。我的一切饮食起居都由我爱人为我安排妥当，连早上的牙膏都是她每天帮我挤好的。但是两年前，她意外过世了。你可以想象，我的生活完全坍塌了。有半年时间我没有出过家门。后来我的心理医生告诉我这个理论。他说如果我本人没有想要改变的意愿，谁也帮不了我。我确实怀念妻子，也沉浸在悲痛里，但我不能让这种情绪左右我之后的人生。我选择放下，选择走出房间。我从工作里走出来，去看看这个宽广的世界。她以前一直抱怨我没时间带她旅行，她一直想看看能拍出《魔戒》的地方有多美。"

我听着他的故事，好像自己的回忆被慢慢放下了。我在他缓慢的、柔和的声音里渐渐磨掉了内心的一些尖锐的东西。

2009年10月

国庆的时候，爸妈到克赖斯特彻奇来看我。他们俩同时能请出那么长假的机会以前从来没有过。

一周时间很快过去，但这也是为数不多我们一家三口能24小时天天在一起的一周。

临走的时候，我送他们去机场。两个人一边往里走，一边让我回家。妈妈最后回头看了我一眼，然后迅速扭过头，我看到她抬手用袖子擦了脸。我的心软了。

回到家，看着一屋子他们带来的物品，大到棉被，重至大米，把本来就不宽敞的房间堆得满满当当。大部分东西海淘网购都能买到，但是他们还从上海给我"人肉"运过来。

晚上，我盖着爸妈替我晒过的被子，闻到了久违的故乡的味道。

…………

2012年12月15日

这里的冬天不那么冷，十几度的样子，气候适宜。

今天我去店里兼职时，老板娘笑容可掬向我端出一个小巧的轻乳酪蛋糕，我很诧异。她说登记我们个人信息的时候，记下了我们每个人的生日。我接过蛋糕，还来不及表露情绪，她又从宽大的围兜口袋里拿出一张折叠的信纸，微笑着递给我。

我满腹狐疑打开，是一首手写诗，每一行的字迹都不一样。但都歪歪斜斜写着汉语，像小孩子刚学写字一样，每个字都像一幅努力描摹的画。

诗是费尔南多·佩索阿的《你不快乐的每一天都不是你的》：

你不快乐的每一天都不是你的
你只是虚度了它。无论你怎么活
只要不快乐，你就没有生活过。
夕阳倒映在水塘，假如足以令你愉悦
那么爱情，美酒，或者欢笑
便也无足轻重。
幸福的人，是他从微小的事物中
汲取到快乐，每一天都不拒绝
自然的馈赠！

我举目去找其他同事，老板娘看穿似的解释："他们都不好意思出来，觉得自己汉语太烂了，怕你笑。"

鼻尖有点酸涩："对不起，老板娘，让你费心了！"

老板娘摇摇头："我不知道你身上发生过什么，但我知道你有时候会被回忆羁绊。其实我们每个人都一样。我喜欢克赖斯特彻奇，我从小在这长大，2011年我们经历了6.3级大地震，现在谈起都心有余悸。但是你看，这个城市正在愈合，我们依然笑面人生！我相信你也可以的。"

我点点头，老板娘把躲在后厨里的同事都喊了出来，他们一个个露着娇羞的笑。

很久没有流过眼泪了，我都快忘了它咸涩的滋味。但是有时候它不完全是痛苦，它包含了太多语言难以企及的含义。我一遍遍擦拭着泪水，一口口吃着蛋糕，像要消灭掉自己的怯懦、柔弱和自艾自怜。我在一个崭新的环境里，在一群可爱的人当中，我赋予这一刻幸福的意义！

…………

2014年3月20日

上海变化太大了，确是物是人非了。但我在这个城市的回忆，最后定格的瞬间是非常不堪的。我继续接受心理咨询治疗。在何医生的帮助下，睡眠慢慢恢复。

我很感谢父母对我的生活没有加以评判和干涉，他们接纳了我的所有决定。

直到回国，我才知道为琛的生意做得很大。

我到他公司工作。为琛已经48岁，在他这一路积累财富的过程中，他身边的亲朋好友也日渐凋零，他经历了太多险恶人心，失去了很多故交知己。他说人本来是不坏的，钱本来也是不坏的，可是人和钱碰到了一起就会变质了。而我想陪在他身边，哪怕我对于他只是很微弱的支柱。

…………

2016年2月3日

很久没写日记了，因为今天碰到了非写不可的理由。

晚上，为琛让我去接他……没想到会在饭局碰到老同学。

为琛招手让我进去，我和座上每个人礼貌点头，他就坐在宴席中，我脱下外套坐下来的时候，看到了他，我的高中同学——姜柏尧。我愣了一下，动作显出没有必要的缓慢，一面看，一面回忆，我不确定他有没有认出我，我假装无意将目光扫向他，而他的视线一直和我失之交臂，他专心致志在听为琛讲话。

他们继续谈方案，为琛没有介绍我。后来我离席去补妆，从卫生间出来时，看到姜柏尧竟然就在门口。他看到我笑了笑，我迟缓地也笑了笑，那就是互相的认证了。

他说好久不见。

真的好久了。

他说改天聚聚，很官方的交际辞令，我说好。我们互相加了微信。然后他跟我道别。走得很决绝的，真的只是来打个招呼。

为什么我的心里有些不安呢？我说不上，大概是女人的第六感。

2016年2月6日

姜柏尧来找我了,他说有东西要给我。

我不觉得他那里会有我需要的东西,但我还是赴约了。他在读书的时候帮过我。

我们约在半岛,我准时赴约,但他比我还早,桌上已经点了一圈冷盆。

他给我的是一封信。上面写着我自己的名字。我立马想起来了,是十多年前我写给自己的信。我拿在手里看了看就塞回包里了。他疑问我为什么不拆。我不用拆,我清楚记得自己写了什么。也不想去看了。

他说看到我能这样很欣慰。我笑了,对他说,如人饮水吧!

姜柏尧说努力地活着就很好。我觉得他变了,穿着布里奥尼的定制西装,他的目光是社会人的精明锐利,说辞也是生意人的机敏。他看人的眼神不再纯粹清澈,不是那个"情窦不开"、衬衣如雪的少年了。毕竟十多年了呀!我自己又何尝不是如此?可我心里还是感叹了一声。

我八九分猜出他找我的目的,只是等着他说。他很机智,话说得由远及近,态度循序渐进,像一帖药,由温趋烈。他让服务生开了瓶不菲的红酒。给我倒,然后笑着,把话带到核心,不疾不徐,水到渠成问我为琛平时有什么喜好。

他的意思含含糊糊里已经过滤得很明确了。

我客客气气告诉他,为琛生意上的事情,我一向不过问的,为琛会选哪个乙方全靠作品说话。

他笑呵呵又把话绕远，没有一句话会从他嘴里落地，全都飘着浮着，带着催眠蛊惑的魅力。他真的成为一个了不起的大人了。

我说"你变了"。他笑出了一点丑陋说："你也变了。"

他说得对，我变了，我和一个比自己大一倍的男人在一起，多少人和他有一样的揣测。见我沉默，他又机灵把话揉回去说："变化是常态，十几年一个人一点进步都没有才可怕！你说是不是？"

我再待下去对彼此都无益，我索性把话挑明了，对他说不要在我身上浪费那么好的酒了，留给对他更有价值的人吧！他低下头不吭声了。他这样的老油条不至于如此皮薄的。

我拎起包，披上大衣和围巾走了，走到门口听到"砰"一声，他一口气喝完一杯红酒，将高脚杯磴到桌上。或许是光线昏暗，那个背影显得有点颤动。

2016年2月27日

今天和为琛吃饭的时候，他问我那个假日酒店取什么名字好，我到底还是多嘴关心了一句，问他选了哪家设计公司，果然是CPK，也就是姜柏尧任职的那间事务所。

为琛说："那个小孩挺卖力。"我问"哪个小孩"。他说"就是那次吃饭一起的，年纪轻轻已经是项目负责人，作品很有灵气"。我咀着饭不说话。他又接着说："听他领导说，他爸癌症末期了，也不回家，一心扑在工作上，天天通宵。"

我听完挺难受的，很久没有过这种难受的感情了。

2016年3月2日

我想了三天,还是决定和姜柏尧见一面。

我微信问他什么时候方便,他隔了大半天才回我。

见面的地方就定在他公司楼下的星巴克。我开车去五角场找他。

姜柏尧按时到了,胡子拉碴,一张隔夜脸,额头上还贴了张邦迪。

我先恭喜他竞标成功,他淡淡笑了,手里玩着打火机,咖啡一口没喝。虽然脸上写满疲劳,但依然很警备我的来意。

我确实来得仓促,没有想好上次不欢而散后,感情上的衔接问题。但他的时间看上去是很宝贵的,我只好很俗气开口问他头上的伤是怎么回事。

他下意识地摸了一下,好像我不提,他都不记得自己额头上有个伤口,他身体软了一些到座位上,懒洋洋说:"爷老头子火气大。"

我逮着机会问"伯父怎么样了?"

他终于拿起咖啡喝了一口,目光飘飘忽忽的,他说:"老头子不让我天天在他面前耗时间,让我没有一个像样的作品就不要回家。"

当了母亲之后,我对父母的这份感情更有体会了,他爸爸大概不想让他看到自己痛苦的样子吧!姜柏尧肯定也是懂的。

我问那他现在住哪里。他说有时候在公司将就,有时候就住回山阴路老房子的亭子间。

我让他注意身体,他点头,眼睛里的血丝跟着一起摇晃。我知道他不会听,他从小就有一种潜伏在温暾下的不驯。我说我有时间去看看于老师。他笑得很敷衍了，他也知道我不会去的。他莫名其妙说，看到我这样很好。

我也不知所云说谢谢。

虽然是毫无衔接的对白，但又好像心里都明白彼此语义不明的话的。

他打着哈欠，我不好意思再耽误他的时候就和他说再见了。
…………

2016年3月25日

生完孩子以后，身体大不如前。爸妈让我去找一个老中医看看，回到上海，鼻炎也跟着我一起回来。我戴着大口罩，走进候诊区。一个女人正好从诊室出来，穿着明黄大衣，皮肤白得发亮，指尖钻光闪烁。她低着头，我们俩胳膊相撞，她回头跟我说了声"对不起"，匆匆而去。几乎是在一瞬间，我感到自己心脏沉下去又浮起来，来回反复了好几次。我愣愣站着，泥塑一样，看着那女人走远。

我没想到自己会在一刹那就能认出她。我缓了很久，才恍惚着走进诊室。李医生40多岁，或许更年长，但中医的年纪总是猜不到的。她笑着跟我寒暄，问了问爸妈情况。我客客气气回答。熟人的熟人，是最牵强的关系。

我想了一会儿，问她刚刚那个穿黄大衣的女人什么病。她表情迟疑了一下，又笑了笑，说没什么，调理身体。

我没有穷追猛打，没有借口也没有理由。李医生给我搭脉问诊，露出一大截手腕，金光闪闪，我夸她的手表很好看，她突然不说话了。一声不吭打着字。把病历本从打印机里拿出来的时候,她突然又跟我说起小鹊,她说那个女人排卵障碍,但是婆家急着要孩子。

我问她"严重吗?"

李医生踌躇了下,问我和林小鹊什么关系。这个名字从另一个人嘴里被说出来,好像我们的前世今生被复习了一遍。

我不想引起麻烦,谎称她长得像我同学爱人。李医生静默了会儿,扯了两下袖口,对我说:"排卵的问题可以调理,但是另一个问题比较难。她经常心悸昏倒。"

我很惊讶,从来也没听说她心脏不好。李医生很无奈摇摇头:"我推荐了中山医院的医生让她去看。她不肯。"

我问为什么。李医生把病历本给我,耸了下肩说她也不知道,连排卵问题也不治,就是每个月过来报道,配点无关紧要的中药。

我一路走回家,一路疑惑。

此时此刻,我坐在书桌前,把这一切都写下来的时候,我顿时憬悟过来。儿时那个童言无忌的玩笑,她竟然当真!空气里弥漫着厨房传来的中药味。我受不了这房间的沉默。

"傻瓜!"我蓦然叫出声。没有人回答我,炉上的药潽了出来……

…………

2016年12月8日

29岁生日,为琛给我买下J&Z的一个保险柜,他说"我的小姑娘长大了",如果到了想实现梦想的时候,就给自己设计一样东西锁进去，J&Z会永久性为我保存。

  我知道，他是想让我给自己设计一枚婚戒。我很开心，但我还没有做好准备。

  晚上，我看着闪闪发光的保险柜钥匙，突然又想起了她。每到生日，我都会不由自主想起她，我们俩生日只差七天，那时候知道彼此生日如此近，都有种上天注定的迷信，年轻的少女，真的太容易快乐了。后来才知道，生日再近也敌不过两颗心渐行渐远。

  …………

2017年3月19日

  再次和姜柏尧见面是一年后了，纯属缘分。

  那天下着大雨，我在公司工作到晚上十点多，接到我妈电话，说女儿突然发烧，医生说疑似肺炎，要留院观察。为琛出差，司机放假。叫车软件提示要等半个多小时。我守在公司大门口，看着大雨滂沱，心急如焚。

  姜柏尧下楼，我都没察觉。直到他喊我，我才看到他。

  他戴着眼镜，手里拎着电脑包，脸色也颇疲惫，一看就是过来开会的。我仿佛看到救星，让他送我去一趟和睦家。

  幸好女儿没事，挂了针就退烧了。

  他知道我有女儿很吃惊，说他没想到我都当妈妈了。我自己也没想到。当时还在读珠宝设计课程，纯属意外，我并不想要，但为琛执意要我留下孩子，他说不会让我和孩子缺别人一样东西。他确实做到了！

他问我女儿的名字,我告诉他,女字旁一个爱。我以为他会纠正那个字不是"爱",毕竟他母亲是语文老师。不过他没有说话,他是明白这个名字意义的。

他抱起媛媛,逗着她玩。媛媛似乎也很喜欢他。才3岁多,已经开始喜欢所有好看的东西了。

我让我妈先回家,也让他回去,但他坚持要留下陪我,半带玩笑说:"难得有这样的机会拍拍甲方马屁,你就让我好好表现表现。"

他跟着我一直等媛媛吊完水,然后送我们俩回家。

那时已经凌晨两点了。街上几乎没人。我问他累不累,他说习惯了,刚入行的时候,每天画到凌晨三四点,回家睡三个多小时起来继续拼。有时通宵画完直接出差送图给甲方看,收完修改意见回来继续连轴转。

我说他这样身体吃不消,中了标以后会更累。

他说能中标是要烧高香的,经常连续高强度加班一个月,结果陪太子读书,其实人家早内定好了。

我听了很吃惊,问他"这样不算违规吗?"

他倒一脸很看得开的样子,笑着对我说:"这里面花样经①多了!有些甲方让心仪的大事务所做完文本,假意不满意,其实转头就盗取设计方案给别的小公司做;有些设计院知道这个标书没希望就找点新手菜鸟练练手。刚毕业的时候还倾心倾力的,做着做着就知道里头的门路了。"

---

① 上海话指花招。

我一时无言,看着他因疲惫而消瘦下去的两颊,心情复杂。可能他不是变了,而是长大了,学会了这个社会的规则,花最少的功夫去博得最大利益,为之后的艰辛储蓄体力。回到上海以后,我才发现这里的工作、生活节奏真的很快,根本没有胡思乱想的时间。

车上放着披头士的《金色梦乡》。

Once there was a way to get back homeward.[①]

我突然觉得热泪盈眶,抬手去摸,并没有眼泪,可是心跳得很快。这是我第一次听这首歌,却好像有莫名的回忆游弋起来。

我问他就没想过找一个人。以他的条件,并不是难事。我相信他是知道当年小鹊对他的心思的,哪怕当时不知道,长大了回想青春时也会恍然大悟。

他揉着头发,把眉毛皱起来,脸上倒是笑开了:"我这么好的男人,做老公可惜了。"

我说他是一心只读圣贤书,什么颜如玉也不入眼。他夸张地"唉"了一声,油腔滑调,从后视镜里看着我说:"没办法啊,喜欢的女孩子不睬我,跟大富商在一起了嘛!"

我和他也到了能开开暧昧而无伤大雅的玩笑的年纪了。

后来他跟我说起正在做的假日酒店,问我对那个酒店名字有没有想法。为琛已经大致把确定权给我了,但我并没有什么想法。姜柏

---

① 曾有一条路通往故乡。

尧让我拿后座电脑包里的文本看看。我抽出来，借着顶灯看，看到项目的名称时，一时无言，心口仿似被熨烫了，嘴里却什么也表达不出来。

他问我这个名字怎么样。他说为琛还挺喜欢的。他说话时脸上洋溢着得意。

我问他，这名字是给为琛取的还是给我取的？他轻咳了一声，笑了笑，狡黠说："就不能是给我自己取的？"

我告诉他就用这个名字吧！我喜欢！

他很满意笑了，好像早预料我会喜欢。

我问他能不能把这文本给我。他说这只是第一期初稿，后面还改了许多。我说我就要这个。

…………

2017年5月5日

这两天，眼皮一直跳，果然劳动节刚过，就出事了。

今天陪我妈配眼镜，下属安妮打我手机。她是个很活络，会看山水[①]的小姑娘，知道我不喜欢私人时间谈工作。除非十万火急，否则不会节假日联系我。

果然，我一接通电话，她第一句话就急匆匆说："南兮姐，标书有问题！"我还没反应过来，安妮已经急着解释，"就是那个假日酒店！来了两个人，在公司闹呢！要见负责人。"

---

① 上海话指善于察言观色，领会别人的意思。

我立即意识到问题不小，拦了车直奔公司。

到了公司，两个衣着不讲究的男人在大会议室里踱步。安妮很及时把我拖到办公室跟我说，当时竞标的三个方案文本其实都是CPK公司做的，他们借了其他公司的公章，伪造了两份做得粗糙的标书，确保自己中标。现在人家公司的人过来检举了，就是会议室那两个人。

我想想也知道是钱没给到位，闹内讧了。我让前台不卑不亢打发了那两男人。心里有点打鼓。我问安妮为琛知道了没有。她说"还没敢上报宋总"，等我来核实再做决定。为琛最忌讳别人骗他，不喜投机取巧之辈，我也不敢阳奉阴违。

为琛知道以后果然很生气，立即和CPK两个合伙人召开紧急会议，因为对方也没法自圆其说，他回来以后就拟了工程师函发给对方终止合同，那时候酒店已经开始施工了。

2017年5月8日

为琛重新召集投标会，他在工作上一向杀伐果断，他推翻了之前的方案。工程部的几个负责人也被问责。

下午去接媛媛，我的心里总有些说不上的忐忑不安。在幼儿园门口遇到了姜柏尧。他问我有没有时间聊两句。我让司机先送女儿回去。我和他去附近咖啡馆。

他看上去很颓废，头发乱蓬蓬的，胡子也没刮，双颊深凹，好像一下子瘦脱相了。两条腿从坐下开始一直不停颤抖，带动整个人都晃晃悠悠。我有点不敢看他，专心搅着手里的咖啡。

他用手不停摸着脑后一缕头发，他从小到大都有这个习惯，只要一紧张就会摸后脑勺。他看着我,双眼熬得通红对我说:"南兮,我不能失去这个项目的!"嗓子完全是沙哑的。

我知道他为了这个项目呕心沥血,但我站在公司立场,又能怎么办?我还没开口说自己无能为力,他突然伏下身体,脑袋低得很低,他说他爸快不行了,他想让他在离开前看到自己的作品。他用袖口擦过眼睛,他不想让我看到,可是他的哽咽我听得清清楚楚。

我想到了那个中午,当我在班级中孤立无援,是他毅然决然站起来。我的眼眶跟着他一起湿润。

我心软了,但我嘴不能软。

我问他,骗标的把戏他有没有参与,他像没听到,隔了会儿才抬着浮肿的眼问我,如果他说没有,我会不会相信他。我们俩刹那就把话聊死了。僵持了一会儿,我说:"我知道这个世界很肮脏,有很多潜规则和黑暗面,但是我不想姑息,我不姑息不是因为我有多正义,只是因为我觉得如果大家都变成那样,那对那些认真踏实在工作的人太缺乏公平和尊重了。"

他说:"我知道了!"问我还有没有挽回的余地。

我说为琛明天晚上就要和对方签合同了。他让我给他十分钟,只要让他和为琛谈十分钟就好。如果为琛依旧维持决定,他也心服口服。我想他大约是想要保住方案。

我知道我不应该,但是我答应了他。

回到家,媛媛有点发烧,我给她物理降温,一晚上没怎么睡好。做了很多稀奇古怪的梦。

凌晨三点多,我起来吞了两片安眠药,希望能睡上几个小时也好。

我翻到下一页,一片空白,再往后翻,什么也没有了。

日记就写到这一天。但我心里有一场巨大的风暴在慢慢筹备。我合上日记,怔怔愣了会儿,我的逻辑和归纳能力不足以消化讯息后找到精准的感情来抒发己意。我抽了一根烟,烟抽一半,姜柏尧回来了。我将日记本还他,手还有点发颤。

"后来呢?"

他没说话,开开关关玩了会儿打火机,把彻底冷掉的美式喝掉,他和小时候一样,一点不怕苦啊。他提出让我陪他走走。走是没有什么意义的,但走的过程、走的时间可以给他的坦白做铺垫。我们沿着外滩一直走、一直走,他声音变得很低:"第二天晚上,我去找南兮,她按照我们说好的绊住了宋为琛。宋为琛当时很不高兴。不仅怪我,还怪南兮,但我软磨硬泡,他最终答应给我半小时时间。"

"那天出什么事了?"结局已经摆在我面前。

姜柏尧突然身体慢慢往下降,我惊了一跳,看他蹲到地上,一动不动。我问他是不是不舒服。

他一手支着下巴,一手摸着头上的针织帽,短促而诡异笑了一声,可是脸上没有一丝笑意:"看你每次都蹲在地上哭,我也想试试看,看看能不能哭出来。"

我魂不守舍看着他,脑子里是紊乱而空洞的,愣愣跟着他一起蹲下身,问题到嘴边了又缩回去,只好无措地看着他,看得焦急又恐慌。

他嘴唇微微颤抖,脸色苍白,目光飘忽了许久又收回来,落到他自己的影子上,嗓子像笼了一层雾:"我开车带他们俩去签约地点,我太想要那个项目了，在车上抓紧机会跟宋为琛解释，这时候迎面冲过来了一辆集卡……"

我牙齿不听使唤发颤起来，像看着南兮的生命进入倒计时。

姜柏尧的脸慢慢埋进自己的两条胳膊里，声音闷闷："宋为琛当场就没呼吸了。南兮伤得很重，我铆足全身力气把她抱到医院，在抢救室门外等了很久。"

落日就在天边，炽热如火，晒得我睁不开眼，提不上气，我呆愣而无措听着，觉得每一个下一秒都在延续这种哮喘似的闷呕感觉。

"医生说失血过多，救不活了。"

我还在期待什么转机，南兮的人生已经结束，已经结束了。我咬着下唇，脑袋像被剜掉了一块，从头皮开始发麻，麻到全身。

姜柏尧给自己换了口气，继续说："你知道最奇幻的是什么？是你老公和薛微那天也在医院。"

我看着他驼色鞋尖随着他摇晃的身体前后颠簸，我缓住那种哮喘似的气短。

"姜柏尧，我很想怪你，真的很想。可是我知道自己没有资格。"

他的眼睛通红如血，我看着他，他也看着我，我在他眼睛里看到了巨大的痛苦，像一面镜子，照出我自己。我们都快坚持不住了，猛然的一瞬间，我一直在死死强撑的东西坍塌了，喉咙里发出一声嘶吼，随着这一声嘶吼，眼泪簌簌往下淌，我"哇"一声哭出来："她怎么不带我一起走？！" 我脑袋连着拳头一起跌到他羽绒服前襟上，金属的拉链磕在额头，双手拽着他两只胳膊，我抽搐着身体猛烈大哭，像要把生命里全部的能量都延迟补偿给南兮。

"我还欠她那么多,姜柏尧。她怎么可以一声不吭就走了?她应该带我一起!"我冲着他抽抽搭搭喊,"她回来那么久,都不愿见我一面。我知道我坏,从小就嫉妒她,我现在还嫉妒她,嫉妒她死了,而我还那么丑陋地活着。可是我又爱她,你知不知道?没有她在的人生我一点都不想努力。"我脑袋像在经历一场高烧,所有不合常理的字句都往外蹦。他看着我,眼睛里的锐利荡然无存,他的眼皮一点点覆盖细长的眼睛,答非所问:"真羡慕你啊,还能哭。"他的脸色苍白,目光飘去看远处那栋废楼。那栋楼和他的人生一样,一直在停工中。他叹息了一声:"我爸死后,我就没有眼泪了。"

外滩整点响起了《东方红》的旋律,接纳着为数不多的游客露出的新奇欢乐,游客们看着这个历经风霜的城市,看着留下租界痕迹的不朽建筑,看着巍然屹立的陈毅雕像,报以无所谓的笑容。他们什么也不知道,或者他们不在乎要知道。

姜柏尧歪头看着我,眼神有一些滞留。似乎在思索探寻什么,然后慢慢凝了眉峰:"你和她身上有一样的气味。很淡,我说不上来……像是某种茶的味道。"

"白茶?"我看到他的眉毛展开了。"对!是白茶。"我心里某处被击打了。

"是洗发水吗?"他问。

"嗯,一款很老的洗发水,很久以前的牌子了。"

我问他要了根烟。他也抽了一根给自己,两个人摸了半天却都没找到火。我想起来他的打火机落在了露天咖啡馆那里,只能难受又气馁地把香烟夹在指尖。

"手表是南兮的遗物？"

他点头："她一直戴着。"

啊，一直戴着啊。香烟在我手指里有点扭曲。

我们俩长时间没有办法交流。

我问他后来他爸爸怎么样了。

他隔了一会儿说："我推着他来这里看了那栋楼，本来想骗他还在建。可是不知道为什么，看到我爸看得那么认真专注，问了我好多细节，我想这可能是他生前最后一段回忆了。我就忍不住哭了，我一哭，我爸就明白了。我蹲在轮椅前跟我爸说对不起。我爸啊，他却笑了，牙齿都没了，还笑得那么开心，他拍着我的肩膀跟我说，人生本来就是有很多遗憾的。父母的责任就是帮孩子跨过这些遗憾。他啊，乐呵呵跟我说'没事！多失败几次就好了'。我推他回去的路上，他走了……"

我擦着泪："于老师曾让我劝劝你，你到现在还没有回家里住吗？"

他把烟放进嘴里嘬了一口才发现没有火，咳笑了一声："我还没有像样的作品啊！"眉毛是皱着的。

《东方红》又响了起来……

当下

2020年4月4日 雨

清明快到了，我想去看看南兮，我问姚女士要了地址，南兮葬在祖籍苏州。在出发前两天，姚女士给我打电话，想和我一起去。

今天下着雨，我一大清早开车到他们楼下，除了南兮父母，姜柏尧也在。

南兮的爸爸老了很多，两鬓霜白，体态臃肿而迟钝，眼神浑浊黯然，像被抽走了一半灵魂。他一路上都不怎么说话，姚女士告诉我，南兮发生意外，她爸爸受了很大打击，中风过一次，后来治好，身体精神都大不如前了。

最后还是由姜柏尧开车，路况并不好，堵在高架上。

姜柏尧今天格外沉默，萎靡而黯淡。我打开音乐，播的是谭维维的《相爱的那天》，冯小刚电影《只有芸知道》的主题歌，歌声空灵缥缈。

电影是我一个人去看的，看到罗芸对东风说："半路上留下的那个人，苦啊！"我便哭得肝肠寸断。

我问姜柏尧有没有去看电影，他摇头说没有。我问他多久没有去看电影了。他不作声了。

我看着面前一动不动的蜿蜒车队，有种很奇异的心情，有谁会想到某一天，我会和姜柏尧还有南兮的父母在一辆车里呢？车厢里有轻轻的鼾声，我看着后座两个合眼而睡的老人，轻声问姜柏尧："你说我们这种坏人，大概不可能得到幸福了吧！"

他想也没想就点头。我说他真的一点机会也不给我们啊。他看着路说："正在幸福里的人察觉不到自己幸福，而不幸福的人会夸大自己的不幸。所以确切说，世界上很少有人觉得自己幸福。"

我笑了一声，说他诡辩。

他不反驳："人生那么多关要闯，不诡辩一下，怎么能哄着自己过一辈子？"

他撒谎啊！我侧过脸去看窗外，室内温热，窗户起雾，像涂了层乳胶，什么也看不到。但回忆阻不住。

那天我去找姚女士，我曾问她，出事的时候恨不恨姜柏尧？

她坐在阳台小板凳上剥毛豆，一只红色的网编篓筐放在脚前，她没有正面回答我，而是叹了口气，语气凄怆："法院都判他无罪了。卡车司机酒驾，全责。人已经没了，恨有什么用？他还好好活着，单单是这点就不想看见他。"

我没有办法决定自己的立场，坐到她身边想和她一起剥毛豆，我已经很久没做过这样细碎的家务，过年前做的指甲还鲜红地生长着，残留的零星几颗钻还攀附在长长的指甲上。我捏着一个毛豆，不舍得放掉，那毛豆很好，饱满翠绿，充满了一种让人喜悦的生机和完整。

姚女士始终低着头，脸上是无力抵抗的疲惫，她浑浊的目光久久盯着手里的毛豆："他那时候老来我们家，想要补偿。我们烦，怎么打怎么骂他还是来。怎么补偿？他怎么能体会失去孩子的心情？"她声音透出克制过的愤慨，两颗毛豆从篓子里跳了出来，她默默地把它们捡进去，低语，"我跟他讲，没失去过最宝贝的东西，根本不能明白我们的感受。要他不要再来了，别浪费时间希望我们原谅他。后来他真的不来了，我想他放下自己的内疚了，心里还有些怨恨的。可是过了两个月样子，他又来了。我很吃惊，问他还来做什么。他说他已经放弃最珍贵的东西了。"姚女士抬起头看我，眼里凝结着无奈，"那孩子辞职了。说他以后不再当建筑师了。"

毛豆还在我手里，我摩挲着、揉捏着，水钻磨到翠绿的边沿有点蔫。

我找到了最后一块拼图,看到了姜柏尧变化的全貌。心里有一种复杂的情感。

毛豆都剥光了,姚女士娴熟分好干湿垃圾,站起把阳台的百叶窗调亮,光和凉意一起灌进来,她洗着手,声音在淙淙水声里:"你问我现在原谅他了哦?我回答不了,因为我总是会想,如果没有他,我女儿也许还在,但人非草木,为人父母怎么能不设身处地想到他的父母呢?这么个前途光明的孩子就这么糟蹋自己,我们又于心何忍?"

水声停了,她用套着袖套的手肘拭过脸颊,想要擦什么,其实什么也没有:"我和南兮爸爸都老了,会一天比一天更力不从心。万一我们走了,媛媛怎么办?阿尧这两年对媛媛的付出,我们都知道的。南兮爸爸身体不好,也是他在照顾。人已经没了,我也恨不动了。"

我看着脚下一箩碧绿的毛豆,也有豆大的东西从眼睛里闯出来,我用手接住,避免滴进箩筐里。

他这个骗子!不是说要学会诡辩吗?分明就没有学会,分明在幼稚地用自己的人生偿还给南兮。

下午两点多,终于到了苏州。这里也是阴雨霏霏,又潮又阴。

姜柏尧不上去,在车里等我们。

我带着二老一步一停,南兮爸爸还穿着冬衣,走路蹒跚,却不要我们扶。我们走得很慢,地上泥泞而湿滑,雨水渗进鞋子里,袜子都湿了,越走越冷。

南兮的墓碑在半山腰的地方,我走过了,姚女士喊住我。我回头的时候,看见她对着墓碑很轻柔说:"阿囡,爸爸妈妈来看你了。"她憔悴满面，拿出一块手帕，俯身擦着墓碑上的照片，嘴里低声说着什么，像是母女间的悄悄话。

南兮黑白的照片印在小小墓碑上，雨雾朦胧里，她微笑着看着我们，这是我第一次见到成年后的南兮，她还是那么美丽，比小时候更俊秀，她那双慧黠明亮的眼睛静静看着我。雨水噼里啪啦砸在伞上，像我的呼吸、我的心跳。我在心里和她对话，我来了，南兮。我来晚了。对不起，这是迟到很久的一声道歉。我永远也得不到你的原谅可能就是老天对我最大的惩罚了。太多的感情不能遵从我们的期望发展了。

南兮爸爸也走到了，他喘息着，弓腰把一束白菊花放到碑前。在南兮的墓旁边还有两个墓碑紧挨着，墓里是空着的，但是字已经刻好了。多年以后，我身边的这对老人会在这里陪伴她。

南兮爸爸让我们先下去，他要再坐一会儿。我和姚女士一起原路返回，姚女士说："他大概是想和女儿单独说说话吧！我们欠这个孩子的太多，她小时候，我们一心扑在事业上，对她的关心太少了。"现在回忆起来，那时候南兮的父母总是不在家的。

清明时节，扫墓的人不少，陆陆续续有人上来。大家在一种凄凉的目光里黯然对视，想要给同样痛失所爱的人一点微弱的鼓励。

雨停了，我们收了伞，并排走。我看着脚下的路，有一些话再也无法隐藏。"阿姨！"我停下步伐，叫住她。"当年……"我握着伞柄的手不受控发抖，我鼓足勇气接着说，"我也有份。"

她起初困惑看着我，我努力迎接她的目光，不做任何诡辩。她很快就从我的表情里读懂了、明白了，她低下头，沉吟了一声，低声说："我知道。"

我惊讶了，她看向我，目光浑浊："看到你名字，我就知道了。南兮一直提起你的。"

我忍不住哽咽："我们曾经是最好的朋友。"

"我想也是！"她弯过身，继续往下走，我追上去。她叹了口气："我们一样，我也有责任。我们太忽略她了。总以为小孩子调皮闹闹总归有的，过两天就会好的。不断鼓励她融入集体。升上高三，她食量减少，掉发严重，人瘦了很多，经常半夜噩梦惊醒，我们才意识到出了问题。"

走下山路，回头看见南兮爸爸蹲在墓前，佝偻的身体在雨里颤抖。我明白姜柏尧不上来的原因了。他怎么忍心看到这一幕？

回上海的路上，出太阳了，蓝空里隐隐约约伏着一道彩虹，阳光晒着潮湿的地面，我的眼睛被阳光灼着，有点受不了，闭上眼，不多时，便入梦了。

梦里暖暖的风如羽毛轻柔刷过面庞，窗外的桑葚果实累累，高年级的男生在打篮球，五班的女生在领操台上彩排舞蹈，黑板上还留着物理老师写了满黑板的光学公式……

夏日的阳光晒得头顶微微发烫，翻完《灌篮高手》最后一页，我叹了一口气，又不知道该说什么。心里好像有一只煮得半熟的鸡蛋，蛋黄又烫又嫩地摇曳着。

南兮在我身旁，问我怎么了。我说湘北输了，最后的夏天结束了，感觉心里空荡荡的。她粲然一笑："可能青春注定是会有遗憾的吧！"

她的话像一根针扎了我一下，这疼触发了内心一种未知的恐惧。她把一只耳机塞给我，我伏在桌上，懒懒看着窗外摇曳的梧桐叶。

"好无聊啊！"

南兮和我相对伏桌，她道："也许长大就不无聊了！"语气没有什么把握。

耳机里正在播时事新闻：

又有一名男童状告迈克尔·杰克逊对他实行猥亵，法院将针对数十项罪名，进行调查取证工作。

湖人队科比卷入性侵丑闻，和奥尼尔的矛盾日益激化，不排除有离队可能。

我感慨："但是长大了，人都变坏了。"

她撑起脑袋，看着我说："或许是周围的人变了，真相不见得是表面的样子。"

我问："那你想长大吗？"

她迟疑了一下，摇头："如果长大了，藤真就比我小了！"

我深以为然："那倒是！我说什么也不能想象我们有一天会比大猩猩还老。"说着我们都笑了起来。

暖阳从树梢间晒进来。南兮搁下耳机，看了窗外一会儿，喃喃："学期要结束了……"说着缓缓朝门外走去。我惊讶起身："怎么了？"

她轻盈得像一阵烟，走到门口，回头冲我莞尔一笑，可眼睛里水亮亮的，我遽然悲从中来。她说："小鹊，我要走了，你长大了，可以勇敢地面对一切了。我以后就不来看你了。"

醒来时，我出了一身汗，车窗外天已经完全黑了。

车厢里还在放《相爱的那天》，歌声凄婉，仿佛有人低声轻诉：

如果有天

　　梦里出现

　　那是云想说

　　随风来生见

　　准备了永远

　　没准备再见

　　…………

　　南兮，现在是2020年4月，我已经比藤真健司大14岁了，也比你大3岁了，以后我会慢慢变成你的姐姐、你的阿姨，甚至你的奶奶……

　　藤真健司，永远17岁。

　　我们的友谊永远定格在17岁的夏天。

第十二章　薛微的自白

当下

2020年4月20日

  薛微曾问我会不会做噩梦，我说我不会！这是真的，我不做噩梦，但我几乎天天梦见南兮。我也想过看心理医生，但始终跨不过内心障碍。我在对她愧疚和对自己的宽恕里不断跳跃，总那么轻易放过自己，但反复回来的内疚也从不停止折磨，并且每一次都以更汹涌的姿态冲击回来。然后我只能用更强大的物质欲望来覆盖这狂狼。我早知道这种病态的转移方法总有失效的一天的，我好像一直在预演等候着那一天。像一个不知道自己死期的囚犯，只是在一种宁静的绝望里恣意作恶又默默等待。这种无畏多少显得有些狡诈，不是英雄豪杰般的视死如归，而是堕落之后，一点残存的良心在哭泣罢了。

  可是自从扫墓回来，我再也没有梦见南兮了，只是一夜一夜地失眠，胸口像压着垒起的石堆，哭不出也喊不出，只有漫漫长夜的折磨。

扫墓那天晚上，姜柏尧把二老送回家，最后送我。车开进车库，他大概是累了，很久才发现我依然靠在副驾上，一动不动。他疑惑看着我，我还是不动。他扭身松开安全带，走下车。

"你真的忘了吗？"我的声音来得有些急促。

"什么？"他在车门外哈腰看我。

我匀了气，走下车，他把钥匙交给我。

外面夜色冷清，月光如霜。我把放在心里很久很久的一句话轻轻压到嘴边："建筑不是用来瞻仰的纪念碑。"他愣了一下，有些震愕。我在他吃惊的视线里继续回忆着，边走边用舌头复习出下半句，"而是给予人们体验和感知的情感发生器。"

是的，这是他当年作文里的一句话，我一直记得。

"你那天很帅，站在领操台上，整个人都在发光。眼睛里装着坚定的信念！好像什么都阻挡不了你前进。你忘了吗？"

他嗤笑了一声，像吐出一口什么东西，然后用一种古怪的语调说："你有没有想过，如果我没有这个梦想，现在会怎么样？或许我们今天都不用去扫墓。你怀念那个胸怀大志的少年，可是我挺讨厌他的，老是一遍遍提醒我自己没实现他光明磊落的梦想，提醒我自己如今长成什么样一个大人，怎么害死了两条人命……"

"我怎么会不懂？"我打断他，我们两个停在一棵梧桐树下，树叶飒飒飞落，"才三年，你才三年，而我已经活在这种感受里十六年了！十六年啊，没有一天不后悔。只要当初我勇敢一丁点，结局都会不一样！但那又有什么用？我告诉你，这种感觉只会与日俱增。我们等不到她宽恕的，因为她永远也不会给我们答案了。能解救我们的只有自己的厚脸皮。"

他听着我说话，眼睛里弥散出月色般的朦胧，他继续往前走，目光去看大广场上跳舞的阿姨们，她们戴着口罩，却藏不住脸上的快乐，好像已经从那场席卷了全球的疫情中重生，他说："真是奇怪啊，有的事情一下就过去了，有的事情很久也过不去。"

"刚刚我在车上梦见她了。"我跟上他脚步，对他说，"她跟我道别。我知道她想走了，不想再被我们困在仇恨里。我们是不是该放手了？"

他静默着，庭院弯道上的鹅卵石浸润在月光里，斑驳而柔滑，他用鞋尖踢弄着一颗扁圆的鹅卵石，低头低语："你知道吗？我从小就挺贼的，装得好像对名次名誉毫不在乎，其实暗戳戳一直照着父母的要求在努力。毕业后也一样，渴望成为他们眼里有出息的孩子。心里始终拧着一股劲，好像不是为了要让他们骄傲，就是要向他们证明我是对的！"

我点头，深感为然。

"和南兮重遇后我才意识到自己变化有多大。大到她都觉得震惊。看来好好长大真的挺不容易的！回头想，我哪有资格说你？那次帮助她，想跟她同桌，大概只是因为我心里也有要反抗的东西。"他伸腿"啪"一脚将脚下那颗鹅卵石踢出去，石子骨碌碌滚，渐渐放慢速度，滚出随波逐流的节奏，他若有所思看着那石子慢慢停止运动，最终躺到街边，他说，"我知道结局会怎么样，大家都会一点点接受自己的过失，然后慢慢遗忘了被自己伤害过的人。可是我……还不想那么快原谅自己。"声音虽轻却透着坚定、执着。

这次换我沉默了。他继续往前走，他走了几米远回头看我："能重逢真好，有你记得我从前的样子就够了。晚安，林小鹊。"他迈入夜色，脚步声好像被月光收走。我想追上去,却又不知道该对他说什么。

薛微的日记:雪崩前的雪绒花

2019年8月25日

"只要想起一生中后悔的事,梅花就落满了南山。"

这首诗曾经出现在我每一本笔记本的扉页。

今天是外婆的大殓,来的人不多,那个男人和那个女人还有薛梓彦待在一起,像和睦美满的一家三口。他们确实是一家三口,那个男人是我父亲,女人是我母亲。

今天是外婆的大殓,世界上最疼我的那个人去世了,或者说世界上唯一疼我的人去世了。

爸爸喜欢妹妹,妈妈也喜欢妹妹。只有外婆疼爱我。

仪式结束后,我一个人回到外婆和我共同的家,坐在余晖渐渐凉下去的傍晚,太阳穴一阵阵刺痛,像被细针绵密扎着,中午吃的东西全堵在胸口。豆腐羹饭我吃了很多,坐在那一家三口对面,以前每次见到他们,都有排山倒海的情绪,可是今天,我只剩下疲惫,累得连撑开眼皮的力气都要积蓄许久,但我不能倒下,我要好好送外婆最后一程,像有一只猛兽在体内督促着我支撑下去,所以我不抬头,不交流,不思考,只是把菜一样样消化掉。

暮色四合,窗台上一盆月季开得风华正茂,娇艳美丽,一个朱红的小喷壶跌落在月季旁,还原犯罪现场一般,而水渍早就蒸发得干干净净。外婆就是倒在这里的。四周安静得太过头了,那花瓣摇摆的声音都好像在耳边撕扯住空气。

蓦然地,我想起了这首诗:"只要想起一生中后悔的事,梅花就落满了南山。"

你们做过坏事吗?

我做过!

我做过许多很过分的事,我故意伤害过别人。

从我记事起,爸妈便越洋去日本打工,而我一直和外婆住在这里,这个不足30平方米的小亭子间。我并非从小就是个缺爱的孩子,我得到过,我也曾是爸爸妈妈的小公主!常年压在五斗橱下的几张泛黄照片里,清晰可见我们一家三口其乐融融的模样,他们那样欣喜望着我,笑容温暖,我无法不信他们也曾将我视为掌上明珠。只是我很少能见到他们。我的生日在9月,爸爸妈妈每年都会在那一天赶回来给我过生日,陪我过了国庆假期再走,他们带我去商场、游乐园……每次都仿佛要把一年的思念和亲子之情浓缩在这短短十来天里倾注给我。这也是我最幸福的时光,那几天里我是个家庭完整、父疼母爱的快乐小孩,所以秋天成了我最期待的季节。

可是有一年生日,我的12岁生日,只有爸爸一个人回来了,爸爸告诉我,妈妈肚子里有了小宝宝,明年会和妹妹一起来看我,我虽然失落但想到会有一个妹妹,还是很开心。爸爸走了以后,我日盼夜盼,望眼欲穿,期待着在来年9月阖家团聚、共享天伦。但第二年,连爸爸也没回来。外婆说爸爸妈妈太忙了,但只要我乖乖听话,他们一定会来看我,所以我一直努力做一个老师和家长眼里懂事好学的好孩子。但事与愿违,第三年他们只回来了三天,短暂的三天,依旧去了商场、餐厅、游乐园,可是父母脸上的疲惫像怎么也驱散不了的阴霾,直到他们离开都没有化开。他们说明年再来,可后来,他们回来得越来越少、越来越少……他们每次失约,我都会得到一份新礼物,从玩具到名牌衣服,再到数码相机、最新款手机……15岁、18岁、20岁……后来每年的生日都只有我和外婆。我害怕收到他们的礼物。他们逐渐缺席着我的成长,我就更加勤奋刻苦学习,我要永远是别人眼里的焦点,只有这样,我的心才不会空,那些落在山坡的花瓣才能有颜色,爸爸妈妈才会依然以我为傲,我天真地、殷切地这样以为着!在这场亲子关系中,我像突然被踢出赛道的选手,早已失去了竞争能力。我在赛场外做着徒劳的努力,父母的天平一日日倾向另一侧。这种真实感对一个孩子来说实在残忍。她拼命努力却无能为力。在学校,我害怕开家长会,害怕所有亲子活动,害怕别人知道我是个没有父母的孩子,害怕他们异样的眼光。我害怕坐在人群里湮灭成一缕空气,害怕不够优秀会被别人代替。我开始讨厌那些与生俱来受人喜欢的女孩子。

讨厌她们的英姿勃发,讨厌她们恰同学少年的风华正茂,讨厌她们微微一笑就能轻易夺走很多很多爱。

亦舒说:"要很多很多的爱,如果没有爱,那么就很多很多的钱。"

那如果没有很多很多的爱也没有很多很多的钱该怎么办呢?可不可以把别人的爱夺过来一点呢?

我并不会一直孤独,终于我找到了一个同类——林小鹊!

她和我一样,她明明和我一样的,父母离异,父亲再婚,我渴望她,渴望我们彼此了解,渴望她化开只有我一个人在其中的黑暗,让我不再孤独。她应该懂我,也只有我能体会她的自卑和别扭,落寞与不甘。但她的眼里却只有楚南兮。

我讨厌楚南兮！我第一次深刻体会厌恶这种感情。如此强烈却找不到足够理由。

她没什么不好，人人都喜欢她，她有淡然恬静的气质，对旁人的欢喜有恃无恐的从容，还有和薛梓彦一样的笑容。我最讨厌的笑容。

我开始学会讨厌很多东西。我讨厌写作文，虚伪而浮夸；我讨厌背公式，乏味又枯燥；我只喜欢画画，喜欢能用自己的臆想把物体变得绚烂多姿，在这个维度里，我可以主宰一些东西。我太喜欢画画了，也同样渴望能画得好，能得到美术老师的青睐。每次我献宝似的把作品拿给她看，她总是笑笑，笑容里带着一些褶皱，然后放下我的画，说颜色真华丽。语气里并没有丝毫赞赏，就像外婆每次去菜场买甜椒时对于过度饱和的颜色流露出怀疑和不安。

果然这虚假的明亮是逃不过老师的眼睛的。

果然这五颜六色的虚浮也掩盖不了我身上的阴郁。

但是老师却喜欢楚南兮，喜欢她随意轻巧就勾勒出的明媚，喜欢她无须矫饰的自由与灵气。

他们都喜欢她，老师、同学、林小鹊，他们都毫不保留地把赞美送给楚南兮。她成了班长，她成了课代表，她成了升旗手，就像薛梓彦把爸妈从我身边抢走一样，我又一次一无所有了，被一个侵入者夺走一切。

我不甘心，我不要再一次变得孤独。所以，我要抢回来。

我坏吗？

你们大概都觉得我坏。

那一天，我把她关在厕所里。

我站在门外，敛声屏息听着她的动静，听她呼叫，听她哭泣……但她都没有，她安静得仿佛不存在。

我想哭，她在逼仄的隔间里安静无语，而我在宽敞自由的空气里，却难受得窒息。我感觉到我可能在做错事，但我不知道自己错在哪里，错在哪个环节。

我不该伤害她，但是我被伤害的地方为什么没人看得到呢？

我终究是个没有安全感的人。当小喇叭告诉我萧洋背叛了我，我第一反应不是愤怒，不是震惊，也不是难受。不是，都不是，而是一种"果然如此"的宿命感。

我从小就知道这个世界是不公平的，有的人与生俱来就能得到很多很多爱，而有的人，譬如我，却要用一生去填补这空缺。

人人都爱灰姑娘，有谁在意过那个宁愿把脚切掉也要套进水晶鞋的坏姐姐呢？

我很坏吧，我知道你们都觉得我坏。但我坏也是有心的，我也会觉得痛。

我很坏吧，但我也想做个好女孩，站在阳光里就能展露微笑，在自由公平的善意里阳光成长。

爸爸喜欢妹妹，妈妈也喜欢妹妹，只有外婆喜欢我，可是外婆不在了。

又快到9月了，我的32岁生日要来了。但今年怎么办？外婆的黑白遗像在五斗橱上微微泛出白光。我终究要变成一个人了，在这个孤立无援的世界里单枪匹马。

很久很久以前，外婆喜欢给我唱一首外国民谣：

> 雪绒花，雪绒花，
> 每天清晨欢迎我，
> 小而白，纯又美，
> 向我快乐地摇晃。

他们说雪崩时，没有一片雪花是无辜的，但是在很久很久以前，在雪崩发生前，它们也都是一朵朵白雪般可爱的雪绒花啊。

当下

2020年5月10日

已经是春天了，但风吹在脸上却还有点凉。

我知道自己还有一件事情没有做。

我打电话给小喇叭，说我想去看看薛微。她告诉我薛微手机号，我问她去不去，她"哎呀"一声，列举了许多充分不必要的理由，这些理由都可以列成一个完整的三级提纲。

有些人大概是永远不会变的吧！他们的变化，也只是在一个自我塑成的轮廓上"发扬光大"，内核无法改写，比如小喇叭！一辈子自私市侩，阿谀权贵，但这个社会又不能没有他们这些"热心肠"。或者说社会还需要依靠他们旋转。

我和薛微约在建成中学对面的麦当劳见面。建成中学已经不复存在，另一个高中迁徙至此，周围的老住宅区全部动迁，新楼大厦平地而起。以前每到暑假前,大门口总是弥漫着油漆味,刷了又刷,现在那个黑褐色的门不存在了,我们连母校都没有了。

薛微比我早到,清素着一张脸,面有菜色,坐在靠窗的座位:"这里一点都没有从前的样子了。面目全非了!"薛微看着窗对面的学校,那眼神颇有些看他起高楼看他楼塌了的沧桑。

她没有问我为什么找她,好像我的这次来访完全在她意料之中。

"你感慨什么,也不像是怀旧的人。"我在她对面坐下。

"这里有什么值得我怀旧的?尽是些破碎的回忆。"她把散落在窗外的目光悉数捞回来,两只眼睛浮肿着,细细眯起来,"听说离了?"

小喇叭真是个双面间谍。我从心底里佩服她!人超越了某些底线,就成了一种奇迹般的存在。我点着头自嘲:"是啊,我看男人不行。"

她哼哼着说:"是不太行!"她问我是不是都知道了。我不晓得她说的是陆昂和她,还是南兮和姜柏尧,犹豫的时间长了,就错过了最佳回答时机。

但她仿佛并不在意得到答案。眼神空灵而涣散,看着天花板,她的眼神让我想起很多年前那个体育室的夜晚。那天她也是这样仰着头,冰冷看着低迫的房梁,好像在计划什么,又好像在看一个早已尘埃落定的结局。我们像在一个没有外人的结界里,时间是凝固的。

"是来看我笑话的吗?"

"我有什么资格看你笑话?"

她蓦然问我:"你说楚南兮是被谁害死的?"

我不觉叹息了一声:"是谁重要吗?"

"重要!"她坚定,目光像滚烫的油浇过来,"姜柏尧?他只是最后一个出场罢了。雪崩的时候，没有一片雪花是无辜的。那些道貌岸然的为人师表者。他们真的想过要了解每个学生吗？可能抢一个职称名额重要多了。还有那些男孩子，不是都喜欢楚南兮吗？怎么不去帮帮她？还不是看着她一点点沉下去，大家重新选一个班长，就能把对她的伤害都压到脚底板。没有感情能持久。只要那个人沉下去了，没有人会关心她为什么沉，他们喜欢的是自己认知和臆想里的对方，一旦她朝着别的方向走，他们就会抛弃她另找化身。就像当初他们抛弃我一样。谁真的关心你？父母？朋友？老板？爱人？"她目光如炬，火热的泪逐渐汇聚，但她的表情依旧是凛然刚烈的，她嘴角的笑还是那样固执，"我就是要看看，看看你们这些人能卑鄙到什么程度！"

我呆呆盯着她看了一会儿，整理她刚才的话，仿佛呓语："你那么对南兮是为了报复那些伤害过你的人？"

"你说呢？"她故意看我，面上有骄矜之色，"楚南兮那种乖乖女，我对她一点兴趣也没有！"

我心里一阵阵翻腾着强烈的情绪，我花了一段时间按捺住，努力等到那种汹涌的愤意慢慢平息，然后我笑了。她问我笑什么。我摇着头："你啊，真是坏透了！"

她蔑视"喊"了一声，流露出精英白领的临危不惧："你自己呢？最擅长装无辜了。不要一副为她打抱不平的腔势[①]，你接近她的动机也没那么单纯。"

"我知道！我没比你好多少。可你就算继续演下去也不能改变什么

[①] 上海话指腔调、姿态。

了。"我慢慢站起来,"你两年前就知道了吧!你为什么不告诉我南兮当年根本没有死?"

她不笑了,也不说话了,水光凝结在脸上,神色复杂变化着审视我,像在按兵不动地试探。

"你不说,我替你说。你害怕吧?!害怕我从那场阴影里走出来,那么承受负罪感的就只有你一个人了。你啊,没有你以为的那么铁石心肠。"

她咬唇,双眼变得湿漉漉的,里面有火光跳跃。

我说:"再次目睹南兮的死亡,滋味一定不好受吧?!就好像又再杀了她一次。"我知道我在刺激她,但我并不快乐,我或许比她更痛。

她明显地恼羞成怒,恶狠狠瞪着我,扁平的胸口不停上下起伏。

我和她的目光对峙了几秒,发现她真的瘦了许多,或许是衣服太大了,瘦出一种营养不良感,头发剪得更短了,长出她本来的偏黄发质。目睹一个人的衰老总是很感慨,特别那个人还和自己同龄。我感觉和她相连的那一段回忆脉络正在发挥作用,能感知部分她碎末的情绪。

她在任何一段关系里都要争胜,如果失去了优越感,就会唯恐被抛弃,一来是父母在她年幼时离开,后来独宠她妹妹给她造成的心理创伤,二来在青春期又被优异的南兮夺去班长的位置,更加深了她成长中一些错误价值观的形成。

"薛微,"我轻柔喊了她一声,"你是施暴者,也是受害者。大多数攻击行为的发生是因为正常合理的要求不能满足。你曾经说过,我应该懂你,现在我告诉你,我懂。被父母背叛,老师误解,同学排挤……这些我都懂,那时的环境压制着七情六欲,没有地方可以释放,只能把这些积累的戾气发泄到别人身上。可是，混在罪恶里，也不代表我没罪，我能心安理得啊！小时候以为犯下的错都是可以被原谅的，以为那都是很小的、可以被时间洗刷的错误。其实都是自欺欺人。事情会过去，我们也会长大，但是良心的谴责是一生的。你会得病，而我不能有孩子，这些都不是偶然的。是我们做错事了，身体在惩罚我们。薛微，好好珍惜你的愧疚吧！或许南兮不需要了，但是你需要。"

她慌乱不安看着我，两只消瘦见骨的手抱着蜷曲的膝盖，手背上乌青一片，三四个密集的针孔在黯然的光里更加血红。我不忍看了。而她张着嘴想对我说什么，我知道她也看到了我的伤口。可她僵了很久，嘴巴又闭上了，最后一个字也没说出来，只有沉沉的两声呼气。

我捂着自己的胸口，苦笑："你放心吧！我啊，不会扔下你一个人幸福的。别误会，不是我不愿意，是我做不到。"日光慢慢从她脸上移走，周围阴暗下来，我们都没有再说话。

我提起包，悄悄离开。

"等一下！"她叫了一声，我停步望进去，她一动没动，让我一度怀疑发出声音的不是她。

隔了很久，她缓慢转过半边脸："我变成她的时候，是什么样子的？"

我愣住。

"真想看看啊！"薛微脸上舒缓出一种苦涩而松弛的笑容，"应该比薛微讨人喜欢吧？"

过了很久很久，日光又照回来了，我对她说："你输了，薛微。你没有打败她。她挺过来了。"

她冷笑了一声:"少骗我,我不需要!"

"我没有骗你,你需要的!"我坚持。她转过身体,去看窗外落日霞晖,消瘦的后脊微微颤动,然后低声嘀咕了一句:"今年是闰年啊!"

我转身的一瞬,一道银光刺眼射来,我遮了一下眼,觑着辨认,发现那是南兮的J&Z手表被反射出的光芒,它就戴在薛微的手腕上。

当下

2020年5月12日

一个人的别墅太大了,大得让人惊惶。陆昂允许我找到房再搬,这房子他也不打算再住,已经挂牌。新的爱巢是不允许有前任的蛛丝马迹的。真好,换个房子,就能把一段感情埋葬了。

我决定早点搬。我买了很多纸板箱,开始打包。整理东西的时候,发现了一本老相册,我和陆昂除了婚纱照,好像都没有合照过。相册是我从娘家带来的。记录着我从小到大的成长历程。我一张张翻看,像把回忆拿出来晒。有我10岁生日时和一群现在已经叫不出名字的同学吃蛋糕的合影;有我和南兮春游的照片,我们俩每人拿了一根星星棒,挥舞而笑。还有一张我彻底遗忘,看到照片才想起来。是南兮、姜柏尧和我的合影,那是高一,在虹口公园,生物老师带我们去观察绿植。南兮和姜柏尧作为师范生合影,后来南兮喊我一起拍一张,现在想来,她那个时候就知道我的心思了。

照片上姜柏尧戴着眼镜,穿着白色衬衫、蓝色长裤,双手背在身后;南兮穿一件白色打底衫配灰色针织马甲,蓝色牛仔裤,窈窕妩媚;而我站在他们中间,笑得憨傻。那是最好的时光啊,我们无忧无虑,年少懵懂。我将照片抽出来,把它放进钱包的照片夹里,隔着透明膜轻轻抚着上面三张笑脸。

我翻过这页,发现照片隔层里有其他东西,我好奇抽出来,一张被撕成两半的照片被塞在了隔层里,照片是我爸抱着我在西郊公园拍的。照片被从当中撕开了,我和我爸的笑脸分成两片。

照片是我撕的,是我知道有弟弟的那一天,从金茂吃完饭,回到家,我把他和我的所有照片都撕了。

看到爸爸二十几年前风华正茂的样子,我的心不由自主紧缩了一下。他们老得太突然了。

小时候我爸很疼我,我妈说我刚过满月,他就带我去过天桥,因为听说刚满月过天桥,以后孩子胆子会大。看来好像也没用。我还是那么懦弱胆小。托儿所、幼儿园都是他自行车带我进出。我那时候只是不明白,为什么那么爱我的爸爸会突然就不再是我一个人的爸爸了。

陆昂跟我离婚后,他秘书把那两条拉布拉多带走的时候,我看到它们乱吠时眼里有不舍和责怪,就好像看到17岁的自己。爱与不爱,哪儿有那么简单呢?只是我懂得太晚了。

姜柏尧曾问我父母离婚后,我和父亲关系怎么样。

我对他说:"老头子有毛病的,老发一些无聊的东西给我,我从来不回的,他还是不停地发。"

姜柏尧说,父母在,根就在,应该好好珍惜。

中午，慵懒的阳光洒进阳台，我坐在躺椅上发呆，一面看着窗外飒飒落叶，一面蹉跎着时光，我在一种自己也道不明的驱使下翻开手机，通话记录里找不到，因为我从来没有给他打过电话，只好翻开通讯录，找到林国华，我想了很久很久才拨通电话。

"喂！"电话那头的老头子还是习惯性用第四声说"喂"。

"爸爸！"我这个年纪早该喊他"爸"了，不知道为什么我脱口而出还是喊他"爸爸"。

"小鹊啊！"他声音断了一会儿，发出一声很低的"哎哟"声，像是从什么地方坐起来，呵呵笑了两声。他问我最近怎么样。

我吸了一口气，说："爸爸，我离婚了！"

爸爸很久没有说话，我只能听到电话里沉重的呼吸声，然后他哼了一声："那个小赤佬，我第一次见他就不欢喜。还有他妈那个腔调，以为自己是慈禧啊！"

明明眼泪还在眼眶里，我却扑哧一笑。

"你妈晓得了哦？"

"没，怕她烦。"

"对，先别告诉她，你妈那个脾气，估计要炸天了。"突然像回到小时候，我和爸爸统一阵营，隐瞒老妈的时光。

"你钱够不够啊？"

"够的！我狠狠敲了他一笔的！"

爸爸沉默了一会儿，又说："不要想那么多。爸爸妈妈永远在你身边的。钱总归够的。不怕的，晓得哦？不要跟他服软！"

"嗯！"我的心已经服软了，只能点头，"我说你，去了新加坡那么久，怎么也没有洋气一点，用的什么退休工人的表情包，土死了。"

他咯咯笑起来，笑得半途咳嗽起来："很土啊？我们群里都用这些的呀！你妈身体怎么样？"

"她有什么不好的？唱歌、跳舞、农家乐。你还担心她？"

"对你妈好一点，多陪陪她。"

"好了，不说了。我要挂了！"我怕再说下去藏不住哽咽。

"哦哦，好的，你好好吃饭哦！事情不要多想，抽空到新加坡来。"

"哎呀，晓得了，你烦死了。再见再见！"

他又乐呵呵笑起来："好好好！"

爸爸总是觉得我什么都好的。他从小到大一直对我百依百顺，我却全忘了，我无法抵御内心对于他和母亲离婚的仇恨，所以把一切都篡改了。

那个下午，我回娘家，把离婚的事情告诉了我妈。我做好了应付她唠叨的准备。以为她会骂我不争气，以为她会因为我没跟她商量就签协议生气。她跑到里屋很久，可能是在哭，出来的时候手里捧着一床棉被，让我帮忙晒，面色平静，问我什么时候住回来。

我诧异问她"不生气吗？"

她用一双明显哭过的眼睛白了我一眼，笑出一脸皱纹："生气有用吗？你从小到大什么事情听过我的？当时结婚那么草率，我看你喜欢也不说什么了。他对你好点倒也算了……"我妈突然抹起眼泪，叹息了一声，"离了也好，下次好好找个门当户对的人吧！妈在，家里永远不缺你一双筷子的。来，过来帮我拿晾衣架。"

我把被子捧在手里，再也不想放下了。

第十三章　钻石的承诺

当下

2020年6月8日

　　今天的风，吹在脸上很舒服。可能是因为到了最美的初夏了吧！
　　我和姜柏尧约好带媛媛一起吃饭。我两周前就预订了一家非常火的法国餐厅，我显得很没出息，有些不必要的紧张，并且不知道是因为姜柏尧还是媛媛。我穿了件浅粉暖色绸衬衫和白色长裤。我已经补了两次妆，父女俩才姗姗来迟。
　　媛媛穿着杨妃色的连衣裙，银色小皮鞋，编着两根麻花辫，漂亮得像个洋娃娃，我迎上去抱她，她绵软地伏到我怀里，抱住她的一瞬间，我整颗心都化了。她轻微"嘤"了一声，大概是我太过热情了，我立即松开双手。
　　姜柏尧把女儿抱到椅子上，给她倒了一杯玉米汁，用手试了下温，递到媛媛手里。他说我气色不错。我说那么贵的腮红总得有点效果。他哼哼笑。我说媛媛长得真像南兮，他对我说："媛媛好像很注意你。"

"我？"

"是啊！"姜柏尧自己喝了口柠檬水，皱起眉了，我有点怀念，他还是和小时候一样受不了酸，他咂咂嘴说，"上次，你跟踪我们那次。我带媛媛上楼以后，她不肯进门，我问她怎么了，她就指楼下。"

我想起来，那天的确是媛媛先发现的我。

"这还是第一次她主动和外界建立起联系。"姜柏尧摸着媛媛的头，疼惜的表情里藏着几分愧疚。

我问姜柏尧媛媛什么时候开始不说话的。他说是南兮死后，媛媛哭着要妈妈，她外婆跟她说妈妈不会回来了，她哭了两天两夜，后来发起高烧，退烧以后就再不说话了。医生检查过声带和喉咙，说是心理问题。

我拿起纸巾给媛媛擦脸上沾到的饮料汁，目光顺着她清亮的眸子落到她脖上，脖间是她一直戴着的那条项链，钥匙形状，我头一次近距离观摩，做工很精致，和露天的夏日交织出一片纯净莹洁的白光，和南兮那块手表一样啊，啊，一样！我回想起南兮日记里的一段内容，视线紧紧被钥匙孔上镂空的两个字母抓住！

J&Z。

心跳骤急。

钥匙躺到我的手里，齿轮精细，仿佛真的是一把钥匙。我张了下嘴，声音不由提高了许多："这根项链，媛媛一直戴着吗？"

姜柏尧不以为然，切着牛排："是啊！怎么了？"

我把冰凉的钥匙柄捏在手里端详，不会有错的，我的声音因激动而颤抖："这是……这是Josie & Zoe定制版钥匙！"

"什么J？"他露出一副全世界"直男"统一的困惑，我像和一个理工男解释LV①睡袍的时尚一样无力。

"这是南兮保险柜的钥匙！宋为琛送给她的那个保险箱，这是那个保险箱的钥匙。"我真想把他一拳头捶醒。

这回他听明白了，脸色迟疑了会儿，一点点挑起眉毛："真的？"

"妈妈！"

我手上忽感一热，被一股暖柔的热气覆盖。

我怔住了，和姜柏尧惊讶对视了一下，确认刚才听到的不是幻觉，那声奶声奶气的声音确实是从媛媛嘴里发出来的。

媛媛的手抓在她自己的吊坠上，一半裹住我手背。她抬头看着我，水汪汪的大眼睛里有一丝迟滞和惊惧。

姜柏尧大喜过望，从座位跳起来，整个身体躬下来，我听到他喉咙里发出"咕咚"一声吞咽，他压抑着心里的澎湃："媛媛，你说话了？你刚刚说什么？再和爸爸说一次。"他双手抓着媛媛双膀，还是控制不住摇撼起来。

"你别吓到她！"我遏制住一个父亲的激动。媛媛怔怔看着我们，又恢复她原来的安静。

我俯下身，双手压在弯曲的膝盖上，努力绽出自然和善的笑容，柔声细语问："媛媛，这条项链是谁给你的？"

她不说话。

我咽了下口水："是不是妈妈给你的？"

---

① 路易威登。

她垂下眼，长长睫毛投到玫瑰色粉嫩的脸上，小手捏在项链上，嘴巴微微张了一下，声音细如蚊蚋，但我听到了，她在叫"妈妈"，我的心像被什么弹击了一下。

"媛媛，这个项链借给阿姨好不好？"我的手失控攀上去，她看着我，不说话。我焦急等着她，大概表情一点也不慈爱和善了。

姜柏尧也来帮忙，软声软气和女儿说："囡囡，项链借给阿姨用一下，用完了就还给你，好不好？爸爸带你吃冰激凌。"他这么温柔的样子简直叫我都心头发酥。

媛媛乌溜溜的大眼睛先瞥向她爸爸，逗留了一会儿后又回到我脸上。我们像两个伪装小孩的骗子，殷切看着媛媛。我已经计划好，如果她不答应，就等一会儿趁她睡着了把项链摘下来。但出乎意料是她的手慢慢松了下来，静而不语。

"媛媛真棒！"姜柏尧亲了媛媛一口，把项链取下来给我。

我攥着项链，两个人一声不吭，但都心急火燎，姜柏尧让我先去，他等媛媛吃完以后，先送她回家再去，我没跟他客套，飙车就去了Josie & Zoe在上海的最大的一间店铺。

店里冷气开得很足，服务员穿着统一的黑色高档西装。她们笑容可掬迎上来，问我要不要看看新品。我把挂件给到她们："开……开保险柜。"我觉得自己语气简直像个强盗。幸好店员训练有素，不卑不亢引着我们往里走。走到一半，另一个主管级别的西装女接过钥匙，礼貌而谦和领我走进VIP区域。

我一直知道Josie & Zoe出了一款保险柜，可以为客人终生保存，但每年需要支付高额维护费。我虽然常来这家店，但这还是第一次进入保险柜区域。没有想到在服务区的后面还别有洞天。

我忐忑着被带进一间四面是柜子的巨大房间。主管审核了那根项链上微小的几个数字，将我引到一个银色小匣子前面，露出职业的笑容："林女士，这是楚南兮女士的保险柜。钥匙往右转就能打开，里面的东西您想取走的话，需要到前台登记，如果需要帮助请按上面的白色按钮，我们在门外等候。"

"谢谢！"

我看着她走开，钥匙在我的掌心已经温热濡湿，我生出一股紧张得有点眩晕的不真实感，用力喘了两口气，握着钥匙柄把它插进孔内，向右转了下，很顺利，听到清脆的"咔嚓"一声，保险柜被打开了。

四周寂静，耳边只有自己的心跳声，我有一瞬间的怯场。我吸了口气，小心翼翼打开保险箱。低身往里面瞅去，并没有让我很惊讶的东西。小小的匣子里躺着一封信、一沓文本，还有一个首饰盒。

我犹豫了一下，伸手先摸到那个首饰盒，不大，掌心大小，蓝色天鹅绒的，正中用银色丝线绣着花体的"J&Z"，我"吧嗒"打开，不出所料，绣盒里安放着一枚熠熠发亮的钻戒。我的手不受控有些轻颤，摇摇晃晃把戒指取出来，视线也有些摇晃。

戒指是螺旋纹路的设计，戒托里嵌着一块水晶，我凝神细看，是一只小鸟的形状。小鸟仰头展翅，尾翼很长，仿佛在高歌吟唱，它双腿栖息在两叶枝叶上，两片翅膀上都镶着许多宝石，在白光下时而泛绿，时而泛蓝，我想这一定是坦桑石了。我的心一点点被融化，伸手轻轻摸着翩跹展翅的喜鹊，像摸到自己的心脏，一阵疼痛的心悸。

我呆呆看着这枚戒指，心里有模糊的希望在孕育。再去看那封信，信上是南兮自己的名字，也是她的字迹。应该是她16岁时写给未来自己的信。我抽出信打开，里面是一张用铅笔画的图，笔触还非常稚嫩，留着许多橡皮反复擦拭的修改痕迹，但看得出是一张珠宝设计的草图，图上的戒指实物正在我的左手边放着。草图下方是16岁南兮留下的字：

小林子婚戒草样。

我看着图，眼睛有点泛潮，我把戒指套上无名指，不大不小，正正好好。想来也是讽刺，当我渴望拥有她的美貌和智慧时，却只有手指和她长得相似。信纸的背后有力透纸背的痕迹，翻过来看，一行字明显娟秀成熟了很多，是她几年前的字迹，很短一行，短得让我眼睛痛得干涩。

吃药吧，傻瓜！

心脏像被她的字剪开了，愣愣的，只感觉胸口发闷，久久无法平静。
她原谅我了，南兮她原谅我了。
我努力回忆和南兮的最后一次见面，却怎么也想不起来了。我很气馁，越想越难过，我们如此情深缘浅的友情，结束的时候连一声道别都没有。那么多年过去，当我们终于能解开心结，却再也无法得见了。年轻的时候以为是两三年，其实是一辈子啊！
我把信纸摊平，拿出陆昂送我的那支德国钢笔，一笔一画在她的那行字下写下一句话，那笔是写不出的，只能用笔尖划出淡淡的印记。但我想南兮会看到的，她会看到我写给她的那五个字：

吾心知汝水。

匣子里只剩那沓文本了。我拽住它一角取出来,我想这大概是和我无关的东西了。厚厚一沓,封面上是张彩图,一个建筑的效果图。翻开扉页,写着项目负责人:姜柏尧。

我看着那个项目名字,文本被我抓得有些变形。

我一个人在四面都是保险柜的隔音空间里哭得像个傻子。

第十四章　吾心知汝水

当下

2020年6月8日

从J&Z走出来，外面已是日色西沉，正是落日最艳丽的时分。姜柏尧微信说他在哈根达斯等我。

我沐着太阳熔出的金红光芒，往前走，路上车水马龙，人流络绎。手机在包里跳跃着，陆昂的名字闪耀在黑色屏幕上。

姜柏尧坐在最醒目朝门的位置等我。看到我进去，他焦虑站起来，面上疑云密布，问我怎么样。

"怎么样"是个很笼统的词，他真实想知道的是南兮保险箱里有什么。但他没有直接问我，因为他在给我一个筛选信息给他的通道。

我脱下墨镜，顶着一双红肿如桃的眼睛，若无其事坐下来说："你没点东西吗？我热死了，给我来一个冰激凌火锅。"

他没有说话，看着我点单。

好几碟子组合的冰激凌被服务员端上来，咝咝冒着冷气。我用银色小勺子剜了一口，清爽的凉意在口腔弥散，我一口口挖着冰激凌球，我一边吃，一边吸紧鼻子，脑袋里的温热一点点降下去。

姜柏尧看我吃得津津有味，带着不满戏谑："有那么好吃吗？"

我不说话，继续吃，我在银勺里看到自己狼狈的面容，眼线睫毛糊了一脸，眼睛猩红，我咀嚼着巧克力碎末，抬头对姜柏尧说："给我唱首生日歌好吗？"

今天没有人过生日，但我想听生日歌。他露出哭笑不得的表情，让我饶了他，可是我不要，坚持要他唱给我听。我说："你唱吧！唱完我告诉你保险柜里放了什么。"

他很无奈，根本不想接受这种无理取闹的交易，他对我的狡狯了如指掌。可能我的模样太像个要不到糖就要任性大哭的孩子了，他投降般哄我道："好吧好吧！我唱。"他放弃了成人的规矩，依着我唱起来，我说他声音低，他就放高了唱，他的声音真好听，还是逢"m"的音用鼻子发声，他祝我生日快乐，我听得热泪盈眶，满嘴的冰激凌都化到牙齿里。

等到他唱到第二遍"祝你生日快乐"的时候，我说："你饶了自己吧！"他没听到，还在继续唱。我又哭又笑，我说"那栋破楼跟我有什么关系？！"他不明所以问我说什么。我抽抽搭搭说的话连自己都听不懂，我问他那名字谁取的？

他的歌声停了下来，问我什么名字。

我从包里抽出那本卷起来的A3文本，沙哑着嗓子对他说："南兮把它放在保险柜里。"

他起初是疑惑的，目光落到文本上，慢慢地，像和一个故友重逢，辨认了一会儿，他会心笑起来，笑得眼睛里有一些惨痛的光芒："她怎么留着它啊！"他的目光已经钉在文本上不能动了。

"姜柏尧！"我语意不明喊了他一声，絮絮叨叨跟他说，"小时候有一次我和南兮玩游戏，我们约定写下自己喜欢的人名字偏旁，你知道南兮写了什么？"他根本没有要猜的意思，思维还没跟上我的答非所问，我自顾自接着解答，"她写了一个'木'字，我以为是你，嫉妒得不行，后来她告诉我'木'是指林小鹊的'林'字。你说我傻不傻？答案明明都放在眼前，可我被嫉妒蒙心，就是看不到。还有，还有呢……直到今天我才发现，原来楚南兮的'楚'字里也有'木'。"我短促笑了一声，笑得浑身一颤。

冰激凌开始融化了，我捂着开始发痛的牙齿，继续说："我跟陆昂离婚的时候，他问我要什么。他提议把别墅转到我名下，或者给我点干股补偿，我啊，都不要。我他妈只问他要了一个项目。我说我要一栋废楼，我让他给我投资。他说我疯了，说我狮子大开口，他不答应，我就耍无赖，我说他不给我，我就不离婚，不但不离，还要把他轧姘头的事情闹大。他到底要面子，有钱人都要面子。他说帮我找找其他投资商。你说我傻不傻，那栋破楼跟我有什么关系？"

"小鹊……"他想打断我语无伦次的滔滔不绝，而我不给他机会，我继续喋喋不休："但是我又不懂建筑，也不晓得那只赤佬会不会诓我，早知道应该找个律师顾问什么的咨询一下。或者找个和南兮一样的精算师算算他们家产业……"

"林小鹊！"他猛烈拽了我一把，我不得不抬起头，他看着我，笑得好难看,"你是不是有毛病?说好了敲他一笔的呢?"

我点头,我说是,我有毛病!"姜柏尧,我就这么猪头三,我活到30多,却一直不知好歹,现在我该长大了,我要做点事情了。谢谢你那个时候为了她站出来!在全班对她集体无意识冷暴力的时候,是你救了她。谢谢你再次出现在我生活里,逼迫我审视自己,让我能和南兮'重遇'。你知不知道?她曾是我最好的朋友!"

他点点头:"我知道!"

"她是我最好的朋友啊!我竟然忘了……"

服务员又端上来几个冰激凌,五颜六色的彩球在眼前绽放开了。他问我到底点了多少,是不是想冻死他。冷气一点点冒开。他在对面的脸也模糊起来。

我对他说:"刚才陆昂给我打电话了,他说找到投资方了。是个山西煤老板,他一心要在黄浦江投资个酒店玩玩,贵点无所谓,关键是要高贵、大方、上档次,建得要快,不想从头走流程,他看到那栋楼,很喜欢,一听说是宋为琛做到一半的就更喜欢了,你说有钱人是不是都有点变态?"我笑得没了力气,歇了一口,看着他说,"我啊,没别的优点,就是记性好。一直就没法忘记有个男孩跟我说,他的梦想是当一名建筑师,能拥有一个自己命名的建筑。我觉得他的梦想很伟大、很伟大,我听了就想哭。可是那个男孩子弄丢了自己,我想帮他找回来。"

他说我泪点也太低了。他的眼睛还是和多年前一样明亮,像那个神采奕奕在叙述埃菲尔铁塔的少年。我看到他乌黑的瞳仁里映出我狼狈的笑,我看到在那小小的我里有一点点的水花聚集起来,他突然遮住眼睛,低下头,嘶哑笑起来,声音瑟瑟发抖:"我说你啊,赌得有点大啊!我怕你赔不起。"

"小时候，你那本《一课一练》是我撕掉的！"

"哦，是你啊！那本书是我暗恋对象送的。"

"又骗人！"

他笑了，我们对视着，沉默了一会儿，他默默低头，摸着眼睛："糟糕，怎么他妈流眼泪了。"

窗外川流不息，夏日漫漫。我还是喜欢夏天，夏天可以穿百褶裙，有冰激凌，有暑假……虽然长大以后就没有暑假了，可夏天有青春的回忆，有我，有南分，还有懵懂的初恋……

姜柏尧仰着脖子，深深吸了一口气，对我说："小鹊，关于同学录的留言……"

"没关系了。"我打断他，"让它过去吧！"我的两只手像要找到彼此的前世恋人一般紧紧互拥，我坦然看着他，不允许自己退缩，"也许你会觉得好笑，这么多年以来，每次我被生活搞得精疲力竭的时候，只要想起你，想起有个人在等着我给他回电话，想起我可能也被喜欢着，我的心里就充满力量，能暂时摆脱烦恼。姜柏尧，少女时代的爱恋不单单是一场回忆，而是储蓄给将来面对惨淡无光的人生时的一种持久的勇气和能量。有些感情在最合适的岁月燃烧过，哪怕是场误会，哪怕挫骨扬灰也值得。谢谢你给我这些年的慰藉，但现在我要往前走了，我不需要那个答案了。我想给自己制造更多美好的回忆！就像现在，我和你坐在这里，摒弃误会，怀念故友，一定也会成为我将来最珍贵的回忆。"

"你长大了好多啊！"他低下头，沉吟半响，但这沉默又这样活跃热烈，空间突然变得狭窄了，把涌动的、炽热的感情压缩到咫尺之间。

姜柏尧看向窗外,他的脸在夕阳里微微红起来,他淡幽幽说:"那天也差不多是这个季节的样子……"目光中似有无限感慨。

"什么?"是我的错觉吗?

他目光没有移动,接着道:"高三的时候,每天放学我都会去我妈办公室做作业,等她处理完工作一起回家。那天我等她到很晚,天完全黑了,经过教室的时候却发现还有人在。"

我疑惑望着他,不懂他另辟天地的插叙意义何在,但内心深处却盘桓着一种隐约的真相在步步逼近。

他转过眼来看我,目光变得分外柔和,和无数次午夜梦回里的双眸一模一样,声音也宛如沉在梦境里:"我看到南兮和你!你好像睡着了,她坐在你身边,大概是怕你着凉,她拿了前排一件外套给你盖上。"

我想起了那个夜晚。原来那天傍晚,我们三个人都在。

我苦笑:"真可惜,我失约了那个电话!"

他摇摇头:"没有失约!我们不是现在坐在这里了吗?"他舒了口气,"我想我也是时候往前走了。毕竟我的两个同桌都已经甩开我很远了,我也不能落后!"他把那沓文本递给我,"这个还是留给你保管吧!我想这也是南兮的意愿。"我双手捧过文本,封面的蓝色水印上印着一行楷体字样,深蓝色的,勾着银色的边,每一个字都飘浮着一种刚毅。一字挨着一字,显出一种亲密,用浅蓝的墨痕印着:"心有林兮假日酒店方案"。

"林"是她,也是我。是我们一生难以磨灭的羁绊。百代过客未能磨灭之事是为回忆!

尾声　疫情方绝知夏深

当下

2022年6月—2022年10月

一个月前谁也没想到，奥密克戎的侵袭让整个上海停下匆匆步伐，赋闲在家的我突然有了一种写作的冲动，一开始我感到陌生，像一个退役许久的游泳运动员再次下水。但是慢慢地，当我划出几片浪花，记忆的阀门被打开，写作的器官遽然苏醒。我体验到一种前所未有的心流，不眠不休地写，我要把这个故事完完整整地记录下来，这是我的使命，我写得越来越顺，笔耕不辍，用一个多月时间完成，完稿的一瞬间，精疲力竭却又心满意足。

一年前，我在一个外资企业找到一份行政工作。离开社会那么久，重新开始并不容易。好在同事都很包容，我走出狭隘的空间，发现世界上美好的东西还有很多。我开始接受医生的治疗，身体正在慢慢恢复。

姜柏尧重操旧业，在新公司继续担任假日酒店的项目主管。虽然酒店名字不可能沿用之前的，但我和他都觉得这样更好，因为"心有林兮"是属于我们三个人的秘密。

经过一个多月的齐心奋战,上海恢复了往日的活力。这是盛夏的一天,我和同事吃过午饭回公司,在电梯里接到一个陌生电话,对方问我是不是林小鹊,我说是。她问我还记不记得给他们投过一篇稿子。我的一颗心陡然吊起。我确实找了几个出版社试投,并不期待能雀屏中选,只是为了履行16岁时对南兮的承诺。电话那边的人说她看了我的小说觉得有卖点,想要和我谈谈出版。我一个人走到走廊僻静处和她谈了很久。她说如果要出版还有一个问题——书里有一些过度残酷的情节描写希望我能够考虑删除,并希望我能把原本是初中的时间背景改到高中。

挂了电话后,我冷静想了很久,起初我不愿意,我有责任把我们那璀璨过、淋漓过、憧憬过,也黑暗过的青春写下来,用来纪念南兮。而不是写一段粉饰过的故事。

但当我看着手上的戒指,我想,如果南兮在我身边,她会怎么说?

她一定会说:"小林子,成为作家是你的梦想。无论你做什么决定,我都会支持你。我们的青春和故事永远不会被抹杀,它会留在故事里。"

我修改了故事的一些地方,把完稿再次发给出版社。

又到一年开学季,我仍在等待编辑的电话。

也许我的作家梦很难实现。或许没有办法依靠单薄的文字去抵御那些凶残的欺凌。总有人会嘲笑你的古怪阴郁,嫉妒你的优秀独特,伤害你的骄傲和自尊,或许我的小说就算出版了,也不能给你什么立竿见影的指南,但我希望你知道:你从来不是孤独的,在很久以前,也曾有过一个女孩,她最后比那些曾经欺负她、漠视她的人都更热爱生命。你要相信,我们可以坚持自己!

疫情过后，金秋入沪，共青森林公园的菊花展来了，青浦报国寺的古银杏黄了，古猗园的枫树红了。街上的每个人都徜徉在温暖的初秋和风里，仿佛经历了一场与黑暗的斗争。我们克服了危难，我们战胜了自己。

小时候我和南兮去城隍庙买过两根金光闪闪的魔法棒，我们嬉闹挥舞着魔法棒喊"变身"，其实魔法棒一直都在自己心里，变身的咒语要靠每个人自己解读。

我站在原校址的那棵桑葚树下，仰望蓝天，深深呼吸，对天空低喃："南兮，我做到了……"

回忆

2003年10月

"非典"过去了，整个城市迎来了新生。我们不用每天在学校门口测体温、浑身消毒，媒体和民众也不再时刻关注着又有多少人被感染、隔离……

终于熬过了最艰难的时刻，我们听着广播里放的《歌唱祖国》的旋律下楼做操。虽然不知道十几二十年后会怎么样，但暂时我们还都健康活着。

那天早上，秋日明媚，照着小操场那两棵桑葚都泛出金光。华老师走进教室，笑容可掬对我们说，今天会有一位新同学加入我们班级。让我们欢迎她。我们跟着华老师的目光看到教室门口去，像去迎接一个新的开始……

（全文完）